五骨の刃

死相学探偵 4

三津田信三

角川ホラー文庫
18476

一　新たな依頼人

その年の十二月初旬の木曜の昼下がりだった。

東京は神保町《じんぼうちょう》の産土《うぶすな》ビルに入っている〈弦矢俊一郎《つるやしゅんいちろう》探偵事務所〉の扉の前で、わざわざ菓子折りを持ってお礼に訪れた依頼人を、俊一郎は送り出そうとしていた。

「先生、本当にありがとうございました」

開けた扉から出る前に、山口由貴《やまぐちゆき》が深々と頭を下げた。もう何度目になるのか分からないほど、とにかく彼女は感謝し続けている。

「いえ」

そのたびに俊一郎は困ってしまうのだが、相変わらず出てくる言葉に愛想はない。これでは駄目だと反省するのだが、

「……死視《しし》の解釈が合っていて、その－良かったです」

ようやく相応《ふさわ》しい台詞《せりふ》が口から出たのは、依頼人を見送ろうというときだった。それでも上京して探偵事務所を開いた四月の当初に比べれば、かなり成長したと言える。

あのころならきっと、

「俺は先生なんかじゃない」

「用事がすんだなら、帰ってくれませんか」

ぶっきらぼうに、そう返していたに違いないからだ。

この八ヵ月ほどの間、弦矢俊一郎はそれまで生きてきた二十年間に匹敵する、いやそれ以上の濃い経験をしていた。探偵事務所の仕事も、世田谷区音槻《ねつき》の入谷《いりや》家連続怪死事件、城北大学の学生寮・月光荘における百怪倶楽部《ひゃっかいクラブ》事件、六蠱《むこ》による猟奇連続殺人事件と、大きな事件を三つも解決した。

他人にはない特殊な能力を有し、祖父母の後ろ盾があったとはいえ、まったく世間知らずの二十歳そこそこの駆け出し探偵という立場を考えると、これは本当に快挙だった。これらが死相学探偵としての自信につながり、探偵事務所の立派な実績となっているのは言うまでもない。

もっとも俊一郎個人にとって、この三つの事件に関わった以上に重要だったのが、その過程で多くの人々と接したことである。そこで彼は、死相学探偵としてどうあるべきかを学ぶと同時に、社会人としていかに振る舞うべきかを教えられた。

奈良の祖父母の家にいたときに、そういう教育を受けなかったわけではない。しかし、彼の特異な生い立ちのせいで実社会と疎遠だったこともあり、彼ひとりで不特定多数の人と接する機会が、それまでの二十年間にはほとんどなかった。この四月からのひとり暮らしが、まさにはじめてだったのである。

「大変お世話になりました」

なおも頭を下げる山口由貴をどうにか送り出すと、

「ふうっ」

俊一郎は大きなため息をついてから、応接セットのソファに座りこんだ。

そのとたん、先ほどまで依頼人に甘えまくっていた鯖虎猫《さばとらねこ》の僕が、ぴょんと床から彼の右足のひざの上へと飛び乗った。とにかく自分を構ってくれる人が、この猫は大好きなのである。

「良かったな。猫好きな人で」

俊一郎は僕の頭をなでながら、今の正直な気持ちを口にした。

「しかし、なんか疲れた。ちゃんと死相を読み解いて、確実に死を回避させたのに、依頼料も払わない客に比べたら、こうしてお礼にまで来る人は、もちろん有り難いと思う。けど、感謝されることに慣れてないからかなぁ。とても疲れたよ」

以前より社交的になったとはいえ、祖父母を除いて普通に話せるのは、幼少のころからいっしょに育った僕くらいである。だから彼は自分の真情を吐露したのだが、僕の注意は完全にテーブルの上に置かれた立派な菓子折りに向けられている。

「こら、ひとの話を聞いてるのか」

ぽんぽんと俊一郎が指先で頭をたたいても、僕の真ん丸な眼差《まなざ》しはまだ依頼人の手土産に注がれていた。

「お前には負けるよ」

ぼやきつつ菓子折りを手にとり、包装紙をはがして蓋《ふた》を開ける。すると僕がくんくんと鼻を近づけて匂いを嗅《か》ぎ出したと思ったら、みゃうみゃうと催促しはじめた。

「おっ、クッキーの詰め合わせか」

確かに僕の好物だが、あいにく俊一郎はあまり好きではない。そもそも僕は人間が食べるものなら、たいてい何でも大丈夫である。特に菓子類には目がなかった。しかし、僕の身体のことを考えると、そんなに与えてばかりもいられない。

そう考えた俊一郎は——もちろん自分が好きではない、という理由も大きかったわけだが——さっさと菓子折りの蓋を閉めてしまった。

「よし、これは祖母《ばあ》ちゃんに送ろう」

それから包装紙を裏返して、もう一度ちゃんと包み直しはじめた。

治まらないのは僕である。にゃーにゃーにゃーと抗議の声をあげつつ、前足を交互に出して彼の腕をたたいている。たたくといっても肉球がぷにぷにと当たるくらいで、むしろ気持ちが良い。

俊一郎は自然と頬がゆるむのを我慢して、わざと真面目な口調で、

「仕方ないだろ。六蠱の事件の報酬で、遅れていた祖母ちゃんへの調査費の支払いはできたけど、そのせいで大して残らなかったんだから。来月の事務所の家賃と生活費を考えると、今後の支払いもまた滞納するのは目に見えてる。そういったときに、こういう日頃の付け届けがものを言うわけだ」

これは社会に出て学んだ知恵ではなく、当の祖母から教わった処世術だった。これまで実践する機会がなかっただけで、こういう教育を彼は幼少のころから受けていた。

「しかし、よりによってはじめて付け届けする相手が、祖母ちゃんとは……」

俊一郎は複雑な気持ちのまま、菓子折りを包み直した。

ちなみに僕はすねて、そっぽを向いている。ただし、彼の側を離れるほど怒っているわけではないのか、相変わらずひざの上にちょこんと座っていた。このあたりが、いかにも僕らしい。

「このクッキーは我慢しろ。一番好きってほどでもないだろ」

でも、声をかけても応《こた》えない。相変わらず顔をそむけたままである。

「今の人の依頼料が入ったら、ささかま買ってやるから」

ところが、この言葉を聞いたとたん、ぴくっと僕の耳が動いた。笹かまぼこは僕の大好物である。

うにゃ？

本当か、と確認するようにふり向いた僕に、すかさず俊一郎がうなずく。それだけで機嫌が直ってしまうのも、また僕らしい。

「それにしても今の依頼人は、とても上手《うま》くいったケースだったな」

にゃーと賛同の声をあげる僕の頭を再びなでながら、二週間前に彼女を死視したときのことを、彼は思い出していた。

その日、予約なしに事務所を訪ねてきた山口由貴は、いわゆる推薦状を持参していなかった。それまでにも飛びこみの依頼人は少なからずいたが、よほどのことがない限り断わっていた。

そもそも彼が探偵事務所をはじめるに当たり、依頼人の推薦状の有無を重視したのは祖父母である。

人間の容姿に現れた死相を視《み》ることができる――。

この特殊な能力を活《い》かして開いた孫の探偵事務所には、箸《はし》にも棒にもかからない冷やかしの客だけでなく、色々と危ない人たちも来るだろう。その危険性の度合いは、それこそ人によって様々と思われるが、孫に何の益も与えないばかりか、逆に大いなる負をもたらす場合もあるに違いない。

そんな風に考えた祖父母は、当面は推薦状を持つ依頼人のみを優先して探偵事務所の仕事をするようにと、俊一郎にアドバイスした。その推薦状も、ほとんどは祖母と昔から付き合いのある顧客に限った。つまり当初は依頼人を、ほぼ祖母から紹介されているような状態だったのである。

祖母は奈良の杏羅《あんら》市の杏羅町で、いわゆる拝み屋をしている。相談者によっては「霊媒師」「生き神様」「占い師」「預言者」「巫女《みこ》様」「霊能力者」などと様々な呼ばれ方をされるが、愛称は「愛染様《あいぜんさま》」で統一されていた。本名の弦矢愛《あい》という名と密教の愛染明王をかけて、または川口松太郎《かわぐちまつたろう》の小説で映画やテレビドラマにもなった『愛染かつら』から命名されたのではないかと言われているが、実際のところは不明である。古くからの顧客たちの間でも――その多くは自らを「愛染様の信者」だと言っているのだが――諸説があるくらいだ。

祖母に相談を持ちこむ人たちは全国各地からやって来るが、「死んだ祖父《じい》ちゃんとお話がしたいの」と願う幼稚園児から、「実は某国の呪術師に命を狙われております」と泣きつく政治家まで、その顔触れは本当に信じられないくらい幅広い。そのためつねに予約でいっぱいで、祖母に言わせると「えろう繁盛してる」状態だった。

もっとも祖母の見立てでは、相談者が千人いたとして、そのうち九百九十九人は「何らかの勘違い」か「本人の思いこみ」であり、あとは心の病が多いという。この心の病というのが曲者《くせもの》で、単にエキセントリックな性格の問題から深刻な精神病まで、かなり多岐にわたっているらしい。祖母の仕事のほとんどは、そういう人たちの不安を取り除くことであり、本来は宗派に関係なく宗教家がやるべき活動かもしれなかった。祖母に救われた相談者の多くが、自然に「自分は愛染様の信者です」と口にするのも、おそらくそんな背景があったからだろう。

とはいえ祖母に、その手の能力が不足していたわけでは決してない。むしろ強大な力を有していた。特に憑《つ》き物落としにかけては、かつて最強と言われた蒼龍郷《そうりゅうごう》の神々櫛《かがぐし》村の谺呀治《かがち》家の巫女に匹敵するとまで、その筋の世界では評判になったほどだ。だからなのか杏羅の家には、相談者だけでなく弟子入り志願者たちも多く押しかける。なかには玄関の前で土下座をして、門弟の受け入れを訴える者まで現れる始末だった。

だが、祖母は弟子をとらなかった。その能力をまったく別の形で受け継いでいる者が、すぐ近くにいたからだ。誰あろう孫の俊一郎である。

人間の容姿に現れた死相を視ることができる――。

しかし、彼の能力はこれだけだった。目の前の人には死相が出ている。だから近いうちに必ず死ぬ。それを認められるだけで、いつ、どこで、どんな理由でその人物が死んでしまうのか、という肝心なことは何も分からなかったのだ。

しかも、時と場所を選ばず彼には死相が視えてしまう。この特殊な能力を幼いころから持ち、相手のためを思いその事実を伝えたがために、いつしか彼は周囲の人たちから「死神」「悪魔っ子」「化物」とののしられ、忌み嫌われるようになった。彼自身には何の罪もないのに、あたかも彼が死をもたらしていると、ほとんどの人に思われてしまったのである。

まだ幼少の俊一郎にとって、あまりにも過酷な状況がしばらく続いた。そのせいで彼は年端もいかない子供のときから、極度の人間不信におちいってしまう。あの状態が続いていれば、おそらく彼は精神的におかしくなっていただろう。

しかし、そこで何かが起きた……。

彼には肝心の記憶がまったくない。ある日ふと気づくと、両親と暮らしていた東京の家ではなく、奈良の祖父母のところにいたのだ。以来、この二人が育ての親となり、彼の面倒を見てくれた。

とはいえ祖父母は、いたずらに孫を特別あつかいしなかった。家の中で仕事を与えて働かせた。また祖母の助手として仕事を手伝わせながら、相談者に死相が視えるかどうかを試し、彼の能力について研究した。と同時に彼自らがおのれの力を制御できる方法を、必死になって探ってくれた。その甲斐《かい》あって、他人の死相を自分の意思で「視る／視ない」と切り替えることが、彼はできるようになる。

この孫の特異な力を、祖父の弦矢駿作《しゅんさく》は「死視《しし》」と名づけた。一部に熱狂的な愛読者を持つ怪奇幻想作家の祖父らしい命名である。著作には『ナガボウズの話』『怪談すすき女』『小さな黒い森の大きな赤い家』『亡霊灯台』『居なくなった子が帰って来る』などがあるが、どれも身の毛のよだつ話ばかりで、夜中にひとりで絶対に読んではならないと、ほとんど都市伝説のように噂されているほどである。その噂を笑って実行した読者のうちの何人かが、実際に恐ろしい目に遭ったという新たな噂もあるくらいだ。

祖父は怪奇幻想小説を上梓《じょうし》する一方で、『死相学』という原稿も書き続けていた。これは俊一郎が死視した死相の様――その格好や形、または色彩や濃淡など――と実際の死因との間に、いかなる関係があるのかを分析して分類し、最終的には体系づけることを目的としていた。そのため完成すれば、かなり大部な著作になるはずだった。もっとも出版する版元が、まず見つからないだろう……というのが祖父の口癖ではあったが。

かように世間のお祖父ちゃんお祖母《ばあ》ちゃんとは完全に異なる祖父母に育てられたお蔭《かげ》で、俊一郎もひとり立ちするまでに成長できた。しかし、幼いころに植えつけられた人間不信の念は、そう簡単に消えるものではない。むしろ祖父母のもとを離れ、上京して探偵事務所を開き、様々な人々と接するようになった彼を、苦しめはじめたのである。

他人とのコミュニケーションがまともにとれない。

これは探偵として致命的な欠点だった。それを俊一郎は、離れて暮らす祖父母の助けだけでなく、わざわざ彼を追って奈良から上京した鯖虎猫の僕の応援と、事件で知り合った関係者の温かい見守りで、少しずつ克服してきたのである。ちなみに僕がひとりで、もとい一匹だけで、どうやって東京まで来たのかは、今も謎だった。いくら訊《き》いても教えてくれないのだ。

とにかく推薦状に頼ることなく、どうにか自分の判断ではじめて依頼を受けたのが、山口由貴という人物だった。理由はいくつかあったが、やはり一番は「妊娠しています」と打ち明けられたことだろう。彼女を死視した結果、明らかに死相が出ていた。このままでは本人だけでなく、お腹の子供も死ぬことになる。

死相は由貴の身体の左半分を覆うような、真っ黒い影として現れていた。

その様を死視したとたん、俊一郎は脳梗塞《のうこうそく》を疑った。八月に訪れた内田《うちだ》という某有名企業の専務取締役の男性の死相が、ちょうど彼女とは逆の右半分を黒い靄《もや》で包まれた状態だった。色々と話を聞いたうえで病院に行くように勧めると、あとから「脳梗塞で倒れる寸前だったらしい」という連絡が入った。そんな事例があったので、とっさに彼女も同じではないかと考えたのだ。

しかし、内田に視えた影は薄く、身体の右半分全体に広がっていた。それに比べると由貴に現れた身体の左半分を覆う影は、首から足元へと少しずつ濃くなっている。

しかも頭部には、ほとんど影が認められない。

この奇妙な死相には、いったいどういう意味が隠されているのか。

死相学探偵としての仕事は、ここからが本番である。視《み》えた死相を解釈し、まだ現実のものではない依頼人の未来の死因を探り、それを阻止する。死相の読み解きを誤り、突き止めたはずの死因が間違っていれば、もちろん依頼人は死んでしまう。その人の寿命だったと言えばそれまでだが、その死の運命に立ち向かうのが、特殊な力を持ってしまった死相学探偵の使命だと、この仕事を通して俊一郎は信じるようになっていた。

とはいえ死相の解釈は一筋縄ではいかない。かなり難解である。視えた死相の形や色などに、直接の手掛かりがあるとは限らないからだ。よって依頼人の日常生活や人間関係など、事細かに話を聞く必要がある。過去の出来事から未来の予定まで、とにかく死相と結びつきそうな何かを探らなければならない。いわゆる聞き取りだ。そのため人間不信のコミュニケーション嫌いでは、とても務まらない。否が応でも社交的にならざるを得ない。依頼人たちには申し訳ないが、そういう意味では探偵事務所の仕事ほど、俊一郎のリハビリテーションに効果があるものはなかっただろう。

彼を厳しく育てながらも、ひとりで上京して死相学探偵となることには不安を隠せなかった祖母が、「そろそろひとり立ちさせる時期や」という祖父の意見を聞き入れたのも、この旅立ちが孫に良い結果をもたらすと、おそらく悟ったからに違いない。

　祖父母の狙い通り、数ヵ月のうちに俊一郎はどんどん変わっていった。相変わらず表面的には愛想がなく、ぶっきらぼうでクールな印象はあったが、少なくとも依頼人とは臆《おく》せず話せるようになったのだから、この変化は非常に大きい。

「ここを訪ねようと思ったのは、どうしてですか」

　だから事務所に現れた山口由貴を死視したあと、自然に尋ねることができた。以前の彼なら死相を認めただけで、とほうに暮れていただろう。

「……それが、数週間前に母親の墓参りをして以来、どうも妙に不安を覚えるようになりまして」

　ためらいがちな口調で由貴が話しはじめた。

「実際に体調も優れなかったものですから、病院に——あっ、義理の父が万寿会《まんじゅかい》病院の院長をしておりますので、そこへ行ったんです。すると妊娠していると分かって、びっくりしました」

　彼女は少し慌てた様子で、

「だから最初は、いわゆるマタニティブルーだと思いました。妊婦特有の不安定な精神状態に、私もあるのだろうと」

「でも、そう感じたのは、妊娠の事実を知る前ですよね」

俊一郎の指摘に、彼女は大きくうなずきながら、

「しかも、その不安がまったく消えないんです。むしろ日を追うごとに、増していくような感じがあって……」

「それでここへ？」

「こちらのことは、義父の知り合いの代議士の方が、前に拙宅へ見えたときに話されていたのを覚えていたものですから。その方自身は数年前に、関西の愛染様に命を救われたとおっしゃっていました」

「祖母です」

「あっ、はい。そうお聞きしました。その愛染様のお孫さんが、東京で死相学探偵の事務所を開いていて、何でも他人の顔に現れる死相が視える……という話を義父とされていたのを、ふと思い出しまして」

そこで由貴は再びためらいがちに、

「変な不安が続くからといって、自分に死相が現れているのでは……と考えるのは、あまりにも病的だと思いますし、ご予約も入れずに、こうして突然こちらにお邪魔するのも失礼かと――」

「いいえ、確かに死相は視えている」

「……えっ」

両の瞳《ひとみ》を見開いたまま由貴が絶句した。

「あなたの不安は正しかったわけです」

そう俊一郎は続けたが、彼女には何の慰めにもなっていないようで、明らかに怯《おび》えている。ここに祖母がいれば、「アホ！　いきなり告知するやつがあるか。もう少しタイミングを考えんかい！」と怒られるところだが、成長したとはいえ、まだまだそこまでは気が回らない。

「わ、私……、死ぬんですか」

「このままでは」

以前の彼ならそう言って黙ってしまい、依頼人を恐怖のどん底に突き落とすのがつねだったが、さすがにそこは学んでいた。

「だから、どうして死相が視えるのか、それをこれから探ります。あなたに死相をもたらしているもの、つまり未来の死因さえ解明できれば、いくらでも回避する方法が考えられる。だから――」

ただし、その説明の仕方には、残念ながらまだ問題があった。

「未来の死因……」

忌まわしい言葉をつぶやきながら、さらなるショックを受けている彼女の表情からも、それは十二分にうかがえた。

由貴の良くない変化は、さすがの彼も察することができた。すぐに後悔したものの、もう取り返しがつかない。

俊一郎が困っていると、

「……あっ、猫」

ソファの陰から現れた僕が、とっとっとっと由貴の側まで行き、にゃんと鳴いた。

「可愛い。探偵さんの猫ですか」

「……ええ、まぁ」

「お名前は?」

「…………」

「何というお名前なんですか」

「……ぼ、僕です」

本当は答えたくなかったが、僕の出現が依頼人に与えた効果を考えると仕方がない。と俊一郎は譲歩したのだが、にゃーにゃーと当の僕は非難の声をあげている。正式な呼び名は「僕にゃん」だったからだ。とはいえ二十歳にもなって、しかも依頼人を相手に、とても口にできるものではない。そこで知らんぷりをした。

まだ非難の鳴き声をあげている僕を、由貴は優しく抱き上げると、愛《いと》おしそうに頭をなではじめた。とたんに僕が、みゃうみゃうと甘えた声を出すのを見て、思わず俊一郎は苦笑した。

こいつは自分を可愛がってくれる人なら、まったく誰でもいいんだから。

だが、僕に助けられたのは事実である。すっかりリラックスしている依頼人を見て、彼は心の中で感謝した。

お蔭《かげ》で由貴への聞き取りもスムーズに進んだ。その中で気になったのは、母親の墓参りに行く少し前から、運転免許を取得したばかりの知り合いの奥さんの車に乗せてもらい、スイミングスクールに通い出したという話だった。その奥さんは話し好きで、運転中もずっとしゃべっていると聞き、とっさに俊一郎は交通事故死を疑った。

運転手の不注意が原因で信号無視をした結果、交差点の左手から来た車が助手席側に突っこんでしまい、彼女は下半身の大半を潰《つぶ》されて死ぬのではないか。

祖母のもとで死視をしていたとき、確か似たような死相を視た覚えがある。ただ、あのころは何でも祖母まかせだった。彼はどんな死相が視えたかを口にするだけで、そのあとのことはすべて祖母がやっていた。

「ちょっと待っていて下さい」

由貴に断わると、俊一郎は奥の部屋へ入り、携帯で杏羅の祖父母の家に電話をした。事務所の机の上には固定電話があったが、依頼人の前でかけるわけにはいかない。

「もしもし、東京の俊一郎です」

向こうが出たとたん、すぐにはっきりと名乗る。かつての彼からは考えられないことだったが、これにも理由があった。

杏羅の家には相談事があろうとなかろうと、いつも祖母の信者たちが詰めかけていて、頼まれもしないのに家事をしてくれる。それは大いに有り難いのだが、電話番をしていた年配の女性に以前、彼が上手《うま》く話せなかったばかりに、オレオレ詐欺と勘違いされてしまった苦い経験がある。相手の早呑《の》みこみにも問題はあったと思うが、実家への電話にもかかわらず満足にしゃべれない自分の落ち度だと、あとから俊一郎は凹めげた。以来、杏羅の家に電話をするときは、必ずちゃんと名乗るようにしていた。

「はぁ、どなたですか」

ところが、その日の電話番は耳の遠い高齢の女性らしく、最初から苦労した。

「東京の俊一郎ですが、祖父《じい》ちゃんはいますか」

「愛染様は今、とてもお忙しいんです」

「いえ、祖母《ばあ》ちゃんじゃなくて、祖父ちゃんです」

「せやから愛染様は――」

「そっちは祖母ちゃんですよね。俺が話したいのは、祖父ちゃんのほうです。弦矢愛ではなく、弦矢駿作です」

「おやまぁ、弦矢駿作先生いうたら、愛染様の旦那《だんな》様で――」

「知ってます。その愛染様の旦那様の、弦矢駿作先生を出して下さい」

「ご予約は？」

「……で、電話するのに予約も何もないでしょ」

「弦矢駿作先生もご多忙です。『死相学』いう、そら大変な著述をされてますからなぁ」

「その『死相学』について――」

「もちろん愛染様は、もっとお忙しゅうされとられます。まるでアイドルのような美《び》貌《ぼう》と熱い人気をお持ちですから、もう世間が放っておきません。そりゃもう次々と若い男性からのお誘いがあって――」

「……あのなぁ、祖母ちゃんだろ」

ため息をついてから問いかけると、急に電話の向こうが静かになった。

「作り声で騙《だま》されかけたけど、そこまで現実的でない誉め言葉を恥ずかしげもなく口にできるのは、祖母ちゃん本人しかいないからな」

「何を言うとるんや、この子はまったく失礼な。しばらく会《お》うてへん懐かしの世話になっとる祖母ちゃんに対して、それがかける言葉か」

いい歳をして作り声で孫を騙したことは、どうやら棚にあげるつもりらしい。

「ええか、うちに来る信者さんたちの誰もが、わたしゃに心酔しとるんは、あんたもよう知っとるやろ」

　それに嘘偽りはなかったが、みんなが認めているのは祖母の拝み屋としての絶大な能力と、口は悪いが裏表のない性格、金には細かくうるさいが決して守銭奴ではなく、拝み料も寸志でしか受け取らない気っ風の良さ、それに自らの権力を笠《かさ》に着て威張るような輩《やから》には容赦しない反骨精神などであって、間違ってもアイドルのような美貌と熱い人気ではないはずだった。

　そもそも、そんなもの祖母ちゃんにないしな。

　とはいえ声に出すと面倒な事態になるので、俊一郎は用件をくり返した。

「祖父ちゃんはいないのか」

「あんたは、わたしゃよりも、あの人の声が聞きたいんか」

「祖母ちゃんの声は、もう聞いてるだろ」

「はぁ、どんだけ苦労して、わたしゃあんたを育てたことか。あれは、お前が六つのときやった――」

　祖母の話が長くなると思い、彼は急いで用件を口にした。

「いるなら祖父ちゃんを出してくれ。『死相学』について訊《き》きたいことがある。依頼人を待たせてるから――」

「アホ、それを早《はよ》う言わんかい。まったく依頼人さんを放っておいて、この子は何を遊んでるんや」

遊んでたんは祖母ちゃんだろ――と言い返す間もなく、さっさと祖母は祖父を呼びに行ったらしい。

「どんな死相や」

いくらも待たないうちに祖父が電話に出た。祖母と違って無駄な会話が一切なく、すぐ本題に入れたので、山口由貴に視《み》えた死相の詳細を伝えた。

すると祖父は、それと似た事例は過去にいくつもあり、その多くが車による交通事故の凶兆で、一例だけが電車事故だったことから、そこに彼女の聞き取りの結果を加えて検討した場合、やはり車の事故という解釈が成り立つのではないか、という見立てをした。俊一郎の解釈と同じである。

「分かった。その線で考えてみるよ」

「ああ、がんばれ。じゃあな」

電話を切ろうとした祖父に、横にいたらしい祖母が何か言っている気配が伝わってきたと思ったら、

「……あれがな、相談料を請求せえ言うとる」

あれとは、もちろん祖母のことである。

「な、何だよ、それ？」

俊一郎が呆《あき》れた声を出すと、いきなり祖母が割りこんできた。

「死相を読み解くのに、あんたはこの人の『死相学』の原稿の世話になったんやろ。謝礼を払うんは当たり前や」

「その原稿のネタは、俺の死視が元になってるんじゃないか。言わば原稿の材料を提供してきたわけだ」

「何を水臭いことを、この子は言うんや。そんなもん、祖父と孫の間でチャラや」

「だ、だったら——」

相談料もいらないだろう、と彼が口にする暇も与えずに、祖母は早口で「ツケにしといたるわ」と一方的に告げて、素早く電話を切ってしまった。

「ようやく祖母ちゃんへの借金を、ゼロにしたばかりなのに……」

俊一郎はぼやいたが、金に関する問題で——というよりほとんどのことで——祖母に勝てるわけがない。

祖母の顧客は全国津々浦々にわたり、また様々な業界と業種に広がっている。そのため独自の情報網として活用することも充分に可能で、これまでに俊一郎も事件の関係者の身元調査などをやってもらっていた。ただし、すべて有料である。しかも、調査の急ぎ具合によって料金設定が変わるという細かさなのだ。ポイントカードまであるのは冗談みたいだったが、実際に祖母から請求書が届くのだから、とても笑ってはいられない。

探偵事務所を軌道に乗せるまでは、収入よりも支出が高くなる。それで祖母への支払いが滞り、督促の電話が何度もかかってくる羽目になったのだが、六蠱《むこ》の事件で警察に協力した報酬で、一気に借金を片づけることができた。

「それなのに、またかよ」

俊一郎はうんざりしかけたが、そこでふと思った。

祖母は彼との間に、つねに金銭の貸し借りがある状態を保ちたいのではないか。孫に貸しがあれば、いつでも督促の電話をかけられる。そういう名目で彼と話すことができるのだ。見栄っ張りの祖母らしく、彼に電話をかける口実が欲しいだけではないのか。もしそうなら、なかなか可愛いところがあるではないか。

と考えかけた彼は、いやいやと首をふった。

「違うな。単に祖母ちゃんは金にうるさいだけだ。それ以外に理由があるわけない」

急いで依頼人のもとに戻ると、俊一郎は死相の解釈を説明した。

「車の助手席に私が座っていて、それで事故に遭うわけですか」

その読み解きが、どうやら由貴にもしっくりきたらしい。しきりに感心している。

「この解釈が百パーセント正解だという保証は、もちろん何もありません」

納得している依頼人に水を注《さ》すようだが、俊一郎ははっきりと伝えた。

る。そうなると過去の事例から考えても、交通事故の線が濃厚と言えます」

「何らかの病気という可能性も、まだ残ります。ただし、すでに病院には行かれてい

「分かりました。とにかく車には乗らないようにします。そのうえで、日常の生活にも充分に気をつけます」

由貴ほど聞きわけの良い依頼人も珍しかった。たいていは「絶対に死ぬのを回避できる方法を教えてくれ」と要求される。その方法さえ守っていれば、あとは何をしても大丈夫という保証を、多くの依頼人が求めるのだ。

気持ちは分かるが、そんなものはない。俊一郎が明言すると、「金ならいくらでも払う」という者と、「死相が視えるだけじゃ、何の役にも立たない」という者と、大きく二つに分かれる。それでも多くの依頼人は、最終的には彼の説明を受け入れる。もちろん死にたくないからだ。

そういった人たちに比べると、本当に由貴は手がかからなかった。そのせいか俊一郎も思いつく限りの注意を与えて、彼女を事務所から送り出した。

それから十一日後の夕方、山口由貴から電話があった。その日の午後、例の知り合いの奥さんが交通事故を起こしたというのだ。携帯電話で話しながら運転をしていて、赤信号に気づかずに交差点へ入り、左手から来た車が急ブレーキをかけたものの間に合わず、そのまま助手席に突っこんだらしい。幸い奥さんも相手の車の運転者も軽傷

ですんだようだが、もし由貴が乗っていたら……という状況だったという。

電話でも感謝されたが、今日の訪問でも感謝されっ放しだった。死相学探偵をやっていて良かったと、心から喜べる瞬間だった。

子供のころは、呪われているとしか思えなかった力なのに……。

それが今、こうして依頼人を助ける力になっている。いや、それを言うなら祖母を手伝っていたときから、彼の能力は他人の役に立っていたのだ。

俊一郎が珍しく感慨にふけっていたときだった。事務所の扉にノックの音がした。

「はい！　ちょっと待って下さい」

僕を抱えたまま立ち上がり、そのまま奥の部屋へ放りこむと、ついで菓子折りを事務机の上に置き換えてから、ソファに戻って廊下に声をかけた。

「どうぞ」

扉を開けて入ってきたのは、二十歳そこそこに見える二人の女性だった。とっさに俊一郎が死視したところ、片方にだけ死相がはっきりと現れていた。

二　無気味な死相

死相の視えたほうが天谷《てんこく》大学の文学部国文学科三年生の管徳代《かんとくよ》で、もうひとりは銀行に勤めている峰岸柚璃亜《みねぎしゆりあ》と名乗った。

二人は高校時代の同級生で、在学中はテニス部に所属していた。そのため卒業後も付き合いが続いているという。ちなみにキャプテンを務めていたのは柚璃亜ではなく徳代だったと聞き、俊一郎は意外に感じた。大人しそうな徳代と社交的な柚璃亜というのが、初対面の印象だったからだ。

推薦状を持っていたのは柚璃亜だった。彼女の父親が某銀行の頭取で、その取引先の会社の会長が、数年前に「愛染様に命をお救いいただいた」ことがあり、それが今回の推薦状につながっているらしい。

今日、柚璃亜は銀行を早退して、徳代の付き添い役を買って出ていた。もっとも俊一郎には、柚璃亜が半ば強引に説き伏せて、ここまで徳代を連れてきたという風に映った。良く言えば友だち想い、悪く言えばお節介である。だが、実際に死相が視えていることを考えると、ここは柚璃亜の英断と称《たた》えるべきだろう。

「ところで——」

二人の自己紹介と推薦状の確認が終わるのを待っていたように、柚璃亜がまじまじと俊一郎を見つめながら、

「あなたは、本当に死相が視《み》えるんですか」

真正面からずばりと訊《き》いてきた。

「群疑満腹ってわけか」

「はっ？」

「色々な疑いで、心の中がいっぱいになるって意味」

「難しい言葉を知ってるんですね」

これも祖父母に育てられた影響である。俊一郎が小学生になると、二人とも四字熟語や成句を日常的に使いはじめたため、その意味を知らないと会話にならなかった。そのため彼は、とにかく辞書を引くことを覚えた。お蔭《かげ》で年齢の割に難解な言い回しの知識があるが、前は依頼人との会話にそれが出てしまい、しばしば相手を困惑させる結果になっていた。コミュニケーションが上手《うま》く取れない分、そういった四字熟語や成句で誤魔化そうとしたのだろう。だが最近は、この悪い癖もあまり出なくなっていた。それが久しぶりに、ふっと口をついてしまったらしい。

そんな俊一郎に、再び柚璃亜は意味ありげな視線を向けながら、

「まさか、こちらが理解できない言葉で、差し障りのある質問を封じよう——なんていう作戦じゃありませんよね」

「違います」

「では、もう一度お訊きします。本当に死相が視えるんですか」

「視える」

臆《おく》することなく彼が答えると、なおも彼女はしばらく凝視してから、

「ごめんなさい。失礼しました」

自分なりの判断を下せたのか、急に肩の力を抜いたように、ゆっくりとソファにもたれかかった。

「ゆ、柚璃亜は……」

その間、おろおろと心配そうな様子で、ずっと俊一郎と友人の顔を交互に見つめていた徳代が、思い切った打ち明け話をするように、

「れ、霊感が……少しあるんです」

「なるほど。で、峰岸さんから見て弦矢俊一郎という男は、ひとの死相が視える者だと判断できたと？」

「いいえ」

柚璃亜はすかさず首をふったが、

「でも、常人にはない何らかの力が、探偵さんにはありそうだと感じました。それが死相を視る力かどうか、私には分かりませんけれど」

自分には霊感がある――。

そう口にする依頼人はたまにいて、男性より女性のほうが多かった。その霊感のお蔭で自分に降りかかる死の影を悟ったので、この探偵事務所を訪れたのだと、たいていの人は説明する。こういう場合、依頼人はほぼ二つのグループに分かれた。

ひとつは、俊一郎が死相の視える事実を伝えると、むしろ自分の霊感が冴《さ》えていた証拠だと喜び、何のためらいもなく素直に受け入れる人たちである。実際に霊感のあるなしにかかわらず、そういう依頼人は楽だった。ややこしくて面倒なのは、自分の霊感を使って彼の探偵活動に協力しようと言い出す、もうひとつのグループである。そういう人たちに限って、本当は霊感などゼロに等しく、俊一郎はよけいな苦労をさせられる羽目になるので、かなり辟易《へきえき》していた。

しかし、峰岸柚璃亜はどちらの人種とも違っていた。ただ純粋に、他人に現れた死相を視る力が弦矢俊一郎にあるのか、その問題だけに興味を持っているようなのだ。

「それでヨーコに、死相は視えたのでしょうか」

「ヨーコ？」

俊一郎が怪訝《けげん》そうな顔をすると、柚璃亜はおかしそうに、

「彼女は昔から自分の名前が、もう嫌いで仕方ないんです。管という名字は何だか厳《いか》めしいし、徳代という名は古臭くておばさんみたいだって。管と徳の漢字も気に食わないっていうので、そうなると残るのは代だけです。そこでヨッちゃんとか、ヨーコとか呼んでるうちに、いつしかヨーコになってしまったわけです」

納得した彼は、山口由貴にした反省を早くも棚にあげると、

「ヨーコさんには、確かに死相が現れています」

単刀直入に伝えた。もっとも山口由貴には覚えなかった厭《いや》な気配を、ふと目の前の二人から感じとったからなのだが……。

「えっ」

意外にも柚璃亜が驚いた顔をした。もちろん徳代もショックをあらわにしたが、彼女のほうが受けた衝撃は大きそうだった。

「……ま、待って下さい。そういう大事なことは、もっと慎重に口にするべきではないのですか」

それでも立ち直るやいなや、柚璃亜は抗議の声をあげた。

「少なくとも本人に、それなりの心構えをさせたうえで——」

「ここを訪ねてきたのは、仮に死相が視えるという現象には半信半疑だったとしても、

その死相の有無を確かめることが目的のはずです。こちらも依頼人が事務所に入ってきた段階で、すでに死視をしている。死視というのは、死相を視る行為のこと。そこで視えなければ、いくら身の危険を感じると言われても、そのまま帰ってもらいます。もし視えた場合はソファをすすめ、その事実を伝えたうえで、死相の解釈に取り組みます」

「そういうやり方って――」

なおも抗議しようとしていた柚璃亜が、

「一番の問題は、時間です」

次の俊一郎の言葉で、急に黙りこんだ。

「死相が出る状況になったとたん、すぐに誰もがこの事務所を訪ねてくるわけじゃない。身体の調子が急に悪くなったり、身のまわりで不吉な出来事が続いたからといって、自分に死相が出ているのではないか……とは、まず普通は考えない」

こっくりと柚璃亜がうなずく。

「そのうえ、この事務所の存在を知っていなければならない」

「立派な推薦状も必要でしょ」

少し皮肉った彼女の物言いだったが、俊一郎は否定しなかった。

「つまり、ここへ依頼人が来た時点で、あまり時間は残されていない場合が、どうしても多くなってしまう」

「……平均で、どれくらいかしら？」

徳代を気づかいながらも、柚璃亜はずばり尋ねてきた。

「ここへ来るどれほど前から死相が出ていたのか、それを突き止めることは、かなり難しい。また分かったところで、死相が現れてから実際の死まで、つねに一定の時間が定まっているわけでは当然ない。だから苦労して調べても、残念ながらあまり役に立たないことも多い」

「えっ、そうなの？」

「死相が出る理由は、ひとによって様々です。そして死相がもたらす結果――すなわち死も、自然死、事故死、病死、自殺、他殺と色々ある。死相といっても、決して同じものではない。すべてが異なっていると、むしろ考えるべきです」

「理由と結果は、結びついてるんでしょ？」

「最初に理由、言わば原因がある。その原因が具象化したもの――といっても普通の人には視えないけど――それが死相として現れる。そして、その死相がどういう形であれ、当人に死をもたらす。これが一連の流れだけど、原因の発生から死の実現まで、時間経過はバラバラです。仮に原因が判明しても、死までの残り時間が分かるとは限らない」

「とても短い例もあれば、非常に長い場合もある……」

「そうです」

「残された時間さえ不明な状態で、死相の原因を解明して、それを取り除かなければならないってこと……」

「はい」

「……かなり大変なことじゃない」

友人を連れてきたのは良いが、果たして目の前の若造にそんな大仕事ができるのか、と急に不安になったかのような表情を、柚璃亜が浮かべた。当事者である徳代は、当たり前だが先ほどから顔色が優れない。

「ええ、簡単なことじゃない。でも、その大変な取り組みを引き受けるのが、この弦矢俊一郎探偵事務所なんです」

祖母の手伝いを長年にわたってするうちに、俊一郎は死相に対してこう考えるようになった。

依頼人は、死相という死の予告状を受け取った近い将来の被害者である。

問題の死相は、謎の動機を秘めたまま依頼人に死をもたらす犯人である。

そして自分は、死相に隠された動機を突き止め、依頼人を死から救う探偵である。

二人にこの考えを伝えると、

「だから探偵事務所なのね」

合点がいったとばかりの柚璃亜の口調だったが、またしてもずばり訊《き》いてきた。

「それで、探偵としての実績はあるんですよね？」

「なくはないけど、まだまだかな」

「そんな……」

正直に俊一郎が答えると、見る見る彼女の顔が曇ったので、慌てて彼は祖父が著している『死相学』について説明した。

「……なんだ。ちゃんと実績があるんじゃないですか」

あからさまに安心した様子を見せつつ、柚璃亜が続けた。

「お祖父《じい》様の本の中で、ヨーコの死相とよく似た事例を探せば、ほとんど解決したも同じじってことでしょう」

「そういう例も確かにある」

個人的な情報は伏せたままで、山口由貴の事例について話すと、二人の顔に微《かす》かな笑みが広がった。

「ヨーコの場合は、どんな……」

死相が視《み》えるのか、と訊きかけて柚璃亜が口ごもった。本人を前にして、さすがに話すべきことではないと思ったのだろう。

「死相の視え方については、当事者だけでなく第三者にも、できるだけ教えないようにしています」

「どうしてですか」

ほっとした顔つきになりながらも、柚璃亜が尋ねた。

「勝手に解釈をされては困るから」

「でも、当人と話し合いながら検討していったほうが、より早く原因を解明できるんじゃないかしら」

「そういう判断ができる人には、本人の承諾を得たうえで、どんな死相が視えるのかを説明して、いっしょに取り組みます。しかし、ほとんどの人の場合、それは逆効果になりかねない」

「……そうね。やっぱりショックでしょうからね」

と応《こた》える柚璃亜から徳代に視線を移しながら、念のために俊一郎はもう一度死視を行なった。だが、彼女の全身に現れたのは、事務所へ入ってきたときと同じ、なんとも無気味な死相だった。

彼に視える死相とは、その人の顔だけに現れるとは限らない。山口由貴のように頭部をのぞく身体に出る場合もあれば、首や背中など特定の場所に視えるときもある。また衣服を着ていても死視できるものもあれば、最初の依頼人だった内藤紗綾香《ないとうさやか》のように、裸になってもらわないと全体が把握できない例もあって、なかなか一筋縄ではいかない。

幸い管徳代は衣服の上からでも死視は可能だったが、彼女の身体に重なるような格好で映っている影の様子が、かなり問題だった。どんな死相であれ、それ自体がもちろん問題だったわけだが、徳代のそれが放つ禍々《まがまが》しさには、とてつもない邪悪さが感じられたのである。

「他に質問は？」

俊一郎の問いかけに、柚璃亜が「いいえ」と答え、徳代も弱々しくだが首をふった。

依頼人側が疑問に感じることはすべて出させ、できる限り対応したうえで、それから死相に関する話をしたほうが良い——というのが、ここまで探偵事務所をやってきて、彼が学んだ大切なことのひとつだった。

「では、管徳代さんに死相が——」

「ヨーコでお願いします」

それまで大人しかった徳代が、はっきりと意思表示をしたので、俊一郎は少しびっくりした。でも、すぐに本人の希望を受け入れると、

「では、ヨーコさんに死相が出ているのではないか、と疑った切っかけは何ですか。どうして、そんな風に考えたのか」

そう尋ねると、たちまち徳代の様子がおかしくなった。

「死相の原因だけど、実は心当たりがあるの」

代わりに答えたのは柚璃亜だった。

「摩館《まだて》市にある〈無辺館《むへんかん》〉をご存じですか」

聞いた覚えはあるが、すぐには分からないので彼は首をかしげた。

「今年の四月下旬に、白い無気味なマスクを被《かぶ》り、継ぎ接《は》ぎだらけの衣装をまとった謎の犯人によって、無差別で残忍な連続殺人事件が起きた現場の建物です」

彼女の説明を聞いて、たちまち俊一郎は思い出した。

かなり話題になった事件だが、ちょうど同じ時期に彼は、世田谷区音槻の入谷家に滞在しており、のちに十三の呪事件と呼ぶことになる、不可解な連続死に頭を悩ませている最中だった。そのため他所《よそ》でどれほど重大な事件が起きようと、まったく気にしている暇などなかったころである。

無辺館殺人事件の情報収集をしたのは、どうにか入谷家の事件を解決したあとだった。不謹慎な言い方かもしれないが、それほど興味深い内容を、この事件は有していたのである。

「被害者の全員が、鋭利な刃物で刺されたり、斬りつけられたりして殺された……」

「そうです。無辺館ではそのとき、〈恐怖の表現〉と題された芸術展のオープニング・パーティが開かれていました。主催者は映画監督の佐官甲子郎《さかんこうしろう》——」

「ジャパニーズ・ホラーの代表作のひとつ、『黒い毛玉』の監督ですね」

「脚本も本人が書いています。他にも『西山吾一惨殺劇場』や『首斬り運動部』など、怖いだけでなく、かなり設定がユニークな作品があります」

「どっちも観ています」

〈恐怖の表現〉展に招待されたのは、ホラー分野に関わっている様々な業界の人でした。もっとも映画監督は本人だけ……という出席者の顔触れが、佐官監督の人柄を表しているわけですけれど」

「かなり気難しい人で、自分以外の映画監督とは、すぐに喧嘩《けんか》になるとか」

「ええ。ですから仮に招待された監督がいたとしても、まず出席しなかったでしょうね。そんなパーティ会場に突然、異様な格好をした者が闖入《ちんにゅう》して、いきなり殺戮《さつりく》をはじめたわけです」

「ところが、そんな事件が起きていることに、ほとんどの人は気づかなかった……」

「信じられないことにね。でも、異様な格好と言いましたが、そのとき行なわれていたのは仮装パーティでした。しかも展示のテーマから、ホラー映画に登場する殺人鬼やゾンビの扮装《ふんそう》をしている人も少なくなかった。そもそも犯人自身が被っていたのが、映画『ハロウィン』の殺人鬼マイケル・マイヤーズの頭髪つきの白いマスクと、『13

日の金曜日』のジェイソン・ボーヒーズのトレードマークとなった、アイスホッケーのゴールキーパーがつける顔面用のプロテクターの二つを合わせたものでした。衣装は『悪魔のいけにえ』のレザーフェイスもどきだったといいます」

柚璃亜の詳細な説明に、思わず俊一郎は苦笑しそうになった。彼もホラー映画は好きだったので、妙な親近感を覚えたせいかもしれない。

「マスコミは〈ホラー映画の殺人鬼に扮した殺人鬼〉ということで、この犯人を〈ホラー殺人鬼〉とか〈仮装の殺人魔〉とか呼びました」

「だからこそ仮装パーティの中に、犯人は完全に紛れこめた」

「そのうえ無辺館はお屋敷町の外れにあり、一軒の大きな屋敷――いえ、ホテルのような大邸宅と呼ぶべき二階建てで、いくつもの部屋があった。また展示物があちこちに置かれていて、それらが目隠しの役目を果たしていた。そういった屋内の環境を、犯人は非常に上手《うま》く利用したわけです」

「犯人の正体も動機も分からないまま、確か未解決……」

「今のところ、そうですね。そのため呪いだとか祟《たた》りだとか、言い出す人も現れました。実際そこには真鍋《まなべ》家という元々その地方の地主さんの大きな屋敷があったのですが、まさに日本経済のバブルがはじける寸前、ひとに勧められるままに新たな事業に手を出して、目も当てられない大損をした。やがてリリーフグループに家も土地も差し押さえられ、絶望のあまり一家心中をした跡地に、その無辺館は建っています」

「たまたまニュースで見たけど、立派な長屋門のある、とても風格の感じられる屋敷だったようですね」

「建築にご興味が？」

「別にそういうわけでは……」

古風なものに惹《ひ》かれるのも、やはり祖父母に育てられた影響だろうか。

「そんな価値のある屋敷を、当時のリリーフグループの会長は壊して更地にすると、そこに洋風の邸宅を建てはじめました。リリーフはご存じですよね。街の消費者金融から出発して、急成長をとげた企業です」

「脱税や他の容疑で、会長が逮捕されて――」

「ええ。そのあと騒動が色々あって、結局その会長も破産しています。それで完成したばかりの邸宅も競売にかけられ、かなり安い値段で地元の垂麻《たれま》家が手に入れました」

「垂麻家……」

「戦前から続く摩館市の名士です。もっとも以前に比べると没落していますし、過去には何度も悪い噂が立っていて、非常に癖のある一族のようです。この八月に摩館市と名古屋市と京都市と田城《たしろ》市で起きた、摩館市立第三小学校の元同級生たちを巡る連続殺人事件でも、元凶は垂麻家にあるらしいという噂が、一部では囁《ささや》かれたと言いますから……」

「それにしても詳しいですね」

　俊一郎が素直に感心すると、

「怖いこと全般が、ただ好きなだけですよ」

　少し照れた様子で柚璃亜は謙遜《けんそん》してから、

「そんな垂麻家が、何をどう思ったのかは分かりませんが、問題の洋館を〈無辺館〉と名づけ、とても安い価格でリースをはじめたのです」

「賃貸物件じゃなくて？」

「住むために貸すのではなく、展示場やパーティ会場として利用する者に――それも芸術関係の催しに限るという条件つきでした」

「芸術家のパトロンになっている人物が、その一族にいたとか」

　そうとしか考えられなかったが、彼女は微《かす》かに首をふると、

「この芸術関係の催しという縛りがまた曲者《くせもの》で、その内容に少しでも非日常性が認められないと、貸してはくれなかったといいます」

「どういう意味です？」

「怪奇、残虐、幻想、恐怖、戦慄《せんりつ》……といった歪《いびつ》なテーマしか、どうやら認めなかったみたいで……」

「無辺館の賃料でもうけようという気は、まったくなかったのか」

「そもそも立地から考えても、あの建物を何らかの催しだけで利益の出せる物件と見なすには、ちょっと無理があり過ぎるでしょう」

職業柄か、柚璃亜の物言いには説得力が感じられた。

「金持ちの道楽か」

「そう言えるほど、垂麻家に余裕があったのかどうか……」

やんわり否定しながらも、彼女には何か思うところがありそうだった。

「だったらどうして、わざわざそんな家を買ったのか」

「あくまでも私の想像ですが、垂麻家はあそこで何か邪《よこしま》な行ないを積み重ねようとしていた……のではないでしょうか」

「…………」

「元々の住人で地主でもある真鍋家が一家心中をとげ、借金の形に巻きあげた人物も破産しています。物件として決して良いものではない。それを手に入れたのが、地元でも曰《いわ》く因縁のある一族だった。しかも建物を貸し出す条件が、明らかにおかしい。垂麻家が何かを企《たくら》んでいたと見なすのは、あまりにも穿《うが》ち過ぎでしょうか」

「そういう意味か。いや、充分に有り得ると思います」

このとき俊一郎の脳裏には、あの黒術師の存在が浮かんでいたが、意図的に考えないようにした。今は、目の前の依頼人たちに集中するべきである。

「話が少しそれました。そんな曰くのあった建物なので、殺人事件も祟りのせいだと噂されたわけです」

「無理もない」

「その無辺館を、なぜか垂麻家が手放したのです」

「えっ……」

「先ほどの話に戻りますが、そうなると私の説も怪しくなってきます。惨《むご》たらしい人殺しがあった家を、あっさり放棄したわけですから」

「予定が狂ったからかもしれない」

俊一郎の言葉に、柚璃亜は眉間《みけん》に皺《しわ》を寄せながら、

「何の予定ですか」

「あなたの垂麻家に対する見立ては正しいような気がします。では、どうして無辺館を手放したのか。そこで邪悪な行為を少しずつ高めていく計画を、仮に垂麻家が練っていたとしたら――。呪術的な儀礼というのは、得てして面倒な手順を踏まなければならないことがある。ところが、いきなり殺人事件が起きてしまった。本来なら最後に来るべき仕上げの行為が、まだ充分に準備が整っていない状態で、先になされてしまった。そのため無辺館は、垂麻家にとって無用の長物になり下がった。そこで仕方

なく手放すことにした」

「す、すごい！」

今にも拍手しそうな格好で、きらきらと両目を輝かせながら、柚璃亜が叫んだ。

「きっとそうよ。そうに違いないわ」

「い、いや、これは単なる想像に――」

「だとしても、絶対に真相には近いはずよ」

それほどの自信がどこから出てくるのか、俊一郎には理解できなかったが、またしても話がそれはじめたので、

「その無辺館とヨーコさんの死相に、いったい何の関係が？」

ストレートに訊《き》くと、柚璃亜が苦笑いを浮かべながら頭を下げた。

「ごめんなさい。肝心の話を、まだ何もしてなかったわね」

彼女は徳代にも詫《わ》びるような眼差《まなざ》しを送ってから、

「実は、今では廃墟《はいきょ》となっている無辺館に、私たちは入ったの」

「どうして？」

「もちろん興味があったからだけど、軽い肝試しのつもりだった。少なくとも私はそうだった。ヨーコは怖がって嫌がってたけど、結局は付き合ってくれて……」

それで管徳代にこのような死相が出たのだとしたら、何とも高い代償を彼女は払っ

たことになる。

彼女の全身は黒くて薄い布に包まれていた。ただ、そこには細長い破れ目がいくつも認められた。あたかも鋭利な刃物で切り刻まれたような、創傷に見える切り口が、その死の幕にはいっぱい開いていたのである。

三　無辺館

十一月下旬の金曜の夜、摩館市を目指すベンツの車内では、ひとしきり怪談話が披露されていた。運転席には車の持ち主の長谷川要人《はせがわかなと》、助手席には峰岸柚璃亜、その後ろには要人の友だちの湯浅博之《ゆあさひろゆき》、彼の隣には管徳代が座っている。

男性たちは二人とも二十八歳と少し年上だったが、この夜の行き先と目的を考えると、つくづく同年代の男でなくて良かったと、徳代は心から思った。

その前々週の木曜日、柚璃亜が出席した飲み会で意気投合したのが、ベンツの持ち主である長谷川要人だった。ちなみに参加した女性は全員が銀行などの金融業に勤め、男性は不動産業の関係者だったという。昔で言うところの、いわゆる合コンである。

「どんな業種の人が来るか分からない飲み会も面白いけど、最初からはっきりしているのも楽でいいわ。少なくとも相手の仕事や年収を探る必要がないでしょ」

というのが柚璃亜の言だが、彼女の場合、それ以外にも探らなければならない相手の条件があった。それは男性が、怖いもの全般が好きかどうか、という問題である。怖いものが苦手な臆病《おくびょう》者や、反対に怪談などを鼻で笑う者は論外だが、単に嫌いではないレベルでは駄目で、彼女といっしょに恐怖を楽しむ趣味嗜好《しこう》が要求された。

同性の徳代から見ても、峰岸柚璃亜は可愛くてスタイルが良く、性格も明るくて、誰からも好かれる要素を持っている。そのうえ父親は某有名銀行の頭取で、彼女の就職も完全に父親のコネだった。とはいえ高校時代、本人はとても勉強ができたので、なぜ大学に進学しないのかと徳代は不思議だった。

「特に勉強したい分野もないから、早めに社会に出て、良い男を見つけて結婚するのが私の夢なの」

そう言うのだが、どこまで本気なのか未《いま》だに分からない。本当に条件の良い男性を見つけて結婚したいのなら、彼女自身の怖いもの好きという性格を、相手に受け入れさせようなどと普通は考えないのではないか。

しかし、そこに彼女はこだわった。だから、ほとんどの男性とは長く続かない。柚璃亜に惚《ほ》れるあまり、自分の怖いもの嫌いを克服しようと努力した者もいたが、夜毎の電話での彼女の怪談語りと、毎週末のホラー映画のＤＶＤ鑑賞に、文字通り恐れをなして逃げて行ってしまった。思えば不憫《ふびん》な男である。

そんな柚璃亜のお眼鏡にかなったにしては、前週の金曜日に表参道《おもてさんどう》のスペインレストランで夕食を共にした、長谷川要人に対する徳代の第一印象は微妙だった。父親が某大手不動産会社の社長で、本人も若くして関連会社の役員であり、容姿と性格も決して悪くはない。ただ、柚璃亜とカップルになった様を考えると、どうにも釣り合わない気がする。男のほうに華がないのだ。

私に言われたくないだろうけど……。

徳代は心の中でつぶやいて、密《ひそ》かに苦笑した。

柚璃亜とは高校のときからの親友だが、容姿も性格も家柄もひとつとして似ているところがない。そのため当時から一部の同級生の間では、「柚璃亜は自分の引き立て役として徳代と仲良くしてる」と陰口をたたかれたが、二人は少しも気にしなかった。彼女たちには唯一無二の接点があったからだ。

怖いものが好き……。

実話怪談、心霊写真、恐怖動画、怪奇スポット、遊園地のお化け屋敷、ホラー映画、ホラーゲーム、ホラー漫画、ホラー小説などなど、とにかく恐ろしいものが二人とも大好きだった。ただし徳代は、ある点だけ柚璃亜と違っていた。それは結構な怖がりだということである。

昔から母親も友だちも、怖がりなくせに怖いものが好きだという性格が理解できないらしく、これまでにも呆《あき》れられることが多かったのだが、柚璃亜は違った。

「怖がれるなんて、なんてうらやましいの！」

彼女によると、笑いや涙を求める人は比較的容易に欲求を満たせるという。その手の映像を観たり作品を読んだりすれば、そこそこは笑ったり泣いたりできるためだ。

ところが、怖がるのはなかなか難しいらしい。彼女自身が恐怖の対象となるもの全般が好きなため、「怖い」と思う前に「面白い」と感じてしまうからだという。だからといって本当に臆病な人の場合は、そういうものが心底嫌いなわけだから、怖い目に遭うのは苦痛でしかないはずだ。

つまり徳代のように、怖いのは好きだけど、それを体験するのは怖くてたまらない……という状態が理想的だとうらやましがるのだ。

そんな徳代の特殊な嗜好を、柚璃亜は真剣に羨望《せんぼう》した。自分の容貌《ようぼう》やスタイルなど、この怖いもの好きの怖がりという性格の前では、まったく色褪《あ》せてしまうと本気で思っている節があった。彼女と付き合う男性たちが苦労するのも、当たり前かもしれない。

だから長谷川要人にたとえ華がなくても、柚璃亜を震え上がらせる無尽蔵の怪談話を披露できるなど、彼女の怖いもの好きの琴線に触れる何かを持っていれば、当面は大丈夫なはずである。でも、そういう気配があまり見られない。むしろ彼の大学時代の友人だと紹介された湯浅博之のほうが、積極的に怖い話をしゃべっていた。

柚璃亜はどういうつもりなのかな？

夕食会の間中、ずっと徳代は首をかしげていた。その疑問が解けたのは、食後に場所を移した六本木《ろっぽんぎ》のバーの席だった。

「長谷川さんの会社は、すごい不動産を持ってらっしゃるのよ」

柚璃亜の意味深長な口調に、

「ああ、あれですか」

と応《こた》えた要人の様子が少し変だった。柚璃亜には自慢して関心を引きたいが、やり過ぎると困った事態になりかねない。その判断に困っているような顔である。

「ヨーコも知ってるでしょ、摩館市の無辺館のことは」

「……ええ、酷《ひど》い事件があった建物よね」

知ってるでしょと言った本人に、嫌というほど詳しく聞かされていたので、すぐに思い出せた。

「あの無辺館を、長谷川さんの会社では管理なさってるのよ」

「でも、あそこは事件のあと、廃墟みたいに……」

「うん、なってるようね。さすがに売るのは、すぐには無理でしょう。だから廃墟というよりも、空家みたいなものなのよ」

柚璃亜の説明に、要人が鷹揚《おうよう》にうなずいている。

「その無辺館に、私たちを連れて行って下さるっておっしゃるの！」

ところが、次の彼女の言葉で、彼の顔がたちまち強張《こわば》った。

「そんなこと、できるんですか」

思わず徳代が心配して——ここは一応、彼の社会人としての立場を慮《おもんぱか》って——そう尋ねると、

「当社の不動産として、まだ正式に扱っているわけではないので、本当は駄目です。しかし、特別な顧客のために、私が個人的に案内するという格好をとれば、何の問題もありません」

と笑みを浮かべつつ答えたが、できればやりたくないと思っている彼の気持ちが、なんとなくだが徳代には伝わってきた。

おそらく先週の木曜の飲み会に出た長谷川要人は、柚璃亜を気に入ったに違いない。一目惚《ひとめぼ》れだったかもしれない。そこで積極的に話しかけたが、そのうち相手の特殊な嗜好が彼にも分かってきた。そこで彼女の気を惹《ひ》くために、とっておきの物件を口にした。その甲斐《かい》あって、次の夕食会の約束は取りつけられた。ただ、柚璃亜が友だち

を連れてくるというので、彼も仕方なく友人の湯浅博之を呼んだ。

そういう事情なのだろうと徳代は考えた。ただし、要人が思ってもいなかった事実がひとつだけある。柚璃亜の怖いもの好きが、筋金入りだということだ。

「もちろん実際に無辺館をお貸しすることは無理ですが、内部をご案内するくらい、私の判断でできます」

それくらいしなくては柚璃亜が納得しないと、きっと要人も覚悟を決めたのだろう。

そう続けながら彼女に顔を向けたのだが、

「無辺館に行くのは、真夜中にしましょう」

返ってきた言葉を耳にして、急にうろたえはじめた。

「……それは、どうかなぁ」

「必要な鍵《かぎ》の持ち出しは、問題ないんですよね」

「ええ」

「だったら、いつでも行けるじゃないですか」

「し、しかし、夜は危ないですよ」

「どうしてです？」

「空家といっても、やはり廃墟《はいきょ》の中に入るようなものですから」

「無辺館に展示された作品は、ほとんど制作者に返されたと聞いています。あそこは、そういった展示専門の美術館のようなものでしたから、作品がない今、がらんとしているのではないでしょうか。懐中電灯さえ持って行けば、廃墟につきものの足元の心配も、ほとんどないはずですよね」

「………」

要人が口ごもってしまった。こうなると柚璃亜に勝てる者など誰もいない。

そこからは遠回しに難色を示す彼と、ストレートに説き伏せようとする彼女とのやり取りがはじまったが、どう見ても分は柚璃亜にあった。しかも、意外にも湯浅博之が彼女に加勢したことで、よけいに要人の旗色が悪くなり出した。

「ヨーコさんは、どう思われます？」

とっさに彼がふってきたので、

「そんな怖いところ、行きたくありません」

つい柚璃亜のことを考えずに本音を口走ってしまうと、急に要人が勢いづいた。

「あっ、だったらやめておきましょう。嫌がる女性を無理にお誘いするのは、やっぱり悪いですから」

「ヨーコなら平気です」

もちろん柚璃亜はまったく動じない。

「確かに彼女は怖がりだけど、それ以上に怖いものが好きなんです」

「しかし――」

「どのくらい好きかというと、私と同じくらいですからね」

要人に見つめられて、なんだか申し訳ない気持ちを覚えながら、こっくりと徳代はうなずいた。その瞬間、彼は抵抗するのを諦《あきら》めたらしい。

そこから無辺館の深夜散策の日程が、翌週の金曜の夜と決まるまでに大して時間はかからなかった。まず四人で夕食をとってからと要人は思ったようだが、あっさり柚璃亜が却下したので、かなり驚いたようだ。彼としては夕食会がメインで、無辺館はあくまでも彼女を誘い出すための餌だったからだろう。

ところが、そのうえ柚璃亜が続けて、

「食事は各自で簡単にすませておきましょう。飲酒は絶対しないように。とにかく万全の状態で臨むことです」

そんな注意を述べたので、さすがに彼もいささか腰が退《ひ》けているようだった。

この付き合いも長くないかもしれないなぁ。

そう感じた徳代は、少し要人が気の毒になった。とはいえ無辺館での肝試しに満足してしまえば、遅かれ早かれ柚璃亜は彼に興味を失くしそうな気もする。いずれにしろ本人たちの問題なので、どうすることもできない。

こうして迎えた金曜の夜、要人のベンツに乗った四人は一路、摩館市の無辺館を目指していた。

道中では当然のように柚璃亜が、古今東西の様々な怪談を語った。最初のうちは要人と博之の二人も、それに応じる余裕を見せていた。特に博之のほうは、自らも怪談を披露したほどである。だが、そのうち次第に口数が少なくなっていった。もちろん彼女の話が、洒落《しゃれ》にならないくらい怖かったからだ。

暖房のきいた車内の空気が、異様なほど肌寒くなったころ、

「雰囲気作りは、これくらいでいいでしょう」

柚璃亜は鬼気迫る口調でしゃべっていた怪談話を、ようやくやめた。

そのあと車はすぐに幹線道路をそれると、月夜の闇に沈む田舎じみた町並みの中へと入っていった。時おり現れる商店の軒先に灯《とも》る明かりと街灯の照明が、まるで徳代たちに行き先を示しているように見えて、なんとも薄気味が悪い。

そんな風景もしばらく走っているうちに、次第にお屋敷町のような家並みに変わり出した。一軒の家屋が大きくなった分、まわりの戸数は減っている。商店もまったく見当たらない。急に闇が広がったような眺めである。

「もうすぐです」

すっかり口を閉ざしていた要人の声が開こえたところで、車はお屋敷町を抜けた。周囲は一面の田畑らしい。その中を走っていくと前方に小さな森が、その手前に高い

塀が見えてきた。

「あれですね」

落ち着いた柚璃亜の物言いだったが、かなり興奮しているのが徳代には分かった。

やがて大きくて高い門の前で車が停まり、四人は降りた。ふり返ると田畑をはさんだ向かいに、お屋敷町が静かに眠っていた。それもそのはずである。あと十五分ほどで午前零時になるところだった。

要人が背広のポケットから鍵束を取り出し、門の施錠を解く。そのとき、なぜか彼が首をかしげたような気が、ふと徳代はした。しかし彼は、もう何事もなかったかのようにしている。

すうっと何の物音も立てずに開いた門の中へ、柚璃亜、徳代、博之の順で入り、最後の要人が鍵をかけた。その瞬間、柚璃亜といっしょに観た「ヘルナイト」というホラー映画を、徳代は思い出してしまった。

新入生歓迎の肝試しで、過去に惨劇のあった廃墟屋敷ガース館での夜明かしを命ぜられた学生たちが、ひとりずつ血祭りにあげられていく。逃げ出すためには門の鍵がいる。それなのに鍵は……という設定が、なかなかサスペンスを高めている映画だった。

柚璃亜によると一九八一年の作品で、当時のホラー映画テイストが良くも悪くも出ており、決して高い評価はできないが、恐怖演出はそれなりに上手《うま》いという評価で、徳代も怖がって観た覚えがある。

そんな映画をよりによって思い浮かべたのは、要人が鍵を失くしてしまったら、自分たちもここから出られなくなると、とっさに心配したからだ。大声で助けを呼ぼうにも、お屋敷町とは少し離れている。しかも今は、真夜中である。もちろん携帯は持っているので、いざとなれば警察に連絡はできる。でも、もし圏外だったら……、もしバッテリーが切れてしまったら……、もし四人とも携帯が故障したら……という不安に次々と襲われた。そういう不測の事態に見舞われそうな雰囲気を、この場が持っているせいだろうか。

「立派な建物ですねぇ」

自らの想像に怯《おび》えている徳代の横で、場違いにも柚璃亜が感嘆の声をあげた。

「写真で目にはしていましたけど、やっぱり実物のほうが迫力があります。無辺館という命名も、決して伊達《だて》ではなかったってことでしょうか」

「うちの会社が手に入れたのですから、そのへんはきちんと見ています」

要人の言葉には不動産会社の若き役員としての自負が感じられた。ただ、それも問題の建物を眺めているうちにゆらぎ出したらしく、その表情が次第に曇っていくのが手に取るように分かった。もしかすると無辺館を訪れたのは、彼も今夜がはじめてなのではないだろうか。

まさか……ね。

こういう場で頼りになるのは、もちろん柚璃亜である。しかし、彼女もはじめて入る建物となると、その内部に詳しい人が欲しい。それが要人なのに、彼自身もここに入るのははじめてだったとしたら……。

恐ろしい想像をした徳代が、目の前の館へまともに顔を向けたとたん、たちまち得体の知れぬ慄《おのの》きを覚えて、ぶるっと身体が震えた。これまでにも半ば強引に誘われて、いわゆる心霊スポットと呼ばれる場所に連れて行かれたことはあるが、ここほど禍々《まがまが》しい気配を感じるところも珍しい。

私に霊感なんか少しもないのに……。

そう思うと、よけいに恐ろしい。ひょっとすると要人も、この異様な雰囲気を体感しているのではないか。

博之はどうかと目をやると、呆然《ぼうぜん》とした顔で無辺館を眺めている。少なくとも好感を抱いたようには見えない。要人と顔を見合わせて、困ったようにお互いが肩をすくめた仕草でも、それが分かった。

「この建物は、ジャコビアン様式が基調なんですよね」

四人の中でご機嫌なのは柚璃亜だけだった。

「これは十七世紀初頭のイギリスで用いられたもので、ちょうどゴシックからルネサンスへの移行期に現れた様式に当たります。だからゴシックの垂直性が、ルネサンスの骨格に織り交ざっているのが特徴で――」

柚璃亜が偉いのは、単に怖いもの好きな女で終わっていないところである。古典的なホラー映画も愛する彼女は、舞台となる古城や城館にも興味を抱いて、その建築様式までちゃんと勉強していた。

とはいえ今、そんな説明をされても少しも耳に入らなかった。柚璃亜が見惚《みと》れている正面玄関の上部にそびえる三層の塔屋も、屋上に見える小尖塔《しょうせんとう》も、ただただ忌まわしき構造物にしか徳代には映らない。そもそもゴシック様式を持つ建物には、はなから怪奇色が感じられることが多いのだから、なおさらである。

「酷《ひど》い事件があった屋敷の割には、かなり綺麗《きれい》だな」

とってつけたような感想を博之が口にしたが、確かに建物のどこにも荒れた様子は見られなかった。

「そうですね。きっと長谷川さんの会社が管理されてるからですよ」

無辺館に連れてきてもらえたお礼のつもりか、珍しく柚璃亜がお世辞めいたことを述べた。しかし要人は真に受けたらしく、満更でもない顔をしている。

「ここは門も塀も高さがあるし、その上の忍び返しもしっかりしてるから、ちょっと侵入するのは無理でしょう」

　誇らしそうな要人に、柚璃亜は笑顔を返しながら、

「よく殺人事件や一家心中が起きたホテルや家で、そのあと廃墟《はいきょ》化して心霊スポットになった場所は、肝試しに来たマナーの良くない者たちのせいで、窓ガラスが割られたり、落書きされたり、扉や壁が破られたりして、とても荒《すさ》んでいることが多いですよね。それに比べると、ここは数ある怪奇スポットの中でも非常に保存状態の良い、最適の物件だということが分かります」

　そこで柚璃亜は思わせぶりに言葉を切ってから、

「最良とは建物の状態だけでなく、もちろん心霊スポットとしても……という意味もふくんでいるわけですけれど」

「ここがですか」

　半ば笑った口調で、ふざけるような表情を博之がした。その様子が徳代には、無理に強がっているように思えてならない。

　だが柚璃亜は、そんな彼の反応を気にした風もなく、無辺館を見上げたまま、

「事件のあと、ここが空家になってから、おかしな目に遭ったという体験が、実は少なからずあるようなんです」

　門から南向きの正面玄関へと続く石畳の道を歩きながら、さっそく忌まわしい話を

披露しはじめた。

「地元の中学生が部活の帰り、あの門の前を通りかかると、二階の窓に女の人の姿があって、こちらに手をふっていたとか……。日中、この付近の田畑で働いていたお年寄りが、館の中で鳴り響く電話の音を聞いたとか……。お屋敷町の子供たちが探検のつもりで、門の周囲をぐるっと回っていると、彼らの動きに合わせるように、敷地内の藪《やぶ》の中を移動する何かの気配を感じたとか……。夜中に少し離れた道を走っていた車の運転手が、ここに灯《とも》る真っ赤な毒々しい明かりを見たとか……。早朝、新聞配達の青年が、館の中で泣き叫ぶ女の子の声を耳にしたとか……。月明かりがまったくない闇夜に、肝試しに来たカップルが門から覗《のぞ》いていると、女の片足が何かにつかまれて、門の内側へ引きずりこまれそうになったとか……」

「おいおい、立派な怪奇スポットじゃないか」

博之が怪談話をさえぎるように、要人に声をかけた。その口調がまるで抗議するようだったので、おやっと徳代は思った。

要人に比べると、博之は怖いものでも平気そうに見えた。むしろ好きなほうかもしれない。だから先週の金曜日、無辺館に行きたいという柚璃亜の味方をしたのだろう。ただ、ここまで洒落《しゃれ》にならないとは、きっと思っていなかったのだ。

すべては柚璃亜と出会い、彼女を気に入り、なんとか付き合おうとした要人の責任であると、おそらく博之は思っているのだろう。だが、もはや手遅れである。今さら帰ろうとは、博之も言い出せないに違いない。

「いくつかある体験の中でも、私は泣き叫ぶ女の子の声というのが、別の意味で怖いなと感じました」

博之の微妙な変化に気づくことなく、柚璃亜は話を続けている。

「どうして？」

男性たちが尋ねそうにもないので徳代が訊《き》くと、

「目の前で母親を滅多刺しにされ、殺されてしまった四歳の女の子がいるんだけど、この子は幸い助かってるの」

「えっ、なのに声が？」

「ただ、母親の遺体の側で発見されたとき以来、ずっと昏睡《こんすい》状態らしくて……」

「まさか……その子の意識だけが、まだ惨劇のあったここに留《とど》まってるとか、言い出すんじゃないでしょうね」

男性二人に気兼ねして、徳代は小声で尋ねたのに、

「ここは呪われた惨劇の館なのよ。どれほど異常で不可解な出来事が起きても、別に不思議じゃないでしょう」

柚璃亜は止《とど》めを刺すような台詞《せりふ》をはくと、道の先にある正方形の特徴的な車寄せま

で、さっさと歩を進めてしまった。

仕方なくあとに続いた徳代の後ろから、

「ちょっとだけ覗かせたら、さっさと帰るからさ。しばらく辛抱してくれよ」

要人の囁《ささや》き声が聞こえてきた。それが懇願口調だったせいか、

「いいか、付き合うのは今夜だけだぞ」

まったく渋々といった様子で博之が承諾している。

そんな男性たちのやり取りなど少しも知らぬ柚璃亜は、ようやく車寄せの中に辿《たど》り着いた徳代に、再び建物の解説をはじめた。

「ほら、玄関の上に円弧状の装飾があるでしょ。あれは西洋の古典建築に見られるペディメントといって、古代のギリシャやローマでは、建物の正面を表す装飾なの。もっともこれは神殿などの建造物に――」

そこへ要人が、するっと割って入ってきた。

「建築学の講義はあとのお楽しみにして、いざ無辺館を探索しませんか」

早いところ入って、早いところ出ようという作戦なのだろう。どうやら彼は、まだ柚璃亜という女性を理解できていないらしい。

徳代が気の毒がっている横で、要人が正面玄関の扉の鍵《かぎ》を開けた。門のときと同様、またしても彼が首をかしげたような気が、ふと徳代はした。だが本人は、すでに普通

の様子に戻っている。何かを感じたにしても、それほど大したことではないのだろうか。

最初に扉を潜ったのは柚璃亜で、次いで徳代と博之が続き、最後に要人が入った。彼が扉を閉めた瞬間、ほとんど物音は鳴らなかったのに、どーん……という大きな反響が、館全体を震わせたような感覚があった。

今のは何だったの？

思わず柚璃亜に目をやったが、彼女は呆然と立ちつくしたままで、ただ黙っている。邸内に入るやいなや、てっきり饒舌《じょうぜつ》になると思っていた徳代は、まったく何もしゃべらず、ぴくりとも動かない彼女を見ているうちに、たまらなく怖くなってきた。

なんなの？　ここに何かいるっていうの？

玄関ホールで四人が、まるで棒のように突っ立っていると、ぼおぅぅーん、ぼおぅぅーん……と鳴る十二点鐘らしき音が、館の奥から聞こえてきた。

四　惨劇の現場

その夜、峰岸柚璃亜は楽しんでいた。何と言ってもあの無辺館の中に入れるのだ。もう興奮せずにはいられなかった。

彼氏を探すための飲み会には、最近ではあまり興味がなくなりつつあったが、先々週の木曜の集まりは正解だった。現在あの建物を管理している不動産会社の若き役員、長谷川要人と知り合いになれたのだから、これ以上の幸運はそうそうない。

もちろん友だちの管徳代にも声をかけた。柚璃亜自身がそれほど怖がれない分、ここは彼女に慄《おのの》いてもらわないと、やはり盛り上がれない。怖いものが好きなのに怖がりという友人の性格が、本当にうらやましかった。

ここに来るまでの道中、ベンツの車内でもテンションをあげっ放しだった柚璃亜の興奮がさらに高まったのは、門を通って敷地に足を踏み入れ、無辺館を目の当たりにしたときである。

この中に今から侵入するのだ——。

そう考えただけで歓喜のあまり、思わず柚璃亜は声を漏らしそうになった。つくづく自分は猟奇の徒だと、あらためて思う。

要人が再び背広のポケットから鍵束を取り出し、正面玄関の扉の鍵を開けた。

いよいよだ……。

誰よりも先に足を踏み出したのは柚璃亜だったが、はやる気持ちを抑えるように、ゆっくりと敷居をまたぐ。

そこは玄関ホールだった。目の前には閉じられた観音開きの大きな扉があり、天井はゴシック特有の穹窿《きゅうりゅう》で、床はモザイクタイルだと、外から射しこむ月明かりでも充分に見取ることができる。左手にある扉の向こうは、おそらくクロークルームではないか。

最後のひとり――おそらく要人――が扉を閉めて、皓々《こうこう》たる月明かりが遮断されたときだった。

どーん……。

まるで無辺館そのものが物音を立てたかのような、そんな振動が伝わってきた。その籠《こも》った重い響きは、あたかも今から何かがはじまることを、侵入者たちに告げているように感じられた。

まさか……、閉じこめられたとか。

とっさに柚璃亜はふり返って扉を開け、一目散に外へ飛び出しそうになった。思い留まったのは、怖いもの好きの血がまだ滾《たぎ》っていたのと、徳代と男性二人に対するプライドのせいだろうか。もしも彼女がひとりで来ていたら、とっくに回れ右をして逃げ出していたかもしれない。

ぼおぅぅーん、ぼおぅぅーん、ぼおぅぅーん……。

館に残ることを選んだ彼女を嘲笑《あざわら》うかのように、どこか奥のほうから午前零時を告げる柱時計の鐘の音が聞こえてきた。

電気は切られているはずよね。

では、どうして時鐘が鳴っているのか。電池か。しかし、これほど大きな鐘の音を鳴らす時計に、そもそも電池が使われるだろうか。ねじ巻き式であるわけはない。ここが空家になって約七ヵ月である。ねじなど完全にゆるんで、とうに時計は止まっているはずではないか。

ぼおぅぅーん……。

やがて最後の鐘が鳴ったあと、邸内は急に静まり返った。

えっ？

無意識に数えていた柚璃亜は、それが十二点鐘よりもひとつ多いことに気づいた。

それとも数え間違えたのか。

無辺館の十三点鐘……。

その意味を考えそうになり、彼女は慌てて首をふった。いくら怖いものが好きだからとはいえ、こんな曰《いわ》くのある場所で下手な想像をするのは禁物だろう。

「行きましょう」

三人に声をかけると、返事も待たずに観音開きの扉を一気に引き開け、さらに邸内へと侵入する。

とたんに目の前が真っ暗になった。

……ずんっ。

次いで空気が重くなる。じっとりと湿気をふくんで、みっちりと館内に充満している感じだろうか。それは満足に換気をしていない空家の籠った空気というより、無辺館に閉じこめられた目に見えない何かが、次第に集まって出来たもの……のように思えてならなかった。

息苦しい。

柚璃亜は無意識に洋服の襟元を開けて、新鮮な空気を求めていた。

ここは、普通じゃない……。

これまでにも彼女は、いわゆる怪奇スポットと呼ばれる場所へ、何度も行っていた。なかには遊び半分で訪れるべきではない、とても恐ろしいところも存在したが、どうにか無事に切り抜けてきた。それは彼女が個々の現場において、決して足を踏み入れてはいけない空間、絶対に触ってはならないもの、一言も口にしてはいけない言葉……といった、その場ならではの禁忌を自然に悟れたからである。

友だちが言うように、自分に「霊感がある」のかどうかは分からない。ただ、そういう忌まわしい場所に潜んでいる危険を察知する力は、みんなより多少は優れていると思っていた。

ところが、どうもここ〔は勝手が違うようなのだ。早くも玄関ホールで異様な雰囲気を察知し、観音開きの扉を潜って入った真っ暗な広間でも、確かに空気の重さを感じた。しかし、あそこがおかしいとか、あっちへ進むべきではないとか、いつもの具体的な感覚が一向に得られない。

ここは、普通じゃない……。

漠然とした、それでいて非常に大きな不安感は覚えていた。でも、どこに注意すれば良いのか、何に目を光らせるべきなのか、それがまったく分からないのだ。

どうして？

と自問しかけて、すぐに答えが浮かんだ。

ここは普通じゃないから……。

とはいえ怪奇スポットと呼ばれるところで、そもそも普通の場所があるだろうか。

そう考えると、そんな風に感じることが、すでに変なのではないか。つまりおかしいのはここではなく、要はここなのだ……と、いつしか柚璃亜は自分の頭を指差していることに気づき、思わずぞっとした。

私は、いったい……。

このままでは自分が変になってしまうと怯《おび》えた彼女は、急いで懐中電灯を点《つ》けると、ぐるっと周囲を照らしてみた。

まず目立ったのは、広間の右手中央にある二階へ続く吹き抜けの階段室と、その手前隅に見えるエレベータだった。前者は元から存在していたが、後者は屋敷を無辺館と命名したときに、垂麻家があとから設置している。作品を二階へ運ぶための便を考えて、わざわざ取りつけたらしい。

そのエレベータの左横の小さな部屋が、第一の被害者と見なされている出口《でぐち》秋生《あきお》が発見された場所である。彼は〈恐怖の表現〉展の作品の搬入を請け負った金丸《かなまる》運送の社員で、現場のチーフだった。パーティ当日は不測の事態に備えて、もうひとりの社員と作業服のまま控えていた。普通なら目立つところだが、「その服装に仮面でも被《かぶ》ってしまえば、ホラー映画の殺人鬼に見えるから」と、主催者の佐官甲子郎に言われたので、二人とも指示通りに玄関ホール近くで待機する格好になった。

エレベータ横の〈死体遺棄〉と題された部屋に出口が入ったのは、「作品の位置を

「少し直したい」とある人物に頼まれたからだが、その相手が問題だった。そいつは白いマスクを被り、継ぎ接《は》ぎだらけの服を着ていたという。つまりホラー殺人鬼だったのだ。

その犯人が布の巻物に包んで、無辺館に持ちこんだと見られているのが、第一の剣、第二の鎌、第三の斧《おの》、第四の槍《やり》、第五の鋸《のこぎり》と、わざわざ布に赤い糸で名称が縫いつけられていた、五種類の奇妙な凶器である。すべてが犯人の手作りらしく、いずれもコンパクトな代物なのだが、殺傷能力は非常に優れていたらしい。

出口秋生は〈死体遺棄〉の部屋で、第一の剣により背中を何ヵ所か斬りつけられ、止《とど》めに腹部を二度も刺された状態で見つかった。最初の傷は比較的浅かったが、二回目がかなり深くて重傷だった。彼自身が自分のシャツや下着で、傷口を押さえるという機転をきかせることなく、また、あと少しでも発見が遅れて応急処置が施されていなかったら、間違いなく死亡していたと言われた。彼がようやく搬送先の救急病院から退院できたのは、事件の四ヵ月後である。

彼の発見が遅れたのは、その部屋の展示物のせいだった。そこには老若男女の、ありとあらゆる死に様を表現した精巧な死体人形が、それこそ何体も転がっていた。観客は部屋の隅に倒れている出口を、刺殺というひねりのない死因を表現した人形だとしか思わなかったのだ。一方、襲われたショックから意識が朦朧《もうろう》としていた彼は、誰にも助けを求めることができなかったらしい。

もし、早々と彼に気づいた者がいれば、あるいは彼本人の意識がはっきりして声を出せていれば、その後に起こった惨劇は防げたかもしれない……と誰もが考えた。だが、残念ながらそうはならなかった。

瀕死《ひんし》の出口に気づいたパーティの参加者は、彼がうわ言のように何度も同じ言葉をつぶやいているのを耳にした。

「にし……せい……ざん……」

警察は犯人につながる情報だと考えたようだが、まったく意味がつかめない。それは出口の事情聴取が可能になっても、少しも変わらなかった。本人にも訳が分からなかったからである。

がらんとした室内を懐中電灯で照らしながら、柚璃亜は事件の詳細を三人に語った。すでに知っていることかもしれないが、やはり現場でしゃべると臨場感がある。彼女自身も自分の言葉に、何度か身震いしたほどだ。

もっとも現場といっても、展示されていた死体人形はとっくに片づけられ、何ひとつ残っていない。明かりの輪に浮かび上がるのは、ただの空室の眺めである。しかし、室内にいる時間が長くなるにつれ、ここには何か邪《よこしま》なものが籠《こも》っているような気が、次第に彼女はしてきた。

無念さ……。

ふっと柚璃亜には、そんな風に感じられた。

ホラー殺人鬼の悔しさの念が、この空間には残っているのではないか。最初の犠牲者にもかかわらず出口秋生を殺しそこねたことを、犯人は今も後悔し続けているのではないだろうか。

そう考えたとたん、とても気持ち悪くなった。この部屋の空気を吸っていることに耐えられなくなり、急いで広間へと戻った。

次に柚璃亜が向かったのは、〈死体遺棄〉の部屋と階段室の間に設けられた〈厭《いや》な視線〉の部屋である。ここには等身大の人形、胸像、頭部の彫塑、両目部分または片目だけの彫刻、剝《む》き出しの眼球といった立体物から、同様のモチーフの写真や絵画が展示されていたが、すべてに共通するのは歪《いびつ》な瞳《ひとみ》だった。

この部屋に入った者は、とにかく大小様々な目に見つめられることになる。どんなに動き回ろうと、絶えず自分に向けられている視線がある。しかも、それは邪眼だった。見た目の無気味さという意味でも、全展示物の中で一番だったかもしれない。

この部屋でもっとも気味悪がられたのが、顔の大きさに比べて、異様に目玉だけが巨大な頭部の彫塑だった。そのアンバランスな面相だけでも恐ろしいのに、それに自分が見られるのだから、なんともたまらない。ほとんどの観客が、ここには長居しなかったと言われている。

そんな曰《いわ》くのある部屋で、第二の鎌によって殺害されたのが、ホラー作家の宵之宮《よいのみや》累《るい》だった。彼女は日本ホラー小説大賞に応募した『腐宿』という長篇で、見事に同賞を受賞してデビューした新進作家だった。かなり不条理な設定を用いながら、ねっとりとした湿度の高い文体でそれに現実性を持たせる、文学的とも言える作風が特徴的であると評価された。その後も『厄室』『呪間』『病窓』といった作品を発表しており、決して多くはないが特定の愛読者をつかんでいる作家だった。

その宵之宮累が、右の肩口、両腕、腹部を第二の鎌で斬りつけられ、最後は喉《のど》を裂かれて殺された。ペンネームとはいえ累の名を持つ人物が、よりによって鎌で命を奪われたというのだから、やはり気味が悪い。

茨城は常総《じょうそう》市羽生《はにゅう》町の鬼怒《きぬ》川《がわ》の沿岸にある累ヶ淵《かさねがふち》にまつわる怪談は、遡《さかのぼ》れば元禄《げんろく》時代から仮名草子や歌舞伎や読本で流布されてきたが、何といっても有名なのは三遊亭《さんゆうてい》圓朝《えんちょう》による『真景累ヶ淵』だろう。二〇〇七年に中田《なかた》秀夫《ひでお》が監督した映画「怪談」の原作も、これに当たる。

そんな本作の中で因縁のある凶器として登場するのが、鎌だった。累と鎌という取り合わせは、まさに切っても切れない関係にあった。そう考えると〈厭な視線〉の部屋における殺人が、より悍《おぞ》ましいものに思えてくるではないか。

この部屋に入った者が、誰ひとり宵之宮累の死体に気づかなかったのは、言うまでもなく邪悪な視線のせいである。誰もが自分に注がれる厭な眼差《まなざ》しに気をとられ、部屋の隅に転がった惨殺死体が少しも見えなかったらしい。つまり物理的にではなく、そのときこの空間には心理的な死角が存在していたことになる。

ホラー作家の殺害現場で、他の三人に事件のあらましを説明しているうちに、いつしか柚璃亜は厭な気配を覚えていた。

暗闇の中から何かが自分を見つめてる……。

さっと懐中電灯を向けるが、もちろん誰もいない。〈厭な視線〉の展示物さえ、そこには何ひとつ残っていなかった。

……気のせいよ。

そう思いながらも、彼女は急いで部屋を出た。

「あとの現場は、すべて二階になります」

後ろについて来ている三人に話しかけながら、柚璃亜は階段室に向かった。本来なら梁《はり》や柱の下部に見られる革紐紋様などの、興味深いジャコビアン様式に目を奪われるところだが、とっくに彼女の関心は建築学から離れていた。

やっぱり普通じゃない……。

完全な空家になって久しいのに、この屋敷には何か得体の知れぬものが溜《た》まっている気がして仕方がない。〈恐怖の表現〉展で設置され、並べられ、飾られた恐ろしい作品の数々は、とうに撤去されてしまっている。にもかかわらず実はそっくり残されて、今も禍々《まがまが》しい気を放っているような……いや、そんなものが醸し出す忌まわしさなど太刀打ちできないほどの邪悪な空気が、ここには間違いなく漂っている。そう思えてならない。

なのに私は、まだ行こうとしている。

階段を上がりながら柚璃亜は、はじめて自分自身が少し怖くなった。こうまでして猟奇を求める心は、いったい何から生まれてくるのか。

二階の廊下に着くと、そこから邸宅の西側へと足を向ける。一階の〈死体遺棄〉と〈厭な視線〉の部屋とは反対の方向に、次の現場があったからだ。

第一の剣と第二の鎌を使用したホラー殺人鬼は、ここで無辺館の一階の東側から二階の西側へと、少なくない距離を移動していた。こういった閉鎖空間で無差別連続殺人を行なう場合、できるだけ手近な人物を狙うのが筋だと思われるのに、なぜか犯人はそうしていなかった。返り血を浴びた身体をさらしつつ、大胆にも一階から二階へ、東側から西側へと動いていたのである。

自己顕示欲……。

この思い切ったホラー殺人鬼の行動を、そんな風に柚璃亜は見ていた。

大量の血を浴びていても、きっと仮装の一部だと思われる。血臭の問題は残るが、〈恐怖の表現〉展の作品は、何も視覚に訴えるものばかりではなかった。音や臭いをテーマにした展示もあった。邸内では実際、どこかで絶えず男女の悲鳴が聞こえていたという。そういう趣向だったのだ。

おそらく犯人は、充分に誤魔化せると踏んだのだろう。もしかすると不安はあったかもしれない。しかし、それがスリルだった。いつ、どこで、誰に不審がられるか分からない。呼び止められて、「本物の血じゃないのか」と指摘される危険がある。だが、その状況がたまらない。想像するだけで興奮する。

そんなホラー殺人鬼の心理を、いつしか柚璃亜はなぞっていた。しかも彼女自身が妙に高揚した気分になっている。

私はいったい……。

いかに猟奇の徒とはいえ、あまりにも度が過ぎる。今までこんな風になったことなど一度もなかった。

ここは、普通じゃないから……。

ぞおっとした怖気《おぞけ》が、腹の底から湧き上がってきた。それなのに廊下を歩く足が止まらない。すっすっすっと前へ出る。立ち止まるのが恐ろしいからか。ちょっとでも足を止めてしまうと、後ろから跟《つ》いてくるそれに追いつかれるせいか。

したしたした……。

自分たちしかいないはずなのに、何かが跟いてきているような気がする。歩きながらふり返るが、三人の輪郭しか見えない。その背後には真っ暗な闇が延びているだけである。でも前を向いて歩いていると、こちらを追うような気配が伝わってくる。それが自分たちを尾《つ》けているのが分かる。

ヨーコたちは気づいてないの？

だとしたら騒がないほうが良い。この館に何かがいるにしても、自分たちに危害がおよばない限りは、無視すればすむのだから。

柚璃亜が後ろに気を取られているうちに、第三の現場である〈百部位九相図〉の部屋に着いていた。そこは二階の西側の、ほぼ中央に位置するところだった。

九相図とは、人間の死体が朽ちていく様を九つの段階で表した仏教絵画のことである。ひとつ目は、腐敗で体内にガスが発生して死体が膨張する脹《ちょう》相。二つ目は、腐乱の進行により死体の皮膚が破壊される壊《え》相。三つ目は、溶解した脂肪や血液や体液が死体から滲《にじ》み出す血塗《けちず》相。四つ目は、死体そのものが溶解する膿爛《のうらん》相。五つ目は、死体が青黒く変化する青瘀《しょうお》相。六つ目は、死体に無数の虫が湧き、鳥獣に食い荒らされる噉《たん》相。七つ目は、バラバラになった死体が散乱する散《さん》相。八つ目は、骨だけが残る骨《こつ》相。九つ目は、骨が焼かれて灰になる焼《しょう》相。以上の九相からなる。

こうした死体の変貌《へんぼう》を目にして、観想することを九相観という。現世の肉体など無常な存在であることを学び、悟りの妨げとなる煩悩を払う修行のひとつである。修行僧は男性のため、九相図には小野小町《おののこまち》などの美女の死体が描かれた。

この〈百部位九相図〉の部屋では人間の身体を百の部位に分けて、それぞれの九相図を表現した作品の展示が行なわれた。〈恐怖の表現〉展と題されただけあって、参加作品にはグロテスクなものも多かった。だが、その度合いが突出していたのが、〈百部位九相図〉だったことは間違いない。〈厭《いや》な視線〉の次に観客が長居しなかったのが、ここだと言われている。

この部屋に入ったとたん、柚璃亜の鼻は微《かす》かな臭いを捉《とら》えた。どこかに生ゴミが捨てられていて、それが臭気を発しているような感じである。しかし、室内中を懐中電灯で照らしてみても、どこにも何もない。これまでの部屋と同様、がらんとした空間が浮かび上がるだけで、紙屑《かみくず》さえ落ちていない。

この三つ目の部屋で第三の斧《おの》により殺害されたのは、荒川区砂濠町《すなぼりちょう》の〈人間工房〉の職人である福村大介《ふくむらだいすけ》だった。この奇っ怪な名を持つ工房は、〈人間家具〉を制作することで知られている。創業は戦後すぐだが、その風変わりな家具作りが最初に認められたのは、海外の好事家によってである。

創業者の鎖谷鋼三郎《くさりやこうざぶろう》が創作した人間家具とは、人体にデフォルマシオンを施して家具を作るというものだった。たとえば〈椅人《いじん》〉と呼ばれる家具は、人間が肘《ひじ》掛け椅子《いす》に両手と両足を広げて座った格好《かっこう》そのままが、ひとり用の肘掛け椅子として作られている。それが〈長椅人〉になると、四つん這《ば》いになって頭を上げている人の尻《しり》の穴に、別の四つん這いになった人の頭を突っこむという形を、何人も連続させて長椅子に仕立ててある。

人体の生々しさを残しながらも、家具としての役目を果たせるように作られた家具、それが人間工房の目指す人間家具だった。

もちろん〈恐怖の表現〉展にも人間工房の部屋があり、〈人間家具の家具人間〉と題して参加していた。そこに展示された人間家具を作った職人のひとりが、福村大介だったのである。

彼は第三の斧で身体中を切り刻まれ、丸裸にされたうえに、腹を裂かれて内臓をぶちまけた状態で発見された。〈百部位九相図〉と題された部屋で、そんな格好の死体は——それが仮に人形であっても——不自然なはずなのだが、ほとんどの観客は気づかなかった。吐き気をもよおす臭いに苦情を言う者はいても、それが本物の死体だとは思ってもいなかったようである。

事件の詳細を話すうちに、微かだった臭いが次第に酷《ひど》くなっていることに、柚璃亜は気づいた。最初は少しの臭気だったのに、今では卵の腐ったような臭いが広がっている。しかも、その臭いはどんどん強くなっていた。

このままだと吐きそう……。

彼女は慌てて三人目の被害者の説明を終えると、すぐに部屋を出た。それから館の東側へ、来た廊下を戻り出した。

ちなみに〈恐怖の表現〉展では、各部屋の扉はつねに閉じられていた。入退出いずれの場合でも、必ず扉は閉じる決まりだった。これは廊下を通りかかった人が、不用意に室内の展示を目にしないための配慮だった。それと入室後に、観客がひとりで展示を楽しむために、扉に内側から鍵《かぎ》をかけることも認められていた。そのため何度足を運んでも入れない部屋もあり、それがパーティを盛り上げたとも伝わっている。もっともホラー殺人鬼が無差別連続殺人を実行できたのは、この配慮のお蔭《かげ》だったわけだが……。

〈百部位九相図〉の部屋を出たホラー殺人鬼は、自らの犯行が露呈するかもしれない危険を再び冒して、わざわざ館の西側から東側へと向かった。犯人の自信がうかがえるが、ただの過信と見るべきか、それとも何も考えていなかった証拠なのか。

柚璃亜は背後を気にしつつも東の廊下に戻ると、そのまま北へと進んだ。エレベータとは反対の方向である。そこに設けられた〈囁《ささや》く怪音〉の部屋が、第四の現場だった。

この室内には様々な格好の電話ボックスが林立していた。観客が側を通ると、ボックス内でベルが鳴る。入って受話器を取り、そっと耳に当てる。すると薄気味の悪い物音、音楽、話し声などが聞こえてくる。ほとんどの電話は、そういった怪音に観客が耳をすませるだけだが、なかには違うものもあった。こちらのリアクションにより、受話器から聞こえる音が変わるのだ。その変化が、かなり気持ち悪かったという。

極めつけは、誰か分からない相手と会話ができることだった。とはいえ何を言っているのか分からない、まったく意味の通じない内容で、しばらくしゃべっていると頭が痛くなり、気分も悪くなったらしい。

ここで第四の槍《やり》によって殺されたのは、グラビアアイドル兼女優の矢竹《やたけ》マリアだった。女優といってもDVD発売されるオリジナル・ホラードラマの脇役ばかりだったが、出演した作品数は多い。その中には「放課後のこっくりさん」や「心霊生徒会」など、ホラー映画ファンが評価したものもあり、今年に入ってからは少しずつテレビの仕事もしているところだったという。

彼女は全身を第四の槍で滅多刺しにされた状態で、〈囁く怪音〉の部屋のほぼ中央に位置する電話ボックス内で発見された。死因は出血多量によるショック死らしい。

観客の多くがボックスの硝子《ガラス》越しに矢竹マリアを見ていたが、誰もが怪奇趣向の一種と受け取っていた。そのため誰ひとり、そのボックスの電話が鳴っても扉を開けようとはしなかった。

この部屋に入ったときから、柚璃亜には囁きのようなものが、ずっと聞こえていた。

こしょこしょこしょ……。

背後にいる三人の誰かではない。その声音は、明らかに前方の暗闇からしている。懐中電灯を向けると、ふいにやむ。そこにはもちろん誰もいない。だが、すぐに別の方向から聞こえてくる。

ひそひそひそ……。

じっと耳をすませていると、そのうち何か意味のある囁きのように思えてくる。もう少しで何を言っているのか分かりそうになる。

ひそひそこしょこしょ……。

ところが、囁き声が聞き取れそうになった瞬間、柚璃亜は脱兎《だっと》のごとく部屋を飛び出していた。

誰が何をしゃべっているのか理解したとたん、自分の頭がおかしくなる……。

そう悟ったからだ。この館の中で起こる現象については、それが何であれ絶対に気を許してはいけない。彼女は改めて肚に銘じた。

「いよいよ最後の現場です」

廊下に出た柚璃亜は気を取り直すと、そこから反対側のエレベータを目指して歩きはじめた。

「五番目の被害者は、佐官監督の奥様でした。しかも現場は作品が展示された部屋ではなく、この廊下の南の端とエレベータの前の、二ヵ所になります」

佐官甲子郎の妻である奈那子《ななこ》が、なぜ展示用の部屋の中ではなく、よりによって廊下で襲われたのか。これは今も謎とされていた。一番有力な説は、ホラー殺人鬼は佐官監督のファンであり、彼と不仲が噂される――そのころ実際に離婚話が進んでいたらしい――妻の奈那子をたまたま会場で見かけたので、とっさに襲ってしまったという見方である。

当日、奈那子は娘の美羽《みう》とパーティに出ていたが、〈恐怖の表現〉展そのものを痛烈に批判して憚《はばか》らなかった。何人もの参加者が、彼女の酷評を耳にしていた。それをホラー殺人鬼が聞いてしまったとしたら……。

犯行現場が他の四人と異なることの説明が、これなら一応つく。いずれにしろ犯人は第五の鋸《のこぎり》で、奈那子をズタズタに挽《ひ》いていた。彼女だけ人体破損が激しかったのは、予想される動機のせいだけでは決してない。鋸という特殊な凶器と、いっしょにいた娘を守ろうと、どうやら奈那子がかなりの抵抗を試みたためらしいのだ。そのため現場の廊下の床と壁やエレベータの扉には、血痕《けっこん》が飛沫《しぶき》となって飛び散り、ベタベタと血の手形がついていたという。

血の痕《あと》はエレベータのボタンにもはっきり残っていた。奈那子は自分が盾となり、その隙に娘をエレベータで逃がそうとしたのではないか。それは叶《かな》わなかったが、幸い娘の美羽は無傷で発見された。ただ、以来まったく意識が戻らないまま、現在も入院中である。

この現場の廊下に落ちていたのが、第一の剣から第五の鋸まで五つの凶器を包んでいたと思われる、犯人が持ちこんだ布の巻物だった。

生憎《あいにく》この犯行の目撃者はひとりもいない。現場が廊下の端だったこと。エレベータの前とはいえ、それが作品の搬入と搬出に使われたため、誰も人間の移動用とは思わなかったこと。少々の騒動は〈恐怖の表現〉展の演出と考えられたこと。主な理由をあげればそうなる。

しかし、このころになると第一から第四の現場で、さすがに室内で倒れている妙なものに不審を覚える観客が出はじめた。やがて出口秋生の弱々しい声を聞き取る者が現れ、宵之宮累、福村大介、矢竹マリア、佐官奈那子の死体が見つかり、佐官美羽が保護されたのである。

ちなみにホラー殺人鬼のマスクと衣装は、二階のエレベータ近くのトイレの個室の中で発見された。継ぎ接《は》ぎの衣服はいくつにも裂かれ、その切れ端を便器で流したらしい形跡もあり、犯人が証拠隠滅を図ろうとしたことは間違いない。ただ完全に処分するのは無理と諦《あきら》めたのか、中途半端な格好で放り出されていたという。

「ここからホラー殺人鬼がどこへ消えたのか、それは誰にも分からない……」

問題のトイレの前に立った柚璃亜の声が、廊下の暗闇に呑《の》まれる。

「警察は全招待客とその関係者を洗いましたが、未《いま》だに犯人は捕まっていません」

そう言って彼女は、この館で起きた凄惨《せいさん》な事件の話を締めくくった。

これで終わり……。

とうとう最後までやり切った。とんだ怪奇スポット案内になったが、すべての現場を回ることができた。尋常ではない空気、厭《いや》な視線、跟《つ》いてくる気配、吐き気を催す臭い、意味不明の囁き……は体感したが、おそらく実害はないだろう。あとは一刻も早く、この呪われた館から出て行くだけだ。

三人を促そうと柚璃亜がふり返ると、人影が四つあった。

えっ……？

暗がりの中にぼんやりと浮かんでいる影が、ひとり、二人、三人……四人。

目を凝らしても、それぞれの顔までは分からない。かといって懐中電灯を向ける勇気はなかった。でも、明らかにひとり多い。見知らぬ者がひとり、そこにいる。

誰……？

思わずヨーコの名を呼びかけて、柚璃亜はやめた。

そう言えば……。

玄関ホールを抜けて広間に入り、彼女が邸内を巡りはじめてから、三人は誰ひとり口をきいていない。全員がずっと黙ったままだった。ただ彼女のあとを、ものも言わずに跟いてきただけである。

考えてみれば、あの怖がりのヨーコが、まったく彼女にすがりついてこないのも変ではないか。

そんな……。

見知らぬ人影はひとりではなかった。四人ともそうだった。

柚璃亜の全身に鳥肌が立った。怖くてたまらない。これほど恐ろしい目に遭ったことは一度もない。心の底からまずいと思った。

逃げなきゃ……。

しかし、彼女がいるのは廊下の端である。もちろんエレベータは動かない。階段へ向かおうにも、その間には四つの人影がある。ぬぼうっと闇の中に立っている。

いや、違った。いつの間にか人影が増えていた。四人の後ろに、ぽつん、ぽつん、ぽつん……と見知らぬ影が増え続けている。

ああっ、もう駄目……。

その場に柚璃亜がくずおれそうになったときだった。

「ぎゃあぁぁぁぁぁぁ！」

館内に物凄《ものすご》い絶叫が轟《とどろ》いた。人間の声というより、ほとんど獣の叫びのような悲鳴が、どこかから聞こえてきた。

それを耳にした瞬間、柚璃亜は立ち直った。あとは無我夢中で人影の群れに突っこみ、階段を駆け下り、広間を走って玄関ホールへ飛びこむと、そのまま無辺館の表まで転げるように逃げ出した。

五　迫りくる影

弦矢俊一郎は一言も口をはさまずに、管徳代と峰岸柚璃亜の体験談に、ひたすら耳をかたむけた。すっかり二人の語りに引きこまれてしまい、話が終わったときには、いささか疲れていたほどである。

それでも俊一郎は、さっそく質問した。

「柚璃亜さんが得体の知れぬ影と同行していた間、ヨーコさんや男性二人は、いったいどうしてたんです？」

ところが、当の徳代は嫌々をする子供のように首をふるばかりで、まったく口を開かない。代わりに柚璃亜がため息をつきながら、

「それが、私にも教えてくれないの。私が無辺館から逃げ出したとき、長谷川要人さんと湯浅博之さんは、もう外にいました。二人ともとても怯《おび》えていて……。なのに何があったのかは、絶対にしゃべろうとしなくて……。そこへヨーコが悲鳴をあげながら、扉から飛び出してきたんです」

「あなたが館内で聞いた絶叫は、ヨーコさんのものだった？」

「たぶんそうでしょう。でも無辺館でどんな体験をしたのか、未《いま》だに彼女も教えてくれませんけど……」

そう言って徳代を見つめる柚璃亜の眼差《まなざ》しに、決して非難の色はない。むしろ友人の身を案じているのが、よく分かった。

「あのー」

そこへ徳代が遠慮がちな声で、

「あの屋敷で何があったのか、探偵さんにはお話ししないと……いけませんか」

「どうして死相が、あなただけに視《み》えるのか。その死相は、いったい何を意味しているのか。この死の予兆に立ち向かうためには、どうすれば良いのか。これらのことを考えるためには、無辺館でのヨーコさんの体験が、まず何よりの手掛かりになると思

います」

「……そうですよね」

「とはいえ今、とりあえず訊《き》きたいのは、柚璃亜さんの体験を聞いて、どう感じたかということと」

そんな風に俊一郎が譲歩したのは、柚璃亜が自らの体験を語っている間中、明らかに徳代が怯えていたからだ。おそらく友人の話を聞きながら、彼女も恐怖の追体験をしていたに違いない。

以前の俊一郎であれば、そういった気遣いなど一切せずに、「あなたの体験が分からなければ、どうすることもできない」と冷たく突っぱねていただろう。そうしなかったのは彼が人間的に成長しただけでなく、徳代の様子から二人の体験は類似しているのかもしれない、という推測を立てられたからである。それは彼が、確実に探偵としての経験も積めている証拠だった。

「……似ている、と思いました」

予想通りの答えを徳代が返した。

「柚璃亜が事件現場の説明をしていた……い、いえ、彼女だと思っていたものが、何かしゃべっていた気はしますが、その内容はまったく覚えていません。はなから頭に入っていなかったというか……」

「実際は口をきいていなかったから……かしら？」

柚璃亜に問いかけるような視線を送られたが、俊一郎はそのまま身ぶりで徳代に続きを促した。

「巡った部屋の順番は、おそらく同じです。柚璃亜ほどはっきりと何かを感じたわけじゃありませんが、視線、気配、臭気、物音……といったものは、漠然とですが覚えました」

「彼女と違ったところは？」

「部屋から部屋へと移動する途中のどこかで、名前を呼ばれたような……」

「名字？　それとも下の名前？　ニックネーム？」

「……わ、分かりません。ただ、自分が呼ばれた気がしたんです」

「なるほど」

「でも……違うかもしれません。呼ばれた気はしたけど、本当は別の人だったとか。そんな風にも思えて……」

考えこむ俊一郎に、思案げな顔で柚璃亜が、

「ヨーコも感じた視線や気配や臭気や物音って、彼女の死相と関係あるんでしょうか」

「まだ何とも言えないけど、もし関係あるなら、ヨーコさんよりはっきりと感じたあなたにも、同じ死相が視えていないとおかしい」

「私には、本当に死相が出ていないの？」

「それは確かです」

「あそこにいた人影の群れは、何の関係もないってこと？」

「さぁ、どうかな」

「あれはホラー殺人鬼に殺された被害者たちと、かつてお屋敷があったときに一家心中した真鍋家の人々だったのかしら……」

「それは分からない」

　素っ気ない俊一郎の返しに、柚璃亜はあからさまに失望した様子だったが、

「それよりも問題なのは、男性の二人です」

　という彼の指摘に、はっと彼女は目を見張った。

「あっ……そうよね」

「彼らの両方に、あるいは片方にでも死相が視えれば、無辺館における体験の中で、必ずヨーコさんとの接点が何かあるはずだから」

「あの二人も、探偵さんに視てもらわないといけないわね」

「それと無辺館での体験も、詳しく語ってもらう必要がある」

「ここに二人とも連れてくるのが、一番良いみたいですけど――」

　柚璃亜の口調に、俊一郎が引っかかりを覚えていると、

「連れてくるのは簡単だけど、あの夜の体験を素直に話すかどうか……」

「どうしてです？」

「失礼な言い方になるけど、死相を視る探偵という存在を、二人が受け入れるかどうか分からないでしょう」

当たり前の心配を柚璃亜がしたので、俊一郎は苦笑した。

「最近は疑い深い依頼人が少なかったので、うっかりしていました」

相談した結果、今から柚璃亜が二人をレストランに呼び出すことになった。懇意にしている店なので、席の問題もふくめて多少の無理はきくという。

「そこに俺も行くわけですか」

「探偵さんが来なかったら、話になりませんよ」

何を言い出すのかという表情を柚璃亜は浮かべたが、

「そのレストランって、ここから遠いんですか」

続けて俊一郎が尋ねると、とたんに心配そうな顔になった。

「この事務所からあまり離れると、死相を視る力が弱まるとか、そんな事情でもあるんですか」

「いいえ、違います」

「だったら──」

そこで俊一郎は仕方なく、できるだけ人混みに出たくない理由を説明した。

他人を「視る／視ない」と選択することは、おのれの意思で可能である。そのため事務所を訪ねてくる依頼人を「視る」だけで、他は誰であれ「視ない」と決めていた。不用意に視て死相が出ていた場合、その人物に告げるのかどうか、教えても信用されなければどうするのか、という大きな問題が発生するからだ。

しかし、いくら彼が「視ない」状態にしていても、勝手に視えてしまうほどの強力な死相が、この世には存在している。滅多に出遭うことはないが、不特定多数の人間が集まる場所に行くと、その可能性が当たり前だが高まってしまう。だから彼は、できるだけ人混みを避けていたのである。

「死相が視えるなんて、とてもすごい能力だと思っていたけど、やっぱり色々と大変なんでしょうね」

柚璃亜が同情を示したが、俊一郎はうなずくだけにしておいた。

「お店は恵比寿《えびす》だけど、私の車があるから安心して。ここにもヨーコを乗せてきて、近くのパーキングに入れてあるの」

「……車って、乗用車？」

「まさかバスでないと乗れないとか」

冗談めかした彼女の口調だったが、それに近い厄介な苦手意識を、以前はすべての乗用車に対して彼は持っていた。

東京で両親と暮らしていた俊一郎に何かが起こり、祖父母の家に引き取られたものの、満足にしゃべることができなかった幼いころ、彼の数少ない友だちだった近所の野良猫がある日、目の前で車に轢《ひ》かれて死んでしまった。以来、彼は車を憎むようになる。普通なら成長するに従い、そんな感情とは折り合いをつけるものだが、彼の場合は違った。ようやく克服できたのは、この数ヵ月のことである。

とはいえそんな事情まで、さすがに説明する気にはならない。

「たぶん大丈夫です」

柚璃亜は何か言いたそうだったが、その場で長谷川要人と恵比寿の店に、立て続けに携帯で電話をかけると、夕食の約束と予約を一気にすませてしまった。もちろん要人には、湯浅博之を必ず誘うようにと念を押していた。

「二人の話は、これに録音して下さい」

俊一郎は机の引き出しからボイスレコーダーを取り出すと、使い方を説明しながら彼女に渡した。

「わあっ、やっぱり探偵なんだ」

ボイスレコーダーはありふれた市販の機器だったが、いざ手渡されると、どうやら特別なものに映るらしい。これとデジタルカメラは探偵事務所を開くにあたり、まだ必要かどうかも分からないうちに買ってそろえておいた。それがはじめて役立ちそうで、場違いにも俊一郎はちょっとうれしくなった。

「まだ時間はあるけど、途中の道が混むかもしれないので、もう出ましょうか」

彼には判断できないので、素直に柚璃亜の提案を受け入れることにした。パーキングの場所だけを聞いておき、二人には先に行ってもらう。

「おい、僕。ちょっと出かけるからな」

奥の部屋の扉を開けて声をかける。しかし、僕の姿が見えない。

「なんだ。遊びに行ったのか」

俊一郎は自分が不在のときに使用する、健康食材をうたうキャットフードと――事務所に彼がいる場合は缶詰となる――水飲み用の皿を用意すると、戸締りをして出かけた。もっとも僕の出入口であるキッチンの窓だけは、いつも通り少し開けたままにしておいた。

柚璃亜の車に乗って恵比寿へ向かう途中、車内はほとんど静かだった。時おり柚璃亜が無辺館の事件や怪異体験とは何の関係もない話題をふるのだが、徳代と俊一郎の反応があまり良くない。そのうち柚璃亜も黙ってしまった。

恵比寿が近づいたところで、俊一郎は軽く打ち合わせをした。死相が男性たち二人に視《み》えている、要人だけのとき、博之だけのとき、どちらにも現れていない、この四つのパターンの合図を決めておいたのである。

店に着くと柚璃亜と徳代は四人席に、俊一郎は観葉植物の陰の二人席に案内された。そこからなら彼女たちの向かいに座る、男性二人の顔がちょうど望めるからだ。それに離れているように見えて、双方の席は意外と近かった。これなら会話に聞き耳を立てることも難しくない。このセッティングは柚璃亜のアイデアらしい。

二十分ほど待ってから——それでも約束の時間の五分前に——長谷川要人と湯浅博之が現れた。要人はともかく、明らかに博之は迷惑そうな顔をしている。きっと要人が強引に誘ったのだろう。

俊一郎はさっそく二人を死視したが、どちらにも死相は出ていなかった。これで無辺館に侵入した四人のうち、死相に憑《つ》かれたのは徳代ひとりだと分かったわけだ。

となると厄介だぞ。

もし要人に死相が視えて、博之に出ていなかった場合なら、徳代と要人、柚璃亜と博之という二組に分けて、色々と検討することが可能だった。徳代と要人の組には見られる共通点なのに、柚璃亜と博之の組には絶対に認められない何かを探すことができれば、かなりの確率で死相の謎に迫れるはずだった。

しかし、徳代だけとなると厳しくなる。他の三人との相違点は分かっても、それを絞りこむための手掛かりは、また別に見つける必要があるからだ。

無辺館に乗りこまなければならないのか。

俊一郎が覚悟を決めていると、柚璃亜がテーブルを立った。そうしてトイレに向かう途中で、ちらっと彼に目をやった。

目立たない程度に俊一郎が首をふり、どちらにも死相は出ていないと知らせる。あとは柚璃亜が、あの夜の体験を二人から聞き出す手はずになっていた。

食事はとても美味《おい》しかったが、俊一郎が充分に味わえたかというと、残念ながら違う。もちろん柚璃亜たちのテーブルが気になったからだ。彼女がしきりに無辺館の話をふるのに、男性たちは他の話題を持ち出そうとする。そんなやり取りがしばらく続いてから、ようやく要人が根負けして自分の体験をしゃべり出した。その後、博之も仕方なくといった感じで話した。

二人は小声で語ったが、俊一郎にも充分に聞き取れた。その結果、二人とも無辺館では柚璃亜と似たコースを辿《たど》り、彼女ほど強烈ではないものの似た体験をしているらしいと分かった。もっとも怪異に対して、長谷川要人は懐疑的だった。体験が弱かったせいもあるが、日が経つにつれ恐怖心が薄れたためらしい。一方の湯浅博之は、無辺館に行くまでは平気だったのに、入る直前と入ってからは、かなり怖い思いをしたようである。明らかに行ったことを後悔していた。

デザートが出たところで、要人が次の店へ誘ったが、あっさりと柚璃亜が断わった。

未練たらたらの要人を、半ば博之が強引に連れ帰るのを目にして、さすがに俊一郎も少し同情した。四人分の支払いを当然のように要人がしたことも、同情を覚えた理由だったかもしれない。

探偵事務所まで送ってもらう車中で、あくまでも自主的に徳代が、ぽつりぽつりと無辺館での体験を語りはじめた。要人たちの話が、どうやら引き金になったらしい。それは喜ぶべき変化だった。

ただ、いくら彼女の体験談に耳をかたむけても、他の三人との違いが、いまひとつ俊一郎にははっきりしない。相違点なら色々とあるのだが、その中に死相と関わる手掛かりがあるのかどうか、その見当が少しもつかない。

「そう言えば、肝心なことを訊《き》いていなかった」

徳代の体験談が一通りすんだところで、俊一郎は尋ねた。

「うちの探偵事務所に来ようと思った、そもそもの切っかけは何です？」

「それは私の父の――」

代わりに柚璃亜が答えようとしたが、それを彼はさえぎって尋ね直した。

「推薦者の件ではなく、なぜヨーコさんに死相が出ているかもしれないと考えたのか、その理由です」

「あらまぁ」

柚璃亜が呆気《あっけ》に取られたような声音で、

「まだお話ししていなかったかしら？」

「こちらも、いつもは最初にする質問なんだけど、今回はいきなり死相を視る力を疑われたので、つい忘れてしまって」

「疑うだなんて、とんでもない」

事務所で俊一郎の顔をまじまじと見つめたことを、柚璃亜は忘れているらしい。

「ヨーコ、話しなさいよ」

そう促されて徳代が語ったのは、次のような体験だった。

無辺館に行って以来、彼女は悪夢を見るようになった。それは真っ暗で広大な空間に自分が閉じこめられている夢で、どこまで歩いても出口はなく、どこかに辿り着くこともない。ただ暗闇の中を彷徨《さまよ》い続けるだけの夢だった。

そうこうするうちに暗がりの中で、何かに見られている気がし出した。何かがいる気配を感じる。悍《おぞ》ましい視線から逃れるために、彼女が逆方向へ走り出すと、それもあとを跟《つ》いてくる。

彼女が疲れて動けなくなると、背後のそれも止まる。再び逃げ出すと、後ろの何かも追いかけて来る。その繰り返しだった。

一ヵ所に留《とど》まっていれば、相手は近づいてこないのではないか。

そう思った彼女が足を止めてじっとしていると、少しずつ、段々と、徐々に……それが背後から迫ってくる気配がして、ぞっとした彼女は慌てて逃げた。

夢の中の暗闇での鬼ごっこが続くうちに、やがて腐臭が鼻につき、そして囁《ささや》き声が聞こえ出した。ただし、何を言っているのかは分からない。いくら耳をすませても、はっきりと聞き取れない。まるで空気を裂くような囁き声が、暗闇の中で響くだけである。

「でも今は、あの囁きの意味が分かった気がします」

「何て言ってるの？」

俊一郎に代わって柚璃亜が訊くと、ためらいながらも徳代はこう答えた。

「あれは囁き声なんかじゃなくて、何か鋭い刃物で空気を斬っている……その物音だったのよ」

六　動き出す殺意

弦矢俊一郎が恵比寿のレストランで、柚璃亜たちと別のテーブルに座り、男性二人を待っていたころ。

茶木《ちゃき》笙子《しょうこ》は神保町にある旭書房《あさひ》を退社して、そのままＪＲの水道橋《すいどうばし》駅へ向かい、ちょうどホームに入ってきた総武《そうぶ》線の三鷹《みたか》行の各駅停車に乗るところだった。目的地は新宿の焼肉屋で、会うのは大学時代の友人たちである。

旭書房は主に軍記物を得意としている出版社だった。一口に軍記物といっても同社の場合は非常に幅広い。古くは源平合戦から最新はイラン・イラク戦争まで、その内容も講談調からノンフィクションまでと様々である。もっとも近年のヒット本は『楽しく熱い自衛隊入門』と、それ以上に売れている架空戦記物だった。

前者はタイトル通りの本だが、後者は「もしもあの戦いの勝敗が違っていたら」という設定で書かれた、一種のパラレルワールド物である。「もしも源平合戦で平家が勝っていたら」とか、「もしもミッドウェイ海戦で日本が勝利していたら」とか、歴史上の有名な戦いを取り上げ、肝心の勝敗が逆だった場合、その後の世界はどう変わっていたかを考察するわけだ。当初この企画はノンフィクション調で、やや硬い内容のものが多く、そのせいか一部の愛読者にしか受け入れられなかった。そこで書き方を小説調に改め、軽く読めるものに直したところ、少しずつ売り上げが伸びはじめ、またたく間に同社の看板企画になってしまった。

最初は他の企画と兼任する編集者とライターの二人だけだったが、今では複数の担当編集者と専属ライターを何人もかかえる、専門の編集部ができていた。同社の中でも花形の部署に成長したのである。

社名の「旭」の文字と、こういった刊行物の傾向から、しばしば右寄りの出版社だと誤解されるが、そんな思想は社内に少しも感じられない。右左に関係なく、歴史に興味のある者が集まった会社、それが旭書房だった。

もっとも茶木笙子は違っていた。子供のころから本が好きで、文芸の編集者になりたくて何社も受けたのに、内定をもらえた出版社は旭書房のみ。大手に入社しても編集の仕事ができるとは限らず、できても文芸物の書籍ではない場合もある。そう考えると贅沢《ぜいたく》は言っていられない。とにかくここで編集のキャリアを積んで、やがて文芸の強い出版社に転職する——そんな想いを胸に、今日まで彼女はがんばってきた。

思えば中学から大学までバレーボール一筋に打ちこんだのも、いったん何か目標を定めたら、それに向かって突き進む彼女の性格によるところが大きい。社会に出ても同じである。同社でのがんばりの甲斐《かい》あって、いつしか中堅の編集者として社内でも評価される存在になっていた。しかも、文芸をやりたいという彼女の夢が、なんと旭書房で叶《かな》うかもしれないのだ。

小説のように書かれた架空戦記物のヒットを受けて、社内では文芸物への本格的な参入が、しばしば検討されるようになった。とはいえ他の分野と違い、文芸物で成功をするのはかなり大変である。「やはりミステリは売れるらしい」とか、「世間は今、ホラー・ブームに沸いている」とか、目先の判断だけで新規参入して、一年足らずで撤退していった出版社が、過去にどれほどあったことか。それらの版元に共通していたのは、おそらく「出せば売れる」という甘い考えだったに違いない。

文芸物は未経験ながら、そこは戦前からの長い歴史のある旭書房らしく、早まった判断はしなかった。執筆が可能なエンターテインメント系の作家のラインナップを行ない、それを基に当社独自のレーベルを考えると共に、秘密裏に交渉も進めるという段取りで、まずはじめることになった。

二年前、このメンバーのひとりに笙子も選ばれた。これまでに社内で、「実は文芸がやりたい」と公言していたわけではない。しかし案外、こういったことは分かるものである。将来の転職計画までばれているとは思わなかったが、上手《うま》くいけば旭書房で夢が叶えられるかもしれない、と彼女は喜んだ。

笙子も今年で三十五歳になる。昨今の出版不況の中、編集のキャリアは充分にあるが、小説家との付き合いはまったくない、という編集者を雇うところが、そうあるとも思えない。自社で実現できるのであれば、それに越したことはないだろう。

ただし、問題は作家のラインナップだった。このプロジェクトを実現させるためには、売れている有名な作家の名前を二、三人は入れる必要がある。それなら営業部も納得するからだ。だが、実際に書いてもらえなければ何にもならない。

売れっ子作家の場合、すでに何年も先まで執筆予定は詰まっている。短篇や随筆ならまだしも、長篇の書き下ろしなど無理である。いや、短い枚数でも、よほど原稿のテーマが当人の書きたいものでもない限り、それなりの付き合いがない出版社もしくは編集者は、まず断わられてしまう。

旭書房にも茶木笙子にも、そういった作家とのパイプは何もなかった。自分で一から作る必要がある。

まず笙子は、某大手出版社の文芸編集部に勤めている大学の先輩に連絡を取った。じかに作家を紹介してもらうためではない。それではあまりにも虫が良過ぎるし、先輩も承諾するわけがなかった。そんな魂胆ではなく、その社の文学賞関係のパーティに潜りこませてもらうためである。パーティの場では、これぞと目をつけた作家に挨《あい》拶《さつ》をする。それから後日、改めて会いたい旨を連絡して、自社の新しいレーベルの説明と執筆依頼の打診を行なう。これが彼女の立てた作戦だった。

さすがに大物は無理だったが、この方法で上手くいった作家もいたので、大学のOBで出版社に勤めている編集者を探して、彼女は同じお願いを続けた。嫌がられるかと心配したが、おおよそ協力的だった。

「私は単に機会を与えているだけで、あとはあなたの問題だからね」

心から感謝する彼女に、こう応《こた》えた編集者がいたが、他のOBも同じような気持ちだったのかもしれない。

「あなたの評判は聞いてるわよ。決して強引に迫らずに、ちゃんと先生方の様子を見たうえで、節度を持って接してるって。だから私も安心してるの」

そう言われたときは、本当にドキッとした。自分の言動が注視されていたとは思いもしなかったからだ。しかも、その情報が各社の編集者に伝わっているらしい。だが、考えてみれば当たり前だった。同じ編集者とはいえ、言わば彼女は異業界の人といっても良い立場にいたのだから。

このようにして出版社主催のいくつものパーティに出入りした結果、笙子は少なくない作家たちと面識を得ることができた。もっとも旭書房の企画に参加してくれそうなのは、ほとんど新人か、中堅でもあまり売れていない作家が主だった。しかし、それは前もって予想できた事態である。その中でも誰が優れた作品を書きそうか。あとは彼女の見極めにかかっていた。

笙子が有望視した作家のひとりが、宵之宮累だった。日本ホラー小説大賞を受賞してデビューした作家ながら、あまり売れている気配はない。しかし、彼女の書く小説は怖かった。心胆を寒からしめるとは、こういうことを言うのかと、はじめて笙子は実感して慄《おのの》いたくらいである。

ただし、万人向きではないとも思った。受賞作の『腐宿』を評した選考委員たちの選評にも、「文学的」や「難渋」という言葉が散見された。もっとも彼女の場合は、そこが評価されて受賞にいたっている。「アンリアル過ぎる怪異現象を、時には難渋とも感じられる表現で描き、それに見事なリアルを与えた」とまで絶賛した選考委員もいたほどである。しかし、皮肉にもそういった高評価は、必ずしも売り上げにはつながらない。

もう少し娯楽性があれば良いのに――。

受賞後第一作の『厄室』をはじめ、『呪間』『病窓』と宵之宮作品を読んできた笙子は、いつも同じ不満を覚えた。

宵之宮累の持ち味を殺さずに、そこにエンターテインメントとしての面白さを加味するのは決して不可能ではない。

笙子は自分の考えを――もちろん言葉を選んで――本人に伝えた。正直その場での反応は良くなかった。だが後日、「先日の件、前向きに熟考したいと思います」というメールが届き、思わず笙子はうれし泣きした。

そんなときである。同じマンションの井東佐江《いとうさえ》から、摩館市の無辺館で開催される〈恐怖の表現〉展の話を聞いた。しかも佐江の弟の鈴木健児《すずきけんじ》が、〈関東特殊造形〉という造形美術の事務所に勤めており、映画関係の仕事も多くしているため、同展のオープニング・パーティに招待されている。ついては同伴者は一名まで可なので、良かったら笙子を紹介すると言われたのだ。

すぐに思ったのは、自分の代わりに宵之宮累を紹介することだった。きっと彼女は興味を覚えるに違いない。念のため佐江の弟に尋ねてもらうと、それでも一向に構わないと返事があった。そこで宵之宮に連絡すると、とても感謝された。「ぜひ行きたい」と興奮してはしゃいだほどである。

井東佐江と笙子は、マンションの住人たちで作られた同じバレーボール・チームの一員だった。もっとも佐江は選手だが、笙子はコーチのような立場にあった。メンバーは会社員、主婦、学生と様々だが、まともにバレーボール経験があるのは笙子だけで、しかも中学と高校ではキャプテンだったことから、自然と彼女の役割が決まってしまった。そんな付き合いがあったため、笙子の仕事も趣味も佐江はよく知っていたのである。

井東佐江にはケーキを買ってお礼をする一方、笙子はこの二年で広げた文芸分野の人脈を辿《たど》り、なんとか〈恐怖の表現〉展のプレス入場枠に潜りこんだ。

当日、無辺館で宵之宮累と会って談笑した笙子は、確かな手応えを感じた。すでに相手が書く気になっていたのにも驚いたが、早くもプロットを練っていると言われ感激した。しかも、これまでの作品と違い過ぎる内容に、思わず耳を疑った。構想中の長篇は良い意味で、従来作とは異なっていたのである。

プロットが固まったところで、次の打ち合わせをする約束をして、笙子は宵之宮と別れた。相手がひとりで展示を見たがっているのが分かったせいもあるが、それ以上に彼女が同展の内容に辟易《へきえき》したからだ。

五感に訴えると言えば聞こえは良いけど……。

笙子が覚えたのは「怖い」という感情よりも、「厭《いや》だ」という嫌悪感である。「恐怖」をテーマにする以上、人間が感じるあらゆる怖さのツボを突くべきだとは思うが、それを〈恐怖の表現〉展では明らかにやり過ぎていた。怖さを楽しむ余裕がほとんどないのだ。

そう感じたのは笙子だけではないらしく、二つほど部屋を巡っただけで気分が悪くなって帰る人が、少なからずいるようだった。

だから当初の目的通り宵之宮累と話せてしまうと、遠慮なく彼女も無辺館をあとにしたのだが、その後にあのような惨劇が、まさか起きようとは……。

今でも笙子は、ふいに自分に責めることがある。たとえ嫌がられても宵之宮と同行していれば、ああして殺されずにすんだかもしれない。そもそも同展に誘わなければ、彼女は生きていられたのだ。自分が他社のパーティで接触しなければ、宵之宮累の作家人生は続いていたのである。

私のせいだ……。

ひとりの人間の命だけでなく、ひとりの作家が残したかもしれない数々の作品を消失させてしまった、という耐えられない思いに駆られた。

この重苦しい後悔から立ち直るのに、半年以上かかった。会社の同僚や上司、大学の先輩やOBに励まされ、どうにか元の自分に戻れた気はする。とはいえ完全に吹っ切れたわけでは、もちろんない。時と場所を選ばずに、ふっと自責の念に駆られてしまう。これは一生ついて回るのかもしれない。

あの事件のあと、よく悪夢を見た。それが最近、また復活しはじめた。もっとも前の悪夢は、ほとんどが宵之宮累に関することだった。彼女が出てこなくても、夢の中の場面は文学賞のパーティだったり、作家の講演会やサイン会だったりと、何らかの形で出版業界に関わっていた。そこで宵之宮の死の話題が出て、決まって最後は笙子が、そこにいる全員から非難される。そんな内容が多かった。

ところが、ここ最近の悪夢は違った。前ほど具体的でない代わりに、とても気味が悪かった。

真っ暗な場所に笙子はいる。どこかは分からないが、ひょっとすると無辺館だろうか。ただし、どんなに移動しても壁に辿り着かない。そこが建物の中なら、どれほど広くても歩いているうちに、壁や柱や階段などにぶち当たるはずである。かといって野外かというと、どうも違う気がする。外なら微《かす》かでも風を感じるのではないか。だが、まったくその気配がない。

仕方なく暗闇の中をとぼとぼ歩いていると、誰かに見られているように感じた。その視線が気持ち悪く、慌てて反対の方向へ進む。

した、した、した……。

すると今度は、自分を追ってくる足音が聞こえ出す。何も見えない暗がりの中から、こちらを目指して何かが迫ってくる。

慌てて走り出すと、臭気が鼻をかすめる。最初は微かだったのが、次第に強く臭いはじめ、ついには吐き気を催すほどになる。

そこでようやく、その臭いが前方から漂ってくることに気づき、とっさに足を止める。まったく視界のきかない墨のような闇に目を凝らすと、じっと見つめ返してくる何かがそこにいる。それの気配を感じる。と同時に、とても酷《ひど》い臭いが漂ってくる。

先回りされた！

急いで反対方向へ逃げ出す。走りながらも、視線と足音と臭気に注意を払う。闇に潜むそれがどこにいるのか分からないからだ。

しゅわすう、すっしゅわ……。

やがて囁《ささや》き声のようなものが聞こえ出す。ただし、何を言っているのかは少しも聞き取れない。

すっしわ、しゅわぅ……。

それが次第に近づいてくる。逃げながら耳をすますと、
した、した、した……。

追ってくる足音も聞こえる。そればかりではない。例の臭気も強まっている。さらに背後から、身体を刺し貫かれそうな鋭い視線を浴びせられ、その場に硬直してしまう。まったく身動きができなくなってしまう。

そんな彼女に、後ろからそれが迫ってきて……。

……と呼ばれたところで、たいていは目覚めた。ぞっと総毛立つ感覚と共に、悪夢から帰還していた。

もし、あのまま目が覚めなければ……。

そう考えただけで、二の腕に鳥肌が立った。きっと自分は夢の中で殺されていたに違いない。いつも目覚めるから助かっているが、それが間に合わなかったとき、いったい現実の茶木笙子はどうなるのか。

それにしても、なぜこんな夢を見るのだろう。宵之宮累に対する罪悪感からとは、とても思えない。そもそも本人が登場しないうえ、彼女に関わるものも何ひとつ現れないのだから。にもかかわらず悪夢の舞台が、あの無辺館だと感じるのは、どうして

なのか。真っ暗で何も見えないのに、そんな風に思えるのはなぜか。

新宿へ向かう各駅停車にゆられながら、いつしか眠りに落ちた笙子は、そこで新たな悪夢に苛《さいな》まれてしまった。

ひぃぃ！

悲鳴と共に飛び起き、そこが電車内だと思い出したとたん、顔から火が出るほど恥ずかしくなった。でも、特に彼女を不審そうに見ている人はいない。てっきり声をあげたと思ったのだが、それも夢の中だったようだ。

ほっとしたのも束の間、笙子の気分はどんよりと沈んだ。

学生時代の友だちと食事をするのは久しぶりである。今夜の集まりを彼女は心待ちにしていた。みんなと会って話せるまで、自分は回復したのだと喜んでいた。

それなのに電車の中で、あの夢を見るなんて……。

もっとも最近は夢の中だけに留《とど》まらず、あの視線や足音や臭気や囁きが、現実にも感じられてしまうことが、しばしばあった。もちろん気のせいだろうが、せっかく元気になりかけているのに、また悪くなる前兆かと思うと、さすがに辛《つら》かった。

弱気になっちゃダメ！

笙子は自分自身に活を入れた。祖母がいつも「病は気から」だと言っていた。

今夜はとことん楽しもう。

実際にその夜、彼女は大いにはしゃいだ。さすがに最初は少し無理をしたが、そのうち本当に楽しくなってきた。宵之宮累の件を知っている者は、一番仲の良い友だちひとりだった。しかし、何らかの事情で彼女が大変だったことは、全員が分かっていた。そんな友だちの存在が、彼女には何よりも有り難かった。

二次会でカラオケボックスに行ったとき、もう笙子はほとんど学生時代に戻った気分だった。これで明日《あした》から大丈夫だと、自信を持って言えるまでになっていた。

友だちと別れて最終電車に乗り、武蔵小金井《むさしこがねい》駅で下車して、人通りの少ない夜道を帰路につくまでは……。

七　黒術師

金曜の昼下がり、昼食をすませた弦矢俊一郎は探偵事務所の机の前に座り、プリントアウトした数枚のコピー用紙に目を通しながら、ひたすら考えていた。

そこには管徳代と峰岸柚璃亜が語った無辺館での体験と、柚璃亜が恵比寿のレストランでボイスレコーダーに録音した長谷川要人と湯浅博之の話との、類似点と差異とが箇条書きされていた。午前中いっぱいを使って、俊一郎がまとめたものである。

だが、いくら四人の体験を比べても、徳代だけに死相の現れた原因が、いまひとつつかめない。全員が無辺館で怪異に見舞われたことは、どうやら間違いなさそうだった。どこまで不可解な出来事を実感したか、その度合いに個人差はあったが――もっとも敏感だったのは柚璃亜だろう――みんなが超常的な現象を体験している。だから当初、そこに手掛かりがあると俊一郎はにらんだ。

ところが、四人の体験は非常に似ていた。怪異に対する受け止め方と、その認識にこそ違いはあったが、どんな目に遭ったのか、という点を見比べた場合、ほぼ同じと言えた。もっとも大きな差は、その濃さだろうか。

とはいえ超常体験の濃い順に並べると、峰岸柚璃亜、湯浅博之、管徳代、長谷川要人となってしまう。徳代だけに死相が出ている説明が、これではつかない。

では、他の三人にはなく、彼女ひとりに起きた不可解な現象はないのか。そう考えて探すと、ひとつだけあった。

自分が呼ばれた気がした……。

こう感じたのは徳代のみである。ここに突破口があるのかもしれない。ただ、この唯一とも言える差異が、どうにも曖昧《あいまい》なのだ。

……呼ばれた気はしたけど、本当は別の人だったとか。

とも彼女は言っている。こんな頼りない現象が、果たして死相の原因になるだろうか。

「お前はどう思う?」

パソコンのキーボードの上で横になっている僕に尋ねたが、ちらっと薄目を開けて俊一郎を見やっただけで、そのまま寝てしまった。どうやら午睡の邪魔をするなと言いたいらしい。

「いつでもどこでも寝てるくせに、わざわざ昼寝する必要があるのか」

思わず皮肉ったが、少しも動じない。気持ち良さそうな顔をして、ぐたっとキーボードの上に寝そべっている。

「勝手にパソコンを起動させて、ネットサーフィンされるよりはましだけどな」

そう続けた俊一郎の言葉に、ぴくっと僕の片耳だけが反応した。

前は無茶苦茶にキーボードをたたいて遊ぶだけだったが、どうやら最近はインターネットに接続することを覚えたらしい。彼が事件で事務所を留守にしているときが、その格好の機会のようで、帰宅してチェックすると、必ずと言って良いほど履歴が残っている。もっとも閲覧した先が、築地《つきじ》市場《しじょう》や、笹かまぼこ工場や、奈良の杏羅町の観光案内のホームページと、かなり片寄っているのが、なんとも僕である。

「お前、ほんとに分かって見てるのか」

僕に話しかけたが、あっさり無視された。本当に寝ているのかもしれない。いや、狸寝入りだろうか。猫又みたいなものだからな。

そう心の中でつぶやいて、僕の寝顔をしばらく眺めていたときだった。

「よっ！」

いきなり事務所の扉が開いて、所轄署の曲矢《まがりや》刑事が現れた。

「ノックという作法を知らないのか」

うんざりした声を俊一郎が出すと、

「まったく他人行儀だなぁ」

曲矢は一通り事務所内を見回してから、さっさとソファに座った。

「他人だよ。あんたと俺には、まったく何のつながりもない」

「当たり前だ。気持ちの悪いこと言うんじゃねぇ」

「……あのなぁ」

この男には本当に調子を狂わされる。話が噛《か》み合わないという点では祖母といっしょだったが、あっちは孫を困らせて喜ぶという性癖のようなものだが、こっちは天然かもしれないだけに始末が悪い。

ただ、昔より数段は社交的になったとはいえ、やはり俊一郎は他人と話すことに苦手意識がある。そんな彼が何の気がまえもなくしゃべれるのが、実は祖父母と僕と、この曲矢だった。その事実に、本人は少しも気づいていなかったが。

「珈琲《コーヒー》、ホットで。お前も飲むか」

「ここは喫茶店じゃない」

　この台詞《せりふ》も、もう何度も口にしている。

「誰もお前に淹《い》れろとは言ってない。あの美味《うま》い店から出前してもらえよ。金の心配はするな。貧乏探偵事務所から取るつもりはねぇ。警視庁の経費で落ちるからな」

「まだ警視庁に出入りできてたのか」

　俊一郎が純粋に驚くと、曲矢が怒り出した。

「まだって何だよ。出入りってどういう意味だよ。前にも説明したように、俺は上層部の特命を受けて、新恒《にいがき》警部のところへ出向してるんだよ」

「珈琲二つ、お願いします」

「こら！　ひとが大事な話をしてんのに、出前の電話なんかかけるんじゃねぇ」

「そうです。弦矢俊一郎探偵事務所です」

　贔屓《ひいき》にしている喫茶店〈エリカ〉に注文をすませると、曲矢と向かい合う格好で、俊一郎もソファに座った。

「珈琲を飲んだら、さっさと帰って下さいよ。こっちは忙しいんだから」

「お前なぁ……。俺がわざわざ、こんなところへ、珈琲を飲みにきたと思ってんのか」

「そうでしょ」

即答する俊一郎に、曲矢は天を仰ぐ大袈裟《おおげさ》な身ぶりで応じてから、

「んなわけあるか！　言うまでもなく、黒術師がらみと思われる異様な事件が起きたからに、決まってるだろ」

まさかとは思ったが、やっぱりそうだったと分かり、俊一郎は緊張した。あいつの名前を聞かされただけで、胃のあたりが痛くなる。

黒術師とは、とても忌まわしき裏社会の存在だった。その正体は不明で、何を目的に動いているのかも一切が分からなかった。ただ、不可解で謎めいた人死にが続くなど、とにかく腑《ふ》に落ちない無気味な事件の裏には、ほぼ間違いなく黒術師が関わっていると見て良かった。

「黒術師ってやつは、言わば裏の愛染様だな」

前に曲矢がそう表現したことがあるが、俊一郎は言い得て妙だと思った。

愛染様と呼ばれて親しまれる祖母は、相談者が抱える様々な負の原因を祓《はら》い、その人の心と身体の健康を取り戻させる。そういう働きをする拝み屋だった。しかし一方の黒術師は、まさに祖母と正反対の行為をしていた。

人間が他人に対して覚える様々な負の感情――怨《うら》みや辛《つら》みや妬《ねた》みを増幅させ、それ

を殺意にまで高めて、最終的には実行させてしまう。それが黒術師のやり方だった。本人はあくまでも自分の意思で犯行をなしたと思っているが、実際は黒術師に操られているだけである。もっとも殺人の場合、その人物が手を下すことはあまりない。黒術師の呪術的な仕掛けによって、被害者たちは命を落とすことが多い。そのため警察が調べても、はなから事故死や病死という判断になってしまう。仮に犯人を突き止められたとしても、その犯行を実証することは絶対にできない。まして黒幕である黒術師を逮捕するなど、どう転んでも不可能だった。そもそも黒術師がどこにいるのか、それさえも分かっていないのだから……。

弦矢俊一郎最初の事件である入谷家連続怪死事件にも、この黒術師の影があった。相手が仕掛けた十三の呪の謎を、なんとか彼は解いたのだが、同時に少なくない被害者も出してしまった。それは六蠱《むこ》の連続殺人事件でも同様だった。黒術師の邪悪な企《たくら》みを完全に阻止する前に、何人もの若い女性が犠牲になっている。

それにしても黒術師と、どうして自分はこれほど関わってしまうのか。

俊一郎は真剣に考え、悩んだことがある。そのとき決まって思い出すのが、ある事件の関係者が発した次の言葉だった。

真っ黒けの、本当に黒々とした禍々《まがまが》しい影に……気をつけて下さい。

弦矢俊一郎……あなたは避けて通れないと思います。

黒術師が黒幕となって計画した事件を、図らずも俊一郎が解決した。その因縁が次から次へと、彼のもとへ黒術師がらみの事件をもたらすのだろうか。

それとは別にいつのころからか、俊一郎の周囲で黒い服を着た女らしき人影が、ちらちらと見られるようになっていた。ただし、彼が気づいて目をやっても、もう影は消えている。そのため一度も、まだ黒衣の女をまともに見たことがない。

当初はそれが黒術師かと考え興奮したが、今では違うと確信している。あれはきっと黒術師が使役する手下のようなものなのだ。そういう存在に、おそらく俊一郎を見張らせているのではないか。それとも脅しだろうか。ちらちらと普段から姿を見せて、これ以上の邪魔をさせないようにと牽制《けんせい》しているのだろうか。

詳しいことは分からないが、曲矢によると警視庁内には、黒術師対策の部署が極秘に設けられているという。その責任者が新恒警部である。この事実を知る者は、警察内部でも少ないらしい。それはそうだろう。呪術などという現象を、警察が大っぴらに認めるわけがない。

とはいえ、その存在を無視できないほど、黒術師が関わる事件が増えてきた。それも不可解な連続事故死、奇っ怪な連続病死、猟奇的な連続殺人と、いずれも多くの人命が奪われる事件ばかりである。警察が介入する領分や分野ではないからと、もはや放置できない状態にまでなっていた。

そこで警察の上層部は、どうやら祖母に相談したらしい。その結果、黒術師を捜査する専門の部署が創設された。それは警備部にも公安部にも刑事部にも属さない、副総監直属の課だという。通称は〈黒捜課〉だが、そもそも正式名称がない。捜査員たちも表向きは様々な部署への出向扱いになっているという。

そういった裏の事情を俊一郎は、折にふれ祖母から細切れに聞いていた。あのおしゃべり好きな祖母が、ぺらぺらとすべてを話さないことから考えても、黒捜課の存在がトップシークレットであることがよく分かる。孫に教えたのも、彼が黒術師がらみの事件に関わるようになり、その過程で黒捜課の一員らしい曲矢刑事と接する機会が増えたからに違いない。

「どんな事件です？」

今は正直、管徳代の件に集中したかった。しかし、黒術師の名前を聞いた以上は放っておけない。ここは覚悟を決めるしかないと、俊一郎は決意したのだが、

「珈琲を飲んでからだ」

曲矢は勝手なことを言って、再び事務所内を見回している。

それほど待つことなく珈琲が届き、当然だが曲矢が払うものと思っていると、「立て替えといてくれ」の一言である。抗議すると、「ちゃんと月末に払う」などと、ほとんど行きつけの店あつかいだ。

満足そうに珈琲を飲む曲矢と、むすっとした俊一郎の無言の時が、しばらく流れた。

「それで、どんな事件なんだ?」

刑事が珈琲を飲み干すや否や、俊一郎は尋ねた。これで曲矢の話に、もし黒術師の影が大して見出《みいだ》せなかった場合は、どうしてくれようかと考えていたのだが、

「無辺館の事件は知ってるか」

そう返され、とっさに声をあげそうになった。

あの無辺館殺人事件に、黒術師が関係しているのか。まさか徳代の死相にも、やつが関わっているのだとしたら……。

だが、管徳代の問題の前に、まず曲矢の話を聞こうと俊一郎は思った。その内容を検討したうえで、必要なら彼女の件を教えれば良い。

「だいたいは分かると思うけど」

峰岸柚璃亜によっておさらいしたばかりだったが、念のため無難に答えておくと、曲矢が一から説明した。

その多くは柚璃亜の話と同じだったが、彼女の知らない――ということはマスコミに伏せられた――情報がいくつかあることが分かった。

「これは極秘だから、絶対に他言するなよ」

曲矢は怖い顔で注意してから、警察が隠している特殊な手掛かりのうち、もっとも

重要なものを話し出した。

「犯人が持ちこんだ凶器があるだろ」

「第一の剣、第二の鎌、第三の斧《おの》、第四の槍《やり》、第五の鋸《のこぎり》という五種類のか」

「よく覚えてるな」

「まだ脳も若いですから」

「ほざけ。その凶器を包んでいた布袋に、実は赤い糸で縫い取りがしてあった」

「それぞれの凶器の名称だろ」

「そこは公表した部分だが、実はまだある」

手帳を取り出した曲矢は、それに目を落としながら、

「赤い糸で記されていたのは、〈連続殺人を行なうために用意された五つのもの〉というふざけた文字だった」

「…………」

「それが布の表側にあって、内側すなわち凶器を収納するほうには、五つの凶器の名称をまとめるかのように、〈五骨の刃《やいば》〉と記されていた」

曲矢が漢字の説明を終えるや否や、俊一郎はつぶやいた。

「六蠱の軀《からだ》……」

「お前もあれを連想したか」

もっとも美しい身体の部位を持つ女性から、その部分だけを呪術で盗み取り、それらを組み合わせて完璧《かんぺき》な女体を作り上げるというのが、中国古来の恐るべき魔術と伝わる〈六蠱の軀〉だった。この秘儀を黒術師から授けられた者が、猟奇的な連続殺人事件を引き起こしたため、曲矢の要請により——バックに新恒警部と黒捜課がいたわけだが——それに俊一郎が挑んで解決してから、まだ三ヵ月も経っていない。

「そういう呪術があるのか」

「新恒が愛染様に尋ねたらしいが、はっきりしなかった」

「そういう方面に詳しい、祖母《ばあ》ちゃんの知り合いの爺《じい》さんがいなくなってから、しばらく経つからな」

「いなくなったって、行方不明か」

「さぁ。化物に喰《く》われたんだろうって、祖母ちゃんは見てるけどな」

俺をからかっているのか、という曲矢の顔だったが、俊一郎が真面目に言っているらしいと分かると、あっさり無視して、

「いずれにしろ五骨の刃という凶器に、愛染様は呪術の臭いを感じたようだ」

「それで新恒警部も、黒術師が関わっていると考えた?」

「あの人は——いや、あの人も、愛染様のファンだからな。それに五つの凶器の柄は、実際に動物の骨で作られていた」

「だから五骨の刃か」

「しかもな、骨の中には人間のものもあった」

「えっ……」

驚く俊一郎に、曲矢は噛《か》んでふくめるような口調で、

「五つの凶器の柄に使われた骨は、すべて違う動物のものだった。一般人が集めようとしたら、文字通り骨が折れただろうな」

「つまりホラー殺人鬼は、そういった動物の骨を容易に入手できる、何らかの仕事に就いているってことか」

「その呼び方はやめろ。自分がくだらんホラー映画に出てくる、役立たずの警官になったような気がする」

ぴったりじゃないか、という言葉を俊一郎が呑《の》みこんでいると、

「人間の骨も入っていたため、その方向での捜査も進められた。けど、芳しい結果は未《いま》だに得られていない。それで新恒は、黒術師がすべての材料を犯人に提供したか、はじめから五骨の刃そのものを与えたんじゃないか、とにらんでる」

「なるほど。でも無辺館事件では、黒捜課が動いたわけじゃない――よね」

俊一郎の指摘に、曲矢が少し驚いた顔をした。

「どうしてそう思う？」

「もし動いたなら、その件で新恒警部から指示を受けた曲矢刑事が、ここに駆けつけてるはずだからさ」

「お前なぁ、その自信はどこからくる？」

「おのれの能力と経験」

「死視の能力はともかく、探偵の経験は未熟もいいとこだろ」

「その未熟者のところへ、わざわざお見えになっているのは、どこの何方様《どちら》でしょうか」

「うるせぇ。俺は新恒の命令で来てるだけだ」

「宮仕えは辛《つら》い、ってやつですか」

「てめぇ」

曲矢は怒鳴りかけて、急にやめた。それからぼやき出した。

「くそっ。なんだって俺が、探偵坊主のお守をしなきゃなんねぇんだ」

「そのお蔭《かげ》で出世できたんだから、いいでしょ」

「どこが出世だ」

「だって所轄から警視庁の――」

「存在さえ秘されている部署への出向だぞ。しかも――」

と言いかけて曲矢が口をつぐんだ。その様子が普通ではなかったので、俊一郎も真顔で尋ねた。

「しかも、何です？」

「いや、何でもない。ちょっと口がすべっただけだ」

「すべったって、まだ何も言ってませんよ」

「だから……、そのー何でもないんだ」

「曲矢刑事、もし黒術師に関係することなら、ちゃんと教えてくれ。いや、ここは言い直します。差し支えのない範囲で結構ですので、どうか教えて下さい」

頭を下げる俊一郎を、じっと曲矢は見つめてから、

「そうだな。お前も知っておくべきだよな。むしろ隠しちゃいけない相手かもな」

「何かあったのか」

「実はな、黒捜課から殉職者が出ている」

「…………」

思わず絶句する俊一郎を前に、曲矢は淡々としゃべった。

「黒術師の居場所を探っていて、ふいにやられたらしい。黒捜課では殺されたと見ているが、外傷などは一切ない。そのため死因は、病死とされた。本当は殉職なのに、それを遺族に伝えることもできない。もちろん二階級特進もない。そもそも遺族は、父親や夫や息子が何の仕事をしていたのか、まったく知らないんだからな」

「そのことを、祖母ちゃんは……」

「ご存じだ。そのたびにご丁寧なお悔み状と、遺族への少なくない香典をいただき、また供養もして下さっている」

そのたびにということは、殉職者はひとりではないのだ。

「俺は最初お前の祖母さんを、警察の上層部を誑《たら》しこむ怪しげな占い師の、食えない婆ぁだと思っていた。けど、そのうち拝み屋として、どれほど物凄《ものすご》い力の持ち主かってことが分かってきた。それから確かに口は悪いが、それは本当に口だけで、心根はとても優しい人だということも知った。上が絶対的な信頼を寄せるのも、当たり前かもしれんな」

食えない婆ぁ——という評価は当たっていたが、それを指摘する雰囲気ではなかった。祖母に匹敵するほど口の悪い彼が、ここまで言葉遣いを改めていることからも、その本気度が察せられる。

「とまぁ、それほど黒術師ってやつは、危険な相手ってことだ」

そこで急に口調がもとに戻ると、

「俺たちは警察官だ。この職業を選んだときから、一応の覚悟もある。それに黒捜課へ転属や出向が決まったときも、その覚悟をみんなが新たにしたと思う。だが、お前は民間人だ。こんな危ない事件に、本当は巻きこむべきじゃない」

「けど、それは――」

「お前の運命のようなもんだ。仮に俺たちがお前に協力を求めなくても、きっと黒術師のほうから関わってくるだろう」

「……たぶん」

「だからあきらめて、さっさと協力しろ」

少しでも曲矢を見直した気になったのが、なんだか俊一郎は損に思えた。しかし、こういう態度でないと曲矢らしくなくて、こちらの調子が狂うのも事実だった。

「それで、どうして黒捜課の出番になったんだ？」

肝心な話に俊一郎が戻すと、まぁ待てという手振りで曲矢が、

「その前に捜査本部が、無辺館殺人事件をどう見たのか、それを先に説明しとく」

「無差別連続殺人か」

「いくら調べても、五人の被害者に共通するものは何も出てこなかった。そもそも五人のうち、パーティに招待されていたのは二人だけだ」

「誰と誰？」

「第三の斧《おの》で殺された人間工房の福村大介と、第四の槍《やり》の犠牲となったグラビアアイドル兼女優の矢竹マリアだ」

「第一の剣で刺された出口秋生は、金丸運送の社員だった。つまり当日、彼は仕事で

来ていたことになる」

「第二の鎌でやられたホラー作家の宵之宮累は、関東特殊造形に勤めている鈴木健児の同伴者としてパーティに出ているが、この二人に面識はない。健児は姉の井東佐江に――彼女は結婚して鈴木から井東になってる――頼まれて、宵之宮を連れて行ったに過ぎない。ただし、井東佐江が声をかけたのは、同じマンションに住むバレーボール仲間の、旭書房の編集者である茶木笙子だった。無辺館での催しが、茶木の趣味だと思ったからだ。ところが茶木は自分の代わりに、宵之宮累のことを井東に頼んだ。宵之宮に新作を書いて欲しい茶木が、これは良い機会だとばかりに――宵之宮も職業柄、無辺館の展示には興味があったんだろう――作家に便宜を図ったようだな」

「なんか複雑だけど、宵之宮累がパーティに参加したのは、あくまでもたまたまだった、ということか」

「佐官甲子郎の妻で、第五の鋸《のこぎり》で惨殺された奈那子と、二人の娘の美羽も、飛び入り参加だ。そもそも甲子郎は妻子をパーティには呼んでいないし、奈那子も来るつもりはなかったらしい。しかし、夫との離婚話がこじれていた。相手は調停の場にも、多忙を理由に出てこない。そこで確実につかまるパーティに乗りこんだわけだ」

「確かに被害者の顔触れを見る限り、計画的に狙われて殺害されたとは、ちょっと考えられないな」

「ああ、被害者は無作為にその場で選ばれた。そう見て間違いないだろう」

そこで曲矢は、意味ありげに俊一郎を見つめると、

「問題は無差別連続殺人としても、そこに何の動機もまったくなかったのか、ということになる」

「きっと犯人にはあったんだと思う」

「たとえば？」

「佐官甲子郎作品に対する、かなり歪《ゆが》んだ愛情とか……」

「ほうっ。どうしてそう考える？」

「凶器が包まれていた布袋には、〈連続殺人を行なうために用意された五つのもの〉という縫い取りがあったんだろ。これは佐官甲子郎の映画『西山吾一惨殺劇場』に登場する殺人鬼が、犯行の前にノートに書き出す〈無意味な人殺しを行なうために必要な十の条件〉の明らかなもじりだ」

「さすがホラー映画オタクだな」

「誰がオタクだよ」

「捜査本部でも、そういう見方をしたようだ」

「警察にホラー映画オタクがいるのか」

「いるか！　佐官甲子郎に関する資料の中から、そこに気づいた者がいたんだ」

俊一郎をにらみつけたものの、またしても曲矢は意味ありげに、

「根拠はそれだけか」

「そこに犯行現場を加味したら、もう充分だと思うけどな。ただ、もし他にもあるとしたら、瀕死《ひんし》の出口秋生が口走った言葉かな」

「その意味は？」

「確か『にし……せい……ざん……』だったよな」

曲矢が手帳で確認してうなずくのを見て、俊一郎が続けた。

「推測できるのは、これも『西山吾一惨殺劇場』に関わっているんじゃないかってことだ。『にし』は〈西山〉の『西』かもしれない」

「あとの『せい……ざん……』ってのは？」

「この台詞《せりふ》を口にしたとき、出口は瀕死の状態だった。ひょっとすると頭に西山吾一の漢字は浮かんでいたのに、とっさに読みが分からなかったのかもしれない。『にしやま』なのか『せいざん』なのか。混乱した彼は、『にしやま』と言いかけて、『せいざん』と言い直したんじゃないか」

「だとしても、映画タイトルの一部である西山吾一という名前を、なぜ出口はつぶやいたんだ？」

「彼を刺す前に、ホラー殺人鬼が口走ったとか……」

いかにも曲矢が面白くなさそうな顔で、

「お前と似たことを、捜査本部でも考えたらしい」

「えっ、そうなのか」

喜ぶ俊一郎を、忌々しそうに曲矢は眺めながら、

「出口秋生の快復を待って、謎の台詞について訊《き》いたところ、最初は覚えていないという答えだった。しかし捜査員がくり返し尋ねるうちに、次第に記憶が戻ってきたようで、彼を襲っている最中に、犯人が口走った言葉だと分かった」

「そこで警察は、ホラー殺人鬼が佐官甲子郎作品に対して歪んだ愛を持ったファンではないか、と見当をつけたわけだ」

「まったく佐官も、とんだファンに惚《ほ》れられたもんだ」

「作品の内容が特殊過ぎるだけに、歪んだ心を持った者がファンになると、ちょっと始末に負えないかもしれない」

「捜査の参考になるかと何作か観たが、怖いというより気味が悪いったらないな」

「佐官監督の作品は、『黒い毛玉』のような怨念《おんねん》系もあれば、『西山吾一惨殺劇場』のグロ系や『回り怪灯籠《どうろう》』の幻想系、また『首斬り運動部』のごとく不条理系もあって、その作風はかなり多彩と言える。しかし、すべての作品に流れているのは、何とも言えぬ無気味さなんだ」

「そうそう『首斬り運動部』って作品だった。ありゃ何だよ。それぞれの運動部のキャプテンばっかり血祭りにあげて、おまけに――」

「この手の話なら俺は延々とできるけど、それでいいのか」

ばつが悪そうな顔を曲矢は見せると、

「いいわけねぇだろ。で、何の話だった？」

「佐官も厄介なファンに気に入れられたものだ――って話だけど」

「ああ、そうだよ。もっともこの事件のあと、彼はテレビや週刊誌に引っ張りだこで、休む暇もないほど非常に忙しくなったらしい。事件後はじめて休暇が取れたのは、つい最近になってからだと聞いてる。ひょっとすると彼個人にとっては、災いを転じて福となす――だったのかもな」

皮肉を言う曲矢に、単刀直入に俊一郎が訊いた。

「容疑者は浮かんだのか」

「何人かはな」

だが、そう答える口調は重い。おそらく容疑者たちを調べたものの、その中にこれという人物がいなかったのだろう。

「捜査本部は容疑者の割り出しを、パーティに参加した者たちと、完全に外部と、二つのグループに分けて行なった」

「招待されていない者でも、無辺館に入ることは可能だった？」

「玄関でのチェックはあったようだが、仮装パーティだからな。まったく不可能だと退けられるほど、厳重ではなかったわけだ」

「それで犯行後、ホラー殺人鬼も易々と逃げられたのか」

「そもそも事件が参加者たちに知れ渡ったとたん、我先にと逃げ出した者が多かった。そういう客たちの中に、おそらく犯人も紛れこんだんだろう」

「目撃者は？」

「マスコミが名づけたホラー殺人鬼を、パーティの最中に見たと、そりゃ何人も名乗りをあげた。なかには返り血を浴びていたと証言するやつもいてな。ところが、肝心の犯行現場を目撃した者がひとりもいない。ひょっとしたら犯行の直後に、現場の部屋から出てきた犯人と会ったかもしれない、という証人も多数いたが、結局はそれだけだ。何の役にも立たん」

「仮装が脱ぎ捨ててあったトイレは？」

曲矢は首をふると、

「犯人がトイレの中にいたときと、出るところを目撃した者は、ひとりもいない」

「つまり出口秋生と佐官美羽の二人が、とても貴重な目撃者になるわけか」

「とはいえ出口が見ているのは、ホラー殺人鬼の格好をした犯人だ。彼と他の目撃者

「上げ底の靴でもはいていれば身長は誤魔化せるし、継ぎ接《は》ぎ服なら体格もはっきりしない。だろ？」

「その通りだ」

苦々しい口調で曲矢が応《こた》える。

「出口が聞いたホラー殺人鬼の声は？」

「若い男のようだった……という証言だが、とても甲高かったので、もしかすると女の可能性もあるらしい」

「中年でも声は若々しいって人もいるからな」

「ああ。犯人を絞りこむ手掛かりにはならんよ」

「でも、犯人が女性ってことは、この事件の場合ないんじゃないのか」

俊一郎の指摘に、曲矢は軽くうなずきながら、

「出口秋生は運送会社の社員だけあって、体格がいい。社内の野球チームではキャプテンで、いつも活躍しているらしいから、きっと運動神経もいいんだろ。そんな彼を最初は後ろから襲ったとしても、犯人は腹に二度も凶器を突き立てている。確かに女には、ちょっと無理かもしれん。だからといって完全に除外するまでには、まだ至っていないってところか」

「佐官美羽のほうは？」

「ずっと昏睡《こんすい》状態だったのが、先週の木曜日にようやく意識を取り戻した」

「そうなのか」

「まだ伏せてあるので、お前も他言するなよ」

「分かった。それでホラー殺人鬼について、彼女は何と——」

気負いこむ俊一郎に、弱々しく曲矢は首をふりながら、

「意識は戻ったものの、残念ながら満足にしゃべれない。女性の警官がスケッチブックに絵や文字を書いて会話を試みているが、相手は四歳だからな」

「しかも目の前で、母親を惨殺されている……」

「医者が言うには、快復には時間がかかるとさ。ただな、担当の女性警官によると、どうも美羽は何かを知っている……ように思えるらしい」

「ホラー殺人鬼についてか」

「おそらくな。万寿会病院の医者は優秀だと評判だから、一日でも早く佐官美羽の口がきけるようにしてもらいたいよ」

病院の名前を聞いて俊一郎は驚いた。昨日、菓子折りを持ってお礼に来た山口由貴の、義父が院長をしている病院ではないか。ただの偶然に過ぎないが、何やら巡り合わせめいたものを感じてしまう。

もちろん、それを曲矢に話す気はない。依頼人の身元を明かさないのも、探偵の守秘義務のひとつだったからだ。

「事件の詳細は、これでほぼ教えてもらったことになるのか」

「あとの細かいことは、必要に応じて話せばいいだろ」

「そうだな。じゃあ改めて訊くけど、今になって黒捜課が乗り出してきたのは、どうしてなんだ？」

俊一郎の問いかけに、曲矢は一拍おいてから答えた。

「パーティの出席者の中から、新たな死者が出たんだよ」

八　再開される殺人？

「新たな死者って……ホラー殺人鬼の？」

戸惑う俊一郎に、曲矢は苦りきった顔で、

「それが分かりゃ苦労しねぇよ。ちなみに死因は心臓麻痺《まひ》だ」

「けど、ただの病死としてすませられない何かが、その遺体にはあった」

重々しく曲矢がうなずく。

「それも無辺館殺人事件に関わりがあるもので、さらに黒術師がからんでいると推測されうる根拠のあるものだった」

再び曲矢はうなずいてから、

「被害者は石堂誠《いしどうまこと》、三十四歳、〈螺旋《らせん》〉という劇団のプロデューサー兼舞台監督で、佐官甲子郎とは大学時代からの親友だ。二人で映画研究会に入るかたわら、フットサル同好会を立ち上げたという。無辺館のパーティには、同劇団の演出家である石堂葉《は》月《づき》と出席していた。二人は夫婦じゃなく兄妹《きょうだい》だ」

「亡くなったのはいつ、どこで？」

「今週の火曜の夜、阿佐ヶ谷《あさがや》のとある路地の真ん中で、彼は倒れているところを発見された。この日は夕方から、下北沢《しもきたざわ》の劇場で螺旋の舞台稽古《げいこ》があった。それが終わったあと、彼は阿佐ヶ谷の自宅へまっすぐ帰った」

「その帰路に亡くなったのか」

「問題の路地へ入る前に、石堂は近くのコンビニに寄っている。そこの店員によると、まるで誰かに追われているような様子で、彼は店に入ってきたというんだ」

「でも店員は、不審な人物を見ていない」

「その通り。店に入ってからも、石堂は外をしきりに気にした。それで店員も注意して見たが、誰もいない。しばらく店内で時間をつぶしたあと、ようやく彼は出て行った。その姿を店員はずっと眺めていたらしいが、彼のあとを追って、駅の方面から店の前へと姿を現した者など、やっぱり誰もいなかった。彼ひとりが駅から来て、コンビニに入り、また出て行ったというわけだ」

「被害者の妹は？」

「石堂葉月は、そのまま劇団員たちと飲みに行っている。というよりも帰ったのは、石堂誠ひとりだったらしい」

「彼の遺体に、いったいどんな……」

曲矢はじっと俊一郎を見つめてから、ほとんど感情の籠《こも》らない口調で、

「背中、胸、腹といった箇所に、複数の蚯蚓腫《みみずば》れのようなものが認められた。ただし、それが何者かによってつけられた傷だとは、検死でも断定できなかった。そういう痕《あと》が遺体に残っていた、という事実を確かめられただけだ」

「つまり傷痕は見つけたけど、どんな凶器で、どんな風につけられたものかは、まったく分からなかったと？」

「違う、傷痕じゃない。蚯蚓腫れのような痕だ」

苛立《いらだ》たしげな様子で曲矢は、

「自分でつけるにしろ、誰かにやられるにしろ、傷痕とは皮膚の上からつけられたも

のだろ。けどな、この蚯蚓腫れは違う。そうじゃないんだ」

「まさか、内側からつけられたとでも？」

「検死官は認めたがらなかった……という噂だ」

それはそうだろう。たとえ事実でも、そんなことを報告書に記せば、本人の能力が疑われてしまう。

「ただな、新恒が尋ねたらしい。凶器は何か、どうやってつけられたのか、蚯蚓腫れの状態など、そういった問題はすべて取り去ったうえで、遺体に残った長細い傷として見た場合、それが何の痕に映るか——ってな」

「答えは？」

「鋭い刃物で斬りつけられた痕……というのが、非公式の回答だった」

「石堂誠の妙な行動を目にしたのは、コンビニの店員だけなのか。妹は何も気づいていなかったのか」

「いや、数日前から様子が変だったらしい。ただ、どうしたのかと訊《き》くと、立て続けに悪夢を見ただけだと言われたので、あまり気にしなかったそうだ。劇団の公演前は色々と忙しくて大変だから、きっと兄は疲れているんだろうと、妹は思ったみたいだ」

「悪夢の内容は？」

「聞いても、あまり参考にはならんぞ。真っ暗な場所に彼がいて、自分を見つめる視線を感じたり、嫌な臭いや何かの気配がしたりと、なんだか抽象的なものだからな」

石堂誠の見た悪夢は、管徳代のものと非常に似ていた。参考にならないどころか、むしろ大いになるのかもしれない。

「ただ、その悪夢の中の出来事が、現実にも起き出していたらしい」

「死の直前、誰かに追われていた様子が、まさにそれか」

「みたいだな。もちろん彼自身がそう感じていただけで、その事実を証明する手立ては何もない」

「妹の証言があるんじゃないのか」

「悪夢の話ほど、詳しくは聞いてないらしい。兄が本気で怖がっていた証拠ではないか、と妹は言っているけどな」

夢の話をしているうちは、実はまだ余裕があった。しかし、それが現実に侵食しはじめると、誰かに相談するどころではない真の恐怖がやって来た。石堂誠の身になって考えると、そういうことになるのだろうか。

「妹が聞いた数少ない兄の体験の中で、ぞっとしたことがひとつあったらしい」

「何だ?」

「彼が夜道をひとりで歩いていたとき、呼ばれたような気がした。とっさに後ろを向いたが、誰もいない。周囲を見回しても、人っ子ひとり見えない。そこにいるのは彼だけなんだ。にもかかわらず何かに呼ばれた気がした……」

「な、名前をか」

興奮する俊一郎を、曲矢は鋭い眼差《まなざ》しで見つめながら、

「それが妙なことに、本人にも分からなかったというんだ。でも、確かに自分が呼ばれた気がした。そのちぐはぐさが、とても気持ち悪かったらしい。この話を兄から聞いた妹の葉月も、ぞくっと背筋が震えたっていうからな」

俊一郎も今、まさに石堂兄妹と同じ戦慄《せんりつ》を覚えていた。

……管徳代と同じだ。

もはや似ているというレベルではない。もしも亡くなる前の石堂誠を死視できたとすれば、そこには徳代と同様の死相が視《み》えたのではないか。

無辺館……。

二人に共通しているのは、どちらもあそこに関わったことである。しかし、石堂誠は〈恐怖の表現〉展のオープニング・パーティの参加者であり、徳代はその約七ヵ月後に肝試しのために入ったに過ぎない。無辺館との関係の持ち方が、あまりにも違っていた。

俊一郎は少し考えこんでから、

「新恒警部は、ホラー殺人鬼が再び動き出したと見ているわけか。しかも、その背後には黒術師がいると察しをつけたのか」

「無辺館事件のとき、すでに新恒は黒術師の関与を疑っている。だが、あの事件には真っ当な捜査本部がおかれた。さすがに新恒も、そうなると黒捜課を動かし辛《づら》い。ところが、未《いま》だに有力な容疑者もあがらず、捜査がほぼ膠着《こうちゃく》状態に陥っている中で、パーティ参加者のひとりが不審な死をとげた。しかも遺体には、常識では考えられない傷があり、それが無辺館事件の犯人を連想させるとなったわけだから、新恒が張り切るのも仕方ないだろ」

「警部の考えは分かる。けど、それだけで――」

「黒捜課による無辺館の現場検証も、実はやってある。といっても肝心なところは、外部委託したんだけどな」

「外部委託？」

怪訝《けげん》な声を俊一郎が出すと、曲矢は嫌な笑いを浮かべつつ、

「愛染様に無辺館を見てもらったんだよ」

「なっ、何ぃ？　祖母《ばあ》ちゃん、こっちに来たのか。一言も聞いてないぞ。そもそもここに寄らないで帰ったのか」

大いに驚き、かつ見当違いにも目の前の刑事に抗議する俊一郎を、まぁまぁと曲矢

は面白そうになだめると、

「お前にはないしょにしてくれと、事前に頼まれてな。愛《いと》しい祖母がこっちに来ると知ったら、何が何でもあの子は会おうとする。しかし今は、孫が自立してやっていけるかどうかの大切な時期なので、あの子が里心を起こすことはしたくない。自分も可愛い孫には会いたいけど、ここは心を鬼にして我慢をするので、どうか――」

「ひょっとして祖母ちゃん」

　曲矢の説明をさえぎって、俊一郎が質問した。

「奈良から京都までは近鉄《きんてつ》特急で、京都から東京はのぞみのグリーン席で、もちろん高級駅弁とお茶つき、東京駅から摩館市までは警察の高級車での送迎というのを、やんわりだけど強く要求しなかったか。帰路も同じ条件で」

「えっ……ああ、そう聞いてるけど」

　訳が分からなそうな曲矢の顔を前にして、俊一郎は苦笑いを浮かべると、

「俺のことを思ってというのは嘘だ。単に祖母ちゃん、ここに寄るのが邪魔臭かっただけだよ。里心を起こすって、お盆には帰ってこいと、しつこく連絡してきたのは、祖母ちゃんだからな」

「そ、そうなのか」

「だから俺は忙しい中、盆休みをとって帰省したんだ。しかし、その分だと帰りの新

幹線の、ビールとつまみも要求しただろ」

「お前、よく分かるな」

「あの祖母ちゃんの孫をやって、ずいぶんと長いからな。ちなみに祖父《じい》ちゃんだと、まったく逆になる」

「逆って何だ？」

「奈良から東京まで、普通電車で来るってことさ」

「ど、鈍行でか」

「特急料金のいらない急行とかには乗るだろうけど、それは先を急ぐためじゃなく、色んな電車に乗りたいからだ」

「弦矢駿作先生は、鉄道オタクなのか」

「そうじゃない。旅は移動の過程を楽しむものだと思ってるからだろ」

「それほど違ってて、よく二人は結婚したな」

呆《あき》れる以上に感心している曲矢を見て、俊一郎は笑いそうになった。

「二人の変なエピソードならいっぱいあるけど、祖母ちゃんが無辺館で何を感じたか、今はそっちのほうが大事だろ」

「ああ、もちろんだ」

すっと曲矢は真顔に戻ると、

「愛染様がおっしゃるには、あの建物には呪術的な何かが施されているらしい」

「仕掛けとか罠《わな》とかか」

「そういう用途のものじゃなく、あの家の記憶を掘り起こすためだ……とか」

「無辺館の記憶……。事件当日の？」

「そのようだな」

と答えた曲矢だったが、本人もよく理解できていない表情をしている。

「そういう仕掛けが無辺館には、それこそ蜘蛛《くも》の糸のように張り巡らされていて、そのとき館内に入った愛染様や新恒にも、その触手を伸ばしてきたらしいぞ」

あっ……と俊一郎は、とっさに声をあげそうになった。

きっと徳代は、その触手に捕まったのだ！

しかし、ならばどうして他の三人は無事だったのか。四人とも足を運んだ場所は同じだった。体験した怪異も程度の差はあれ、似たようなものだった。徳代ひとりが行なったことや、彼女だけに起きた現象など、まったく何もなかったはずである。

では、なぜ徳代にだけ死相が出て、他の三人には現れないのか。

「あっ……」

思わず今度は、実際に声をあげていた。

何かに呼ばれたから……。

管徳代と石堂誠は二人とも、何かに呼ばれたような気がしたと言っている。それも自分の名前が本当に聞こえたかどうか、結構あやふやなのに、そう思いこんだところも似ているのだ。

この現象にはいったい、どんな意味があるのか。

すっかり俊一郎が考えこんでいると、

「……おい」

曲矢に声をかけられた。はっと目をやった刑事の顔には、こちらを疑い深そうに見つめる眼差しがあった。

「お前、何か隠してるだろ」

とっさに俊一郎が応《こた》えられないでいると、

「どうもさっきから様子がおかしいと思ってたんだが、無辺館事件についての情報を持ってるんじゃないのか。それとも愛染様から、オフレコの話でも教えてもらったとか。どうなんだ？」

曲矢が畳みかけてきた。このあたりは、さすがに刑事である。

「祖母ちゃんには何も聞いていない。そもそも無辺館に行ったことも、俺は知らなかったんだからな」

「祖母と孫の間柄で、そんなことあるか――と言いたいところだが、お前んとこは普通じゃねぇからな」

「いかにも異常みたいに言うなよ」

　俊一郎の抗議を、あっさり曲矢は無視すると、

「となると考えられるのは、探偵事務所の依頼人って線か」

「…………」

「ほう、どうやら図星のようだな」

　口を閉じた俊一郎に、ずいっと曲矢は身を乗り出しながら、

「さぁ、しゃべってもらおうか。こっちは洗いざらい教えたんだ」

「勝手に押しかけてきて、ひとりで話しただけだろ」

「バカ言うんじゃねぇ。これは新恒からの正式な――いや、あくまでも表向きは非公式だけど――依頼だ。そっちにも情報があるなら、ここは包み隠さずに出して、お互いに共有するのが筋ってもんだろ」

「依頼人の情報に関して、俺には守秘義務がある」

「お前なぁ」

　曲矢が半ば呆れ、半ば怒りそうになっているのを横目に、俊一郎の頭は目まぐるしく回転していた。依頼人の利益を最優先に考えたうえで、新たにはじまったらしい事件にも対応する一番良い方法は何か。この場で彼が判断しなければならないのは、そ

ういう問題だった。

「おい、てめぇ。いいか――」

「分かりました」

曲矢が凄《すご》む間もなく、俊一郎は峰岸柚璃亜と管徳代が事務所を訪れた経緯と、その後の経過を話していた。

「……石堂誠と似てるじゃないか。いや、そっくりと言うべきか」

一言も口をはさまずに聞いていた曲矢は、まず仰天したようにつぶやいた。それから急にいつもの調子で、

「どうしてしゃべる気になった？」

「もちろん、そのほうが依頼人の利益になると考えたからだ。曲矢刑事も感じたように、二人は似ている。おそらく死相も、同じだったんじゃないかと思う」

「やっぱりそうか」

曲矢が残念そうな声を出した。もはや確認する術《すべ》がないためだろう。

「それで、死相が出た原因は何だ？」

せっかちに訊《き》いてくる曲矢に、

「まだ何とも言えないよ」

いったん俊一郎は首をふってから、

「でも、管徳代ひとりだったのが、そこに石堂誠の事例が加わった。二人とも無辺館に関わっていた共通点もある。そのうえ問題の建物には、呪術的な施しがなされていると分かった」

「その仕掛けの件だけどな、愛染様がおっしゃるには、無辺館の記憶の何を掘り起こそうとしたのか、それを前もって突き止められていれば、きっと石堂誠は助かっただろうというんだ」

「掘り起こそうとしたのは、パーティ出席者たちの何か……だろ？」

「だろうな。その何かに、管徳代という学生も引っかかったわけだ」

「ここまで手掛かりが広がれば、きっと取り組む手段も見つけられるはずだ」

「そう聞いて安心した。けど、取り組む手段と言えば、とても手っ取り早い方法があるんじゃないか」

その曲矢の口調に、俊一郎は嫌な予感がした。とはいえ、その方法が気になる。

「どんな？」

「無辺館で開かれた例のパーティの、出席者たち全員を死視するんだよ」

「……俺が？」

「他に誰がいるってんだ」

「新恒警部の依頼というのは、それだったのか」

「ああ。このままだと第二、第三の石堂誠が出ると、あの人は考えてる」

「関係者は全部で何人いる？」

そう尋ねる俊一郎に、曲矢は嫌な笑みを浮かべつつ、

「招待客以外の人間までふくめると、およそ百二十名だな」

「なっ……」

「関係者には、パーティの飲食物を用意したケータリングのスタッフも入る。無差別殺人の可能性が高いわけだから、招待客だけに絞りこむのは危険だろう。かといって関係者すべてをふくめる必要はない。要は当日、パーティがはじまった時点で、無辺館にいた者を対象にすれば——」

「ちょ、ちょっと待て」

慌てる俊一郎を、曲矢が楽しそうに眺めている。

「その百二十人全員を、俺に死視させようっていうのか」

「心配するな。依頼料はちゃんと払う」

「当たり前だ。いや、そういう問題じゃない。無理だろ。百二十人が一ヵ所に集まっているならまだしも、都内に散らばってる状態では。なかには他県から来た人もいるだろう。俺ひとりで百二十人を視《み》るのに、いったいどれだけ時間がかかると思う？」

俊一郎の口調に怒りの感情が籠《こも》っているのとは対照的に、曲矢は余裕の笑みを浮か

べながら、

「そっちの心配も無用だ。この土日の二日間で、無辺館事件の被害者の合同慰霊祭を行なうことになっている。表向きの主催者は映画監督の佐官甲子郎だが、実際は警視庁の黒捜課が取り仕切る。パーティ参加者には全員、すでにメールで案内を送ってある。そのうえで主だった人物には、佐官から出席を促す連絡を入れてもらっている。また警察からも、事件に新展開があったのでお訊きしたいことがある、ひいては合同慰霊祭にぜひご出席いただき、その後にお時間をお取り願いたい、という連絡を各個人にしている。これで出席率が、かなり上がるはずだ」

「もうそこまで……」

石堂誠の死が火曜だった事実を考えると、合同慰霊祭の会場の準備から関係者への連絡まで、驚異的なスピードで黒捜課が動いたことが分かる。

「お役所仕事にしては速いだろ。もっとも愚図愚図してたら人死にが出てしまうからな」

「それはそうだけど……えっ！　じゃ、じゃあ今日この話をする前に、その合同慰霊祭で俺が出席者の死視をすることが、もう既成の事実になってるわけじゃないか」

「ああ、そうだな」

啞然《あぜん》とする俊一郎に、平然と曲矢が応えた。

「お、俺が断わったらどうすんだよ」

「けど、お前は断わらない。だろ？」

「………………」

そう面と向かって言われると、俊一郎も否定できない。新恒がにらんだ通り、このままでは第二、第三の石堂誠が出てしまうだろう。その可能性は残念ながら大いに強いと言わざるを得ない。

それを阻止できるかもしれないのは、弦矢俊一郎ひとりである。

「よし、これで決まりだな。合同慰霊祭は明日《あした》の午後からだ。ちゃんと迎えにきてやるから――」

「……待て」

ぼそっとしたつぶやきだったが、曲矢が口を閉じた。俊一郎の様子に、ただならぬものを感じたからだろう。それでも返しはあくまでも軽く、

「何だよ。死視するのに、ひとり頭いくら出せとかって、ひとの足元見て要求するんじゃねぇだろうな」

「俺は祖母《ばあ》ちゃんか」

「やっぱり愛染様なら、そうくるか」

「たぶんな。それも十人を超えるごとに、ひとりの単価が上がっていくと思う。死視

する人数が増えるほど、自分は精神的にも肉体的にも消耗するからという理由で」

「そらまぁ疲れるだろうけど……。それにしても、やっぱ恐ろしい婆さんだな。お前も苦労するだろ」

しかし曲矢の煽《あお》りに、俊一郎は乗ってこない。じっと刑事の顔を見つめている。

「だから何なんだよ。言いたいことがあるなら、はっきり――」

「分かってるはずだ。これには六蠱《むこ》の連続殺人事件のときと、同じ問題があることを」

「……ああ」

曲矢は大きなため息をつくと、

「無辺館事件と関わりのない死相をお前が視てしまった場合、その人物の対処をどうするのか――だったよな。死相を視ているのに、知らんぷりはできない。かといってメインの事件を疎《おろそ》かにして、その人の死相に取り組むのは本末転倒ではないか。そもそも本人に何と説明するのか。また、死相の出ている者が複数いた場合、どうするのか。とてもお前ひとりの手には負えないだろう。しかし、だからといって放っておくこともできない。この問題の解決策が見つからない限り、一度に多人数の死視を行なうのは避けたい。そういうことだったな」

「ちゃんと理解できてるんじゃないか」

「当然だ。お前との付き合いは、まだ短いけど濃いからな」

「だったら――」

「大人になれ」

「何を言ってる……」

俊一郎が戸惑っていると、曲矢が珍しく真剣な表情で、

「お前は死相を視る力を、入れたり切ったりできるんだろ。愛染様との長年の修行の賜物《たまもの》で、そういうことができるようになったわけだろ」

「確かにスイッチの切り替えはできるけど……」

「それで普段はオフにしている。特に外出するときは絶対だ。道ですれ違った人の死相を視てしまった場合、どうするのかという問題が出るからだ。その事実を認めているのに、わざと知らんふりをするのは、死相学探偵としてのお前の存在意義に関わる。道義的責任を感じるというわけだ」

そこで曲矢は、険しい眼差《まなざ》しを俊一郎にひたと当てると、

「だがな、依頼人でない者の場合は対応のしようがないだろ――という時点で、結果はいっしょだ。道の向こうから、仮にAという人物が歩いてきたとする。もちろんお前は、Aを少しも知らない。このときが初対面だ。そこで、たまたまスイッチが入ってしまい、お前はAの死相を視てしまった。しかし、それを教えることはできない。

一方、スイッチが切られたままだった場合、お前にはAの死相が視えないんだから、当たり前だが何もしないことになる。つまりどっちでも同じ――」

「違う！」

俊一郎が鋭く叫んだ。

「死相を視てしまったという事実は、それを本人に告げるかどうかに関係なく、いつまでも残るじゃないか。ただ道ですれ違っただけの人物で終わるか、これこれこういう死相が視えた人として、下手をすると一生記憶に――」

「それはお前側から見た場合だ。Aにとっては、いずれにしろ同じだろ」

「そ、そんなこと……」

「死視されようがされまいが、どっちにしろAは死ぬ。死ぬことに変わりはない」

「だから死相のことを、Aに告げろって言うのか。しかし告げた以上は、俺もAに対して責任が――」

「甘ったれるな！　この間まで引きこもってた根暗坊主が、責任なんて偉そうなこと言うんじゃねぇ！」

曲矢が怒鳴った。

「なら訊《き》くが、日本中の死相が出ている者を、お前はすべて救えるのか」

「無理に決まってるだろ」

「だったらAもあきらめろよ。そこに何の違いがある？」

「俺が死相を視《み》たかどうかの、大きな違いがある」

「けど、お前はすべての人間を助けられるわけじゃない。そんなことは最初から分かってることだろ。死相学探偵をはじめたときから、覚悟しておかなきゃならない問題じゃないのか」

「…………」

「ある人物の死相を視ていながら、本人に告げることも、救うこともできないお前の気持ち、その苦しみが分かるとは、俺も言わねぇよ。しかしな、まったく理解できないわけじゃない。そりゃ辛《つら》いだろう。けど、その辛さの意味を考えてみろ。それが死相学探偵としての、お前の限界じゃないのか」

「俺の、限界……」

愕然《がくぜん》とする俊一郎に、さらに曲矢はきつい眼差しで、

「自分にはないと思ってたか。誰にでも限界があるのが、当たり前なんだよ。それを理由に怠けるやつは論外の最低野郎で、それを認めずに突き進むやつも始末が悪いけどな。この探偵事務所を開いてから、お前は死相学探偵として少しも手を抜かずに、精一杯やってきたんだろ。いくら死相が視えるからって、すべての人の死に責任があるなんて思うな。お前の力のお蔭《かげ》で、どれだけの人が命を落とさずにすんだか。それ

を考えろ」

「いや、しかし……」

「そうだな。依頼人の中には、死んでしまった者もいただろ。それもまたお前の限界だ。なのに、それ以上の苦労をひとりで背負いこもうとするな」

　日ごろは事務所に顔を出しても、俊一郎を揶揄《やゆ》する発言ばかりで、あとは一方的に警察の仕事を押しつけるのが、曲矢という男だった。そんな彼の言葉だけに、俊一郎にはかなり効いた。

「というわけで、明日は頼むぞ」

　ただし、そのままなし崩しに話を進めてしまうところは、やはり曲矢である。完全に納得できたわけではないが、よくよく現状を考えると、ここは新恒警部の依頼を受けるしかないかと、俊一郎は覚悟を決めた。

「……分かった」

「ふうっ、やれやれ。お前を説得して合同慰霊祭に行かせるという俺の任務も、これでなんとかすんだわけだ」

　当てつけがましく伸びをしながらも、さり気なく曲矢は事務所内を見回している。実はこれで三度目だった。最初は事務所に入ってきたとき、二度目は出前の珈琲《コーヒー》が届くのを待つ間、やはり彼は同じ行動を取ったのである。

「捜しものでも？」

とぼけて尋ねた俊一郎だったが、とっくに理由は見抜いていた。僕の姿が見えないものかと、きっと曲矢は気にしているのだ。

この無愛想で口の悪い刑事が、必死に隠しているものの実は大の猫好きで、にもかかわらず猫が怖いという矛盾した性癖を持つことを、あるとき俊一郎は察した。以来、僕をだしに曲矢をからかう機会をうかがっていたのだが、そのチャンスが、ようやく巡ってきたのかもしれない。

「い、いや、その一、あれだ」

曲矢の挙動が一気に怪しくなる。

「あれ？　あれって何だ？」

「だから……あ、あ、あれじゃないか」

「具体的に言わないと、何のことかさっぱりだよ」

なおも俊一郎がとぼけていると、曲矢は決心したような表情で、

「今日は、い、いないのか」

「何が？」

「だから……、ぼ、ぼ、ぼぼぼぼぼ……」

もう少しで俊一郎は吹き出すところだった。おそらく曲矢は「僕」と言いたかったた

のだろう。

「ぼぼぼ？」

意地悪く訊き返すと、

「いや、だから、ぼ、ぼ、ぼぼぼぼぼぼぼ……」

もう俊一郎は笑いをこらえるのに必死である。一方の曲矢は真剣な顔で、僕の名を呼ぼうとしている。

「ぼ、ぼ、ぼ、ぼぼぼぼ……」

さすがに気の毒になったので、

「ああ、僕のことか」

俊一郎が猫の名前を口にしたのだが、そのとたん曲矢が怒り出した。

「ぼ、ぼ、僕じゃねぇだろ。彼は、僕にゃんだ！」

一瞬、呆気《あっけ》にとられたが、真っ赤になっている曲矢を目の当たりにして、思わず俊一郎はうつむいた。もちろんニヤニヤ笑いを隠すためである。

は、腹が痛い……。

思いっ切りゲラゲラと笑いたかったが、そんなことをすれば曲矢が怒りまくるに違いない。ただでさえ厄介な男である。それに今日は、もう充分に相手をした。そろそろ引き取ってもらったほうが良い。

俊一郎は苦労して真面目な顔を作ると、

「そう言えば、曲矢刑事が来る前にはいたな。けど姿を現さないってことは、きっと散歩にでも出たんだろう」

「そ、そうか」

「なんなら近所を捜して、連れてこようか」

「い、い、い、いや」

曲矢が物凄《ものすご》い勢いで首と両手を同時にふっている。その様子がおかしくて、またしても俊一郎は吹きそうになった。

「散歩してるなら、邪魔をするべきじゃない。ぼ、ぼ……か、彼には、散歩を満喫してもらいたいからな」

「……なら、いいけど」

あくまでも真剣に応《こた》える曲矢の態度が、なんだか少し無気味に思えてくる。僕も難儀な人に好かれたものだと、俊一郎は同情した。

明日の時間確認をしてから、名残惜しそうに曲矢は帰って行った。とはいえ僕が姿を現すと、きっと焦ったに違いない。なでたいのに触れない。そんなジレンマに陥って悶々《もんもん》とすることだろう。

ややこしい男だよ。

閉まった扉を眺めながら俊一郎が苦笑していると、みやぁ……という困ったような鳴き声とともに、僕がパソコンの裏から現れた。

「やっぱりいたのか」

みやぁと再び鳴きつつ、僕が小首をかしげている。

「お前も大変だな。出て行けば喜ばれるけど、同時に怯《おび》えられもする。そんな矛盾した行動をとる男なんだから。とはいえたまには、ちらっと姿を見せてやらないと、あの刑事は落ちこむぞ」

了解の声を僕はあげると、ぱっと机から飛び下り、とっとっとっとソファまで来ると、ぴょんと俊一郎の片足の上へ飛び乗った。それから真ん丸な瞳《ひとみ》で、じっと彼の顔を見つめ出した。

「何だ？　クッキーなら駄目だぞ。あれは祖母《ばあ》ちゃんに――」

と言いかけて違うと気づく。

「新恒警部の依頼の件か」

にゃんと僕がうなずくのを見て、なんとも気が重くなった。

「……でも、あれは引き受けて、正解だったんだよな」

にゃーと力強い肯定の声を、すかさず僕があげた。その迷いのない反応に、俊一郎の心が少しだけ軽くなった。

明日、合同慰霊祭で死視をして、今回の事件と関係のない死相を視てしまったら、きっと悩むことになるだろう。だが、それが嫌だからといって、再開された可能性のある連続殺人の未来の被害者たちを、みすみす見捨てるのは本末転倒である。それは理解できる。とても分かるのだが、しかし——。

死相学探偵の限界……。

他人とのコミュニケーション不全をどうにか克服し、探偵事務所の運営もなんとか軌道に乗せたところで、とてつもない大きな壁が目の前に立ち塞《ふさ》がった。そんな風に俊一郎には思えてならなかった。

九　合同慰霊祭

土曜日の午後、弦矢俊一郎は神保町の探偵事務所へ迎えにきた覆面パトカーに乗り、無辺館事件の合同慰霊祭が執り行なわれる新宿の都民センターへと、一路向かっていた。後部座席の隣には、もちろん曲矢刑事も座っている。

昨日は覚悟を決めたつもりだったが、いざ死視する時が近づいてくると、やはり不安を覚えてしまう。事件とは関係のない死相が現れている人を、もしも視《み》てしまった場合、本当に知らぬふりができるだろうか。

日本中の死相が出ている者を、お前はすべて救えるのか。

曲矢の言いたいことは分かる。死相学探偵としてやっていくのなら、その限界も知っておくべきだ、という考え方も理解はできる。だが結局、死相の出ている人を見捨てることに変わりはない。

そこまでの思い切りがないなら、死相学探偵なぞやめてしまえ……というわけか。

この問題を考えていると、どんどん深みにはまっていくような気がして、俊一郎は滅《めい》入りそうになった。これから多くの人々を死視しなければならないのに、こんな精神状態ではまずい。

覆面パトカーの車窓を流れる風景のあれこれに、能天気な意見を述べている曲矢を適当にあしらいつつ、とっさに俊一郎は思考の流れを切り替えた。合同慰霊祭の会場に着くまで、事件について検討することにした。

おそらく発端は、ある人物が密《ひそ》かに抱えていたホラー映画監督の佐官甲子郎に対する歪《いびつ》な感情に、黒術師が気づいたことだろう。どうやって知ったのかは謎である。黒術師が密かに張り巡らした邪《よこしま》な網に、その人物のどす黒い想いが引っかかったと見るのが妥当かもしれない。

そこで黒術師は、問題の人物に接触した。もっとも本人が出向いたわけではなく、手下のような者が代行したのではないか。六蠱の事例からも、この推理には蓋然性《がいぜんせい》があるはずだった。俊一郎にまとわりつく例の黒衣の女が、そうやった役目を果たしているとも考えられる。

いずれにしろ黒術師はこの接触により、その人物の歪《ゆが》んだ感情を増幅させ、殺意にまで高められると確信したに違いない。祖母によると、まったくの「白い感情」を「黒く」するのは、いかに黒術師とはいえ難しいが、「灰色」や「黒に近い」ものを「真っ黒な感情」に変えるのは、かなり容易《たやす》いらしい。

その結果、問題の人物は自分が偏愛する「西山吾一惨殺劇場」にオマージュを捧《ささ》げるような連続殺人事件の計画を立て、〈恐怖の表現〉展のオープニング・パーティに沸く無辺館へと乗りこみ、ホラー殺人鬼と化すことになる。

これに先立ち黒術師は、犯人に〈五骨の刃《やいば》〉を与えた。どんな呪法を有する凶器かは不明だが、これで連続殺人を完結させれば、犯人の邪悪な願いが叶《かな》うというような、何らかの効果がきっと見こまれていたのだろう。

ところが、ホラー殺人鬼は失敗した。それも最初の犠牲者である出口秋生を殺しそこねるという失策を犯してしまった。あくまでも推測に過ぎないが、こうなると第二から第五の殺人を成功させても、何の意味もないのかもしれない。五骨の刃を無駄に使ったという事実が残るだけで……。

そこで黒術師は、ホラー殺人鬼に再度のチャンスを与えた。ただし次は、犯人が直接手を下すのではなく、黒術師が無辺館に仕掛けた何らかの呪術的装置により、関係者に不可解な死をもたらすという方法である。もっともじかに関わらないとはいえ、犠牲者が死ぬ間際には、その近くにホラー殺人鬼が潜んでいる可能性は大いにある。だからこそ石堂誠は、死の数日前から誰かの気配を感じていたのではないか。

ここで問題となるのが、呪術的装置の中身である。祖母の見立てによれば、それは無辺館が持つ事件当日の記憶を探るものらしい。その結果、選ばれたひとりが石堂誠だった。では、約百二十名の中から彼が選ばれた理由は、いったい何か。新たな犠牲者を決める基準は、どこにあるのか。

仮に祖母の見立てを無視して考えても、仕掛けを無辺館に施したことから、被害者の対象が〈恐怖の表現〉展の参加者に限られているのは、まず間違いない。言葉を換えれば、佐官甲子郎の関係者というわけだ。しかし、ならば、なぜその中に管徳代も入るのか。彼女は無辺館へ肝試しに行っただけで、〈恐怖の表現〉展とは無関係である。惨劇の現場に足を踏み入れたことが問題ならば、いっしょに行った三人も無事ではすまないはずではないか。どうして徳代ひとりに死相が出るのか。

疑問は続く。黒術師が無辺館に呪術的装置を仕掛けたのは、もちろん事件のあとに違いない。では、いつなのか。すぐだった場合、もっと早くに石堂誠は死んでいただろう。ということは、まだ最近なのかもしれない。

気になるのは、長谷川要人が無辺館の門と玄関の扉を鍵《かぎ》で開けたときに、妙な反応をしたという峰岸柚璃亜の証言である。少なくとも数ヵ月間は閉じられていたはずの鍵が、両方ともスムーズに開いたことに対して、ひょっとすると要人は驚いたのではないか。職業柄、それに違和感を覚えたせいではないか。

だとすると黒術師の仕掛けが最近だという推測が、ますます現実味を帯びてくる。が、どうして事件から七ヵ月近くもの間を、わざわざ空けなければならなかったのか。直後は無理でも、二、三ヵ月後にやれば良かったのではないか。この再開時期の謎には、いったいどんな意味があるのか。

さらに疑問は続く。ホラー殺人鬼が無辺館のパーティで起こしたのは、無差別連続殺人事件だった。五人の被害者たちは、偶然その場で選ばれたに過ぎない。犯人によって〈死体遺棄〉の部屋に誘いこまれた出口秋生と、廊下で襲われた佐官奈那子の二人は別にしても、他の三人は現場となった部屋に、たまたま入室していた運の悪い者だったわけだ。いや、そもそも出口の場合も、もう片方のスタッフが呼ばれていた可能性がある。妻の奈那子も夫の悪口さえ言わなければ、もしかすると助かっていたのかもしれない。結局、犯人によって無差別に選ばれたようなものなのだ。

にもかかわらず新たな犠牲者たちは、無辺館の呪術的装置によって、どうやら選出されているらしき疑いがある。なぜか。どうして選ぶ必要があるのか。

まだまだ疑問は続く。無辺館の無差別連続殺人は、黒術師の手助けがあったとはいえ、実行犯はホラー殺人鬼ひとりだった。それなのに新たに起きた事件は、黒術師の呪殺が前面に出ている。どうしてか。なぜ犯人に石堂誠殺しを実行させないのか。凶器である五骨の刃と同じものが、もう用意できないせいか。それとも別の理由があるのか。

理由と言えば、無辺館殺人事件の犯人に対して、ここまで黒術師が肩入れする動機も分からない。他人や世間に対して邪悪な感情を持つ人物を探し出し、その負の面を最大限に引き出して増大させることで、残虐な連続殺人や悲惨な事故を人為的に発生させるのが、黒術師の目的である。そういう意味ではテロに近い。だが、そんな事件を起こしそうな輩《やから》は、他にもいるはずだ。それなのに無辺館で失敗したホラー殺人鬼に、親切にも二度目の機会を与えたのは、いかなる理由からなのか。

引っかかる謎が多過ぎる。

俊一郎はとほうに暮れそうになった。どこから手をつければ良いのか、それさえも迷ってしまう。

やっぱり鍵は、新たな犠牲者たちか……。

合同慰霊祭で死視した結果、死相が視えた者たちをピックアップし、そこに管徳代と石堂誠の二人を加え、全員に共通する何かを探る。その何かが、きっと事件を解決に導く鍵になるはずなのだ。

そこに手掛かりを見出《みいだ》せなければ、かなり過酷な闘いになるぞ。

俊一郎が険しい表情で考えこんでいると、曲矢の緊張感のない声が、いきなり真横から耳に入ってきた。

「おっ、都民センターが見えてきたな。それにしても、ろくに用途もないあんなバカでかい建物を、よく税金で作ったもんだ。まっ、そのお蔭《かげ》でこっちは、安い料金で広い会場を使えるわけだけどな」

「黒捜課は予算が厳しいのか」

思わず俊一郎が尋ねると、当たり前だろうという顔で曲矢が、

「表向きは存在していない部署なんだぞ。どうやって予算を分捕ってるのか知らんが、潤沢なわけないだろ」

そこで俊一郎をしげしげと眺めつつ、

「お前、そんなことに興味があるのか」

「探偵事務所をやっていくのも、大変なんでね。これでも経営者だから」

「はぁー、こりゃお見それしやした」

そうこうするうちに覆面パトカーが、都民センターに到着した。車はそのまま正門を入ると、センターの裏口へと進んだ。慰霊祭の開場まで時間はあったが、あくまでも目立たないようにという新恒警部の指示らしい。

そのため覆面パトカーを降りた二人も、素早く裏口からセンター内へと入った。

「ほうっ、こりゃ立派だ」

メイン会場に足を踏み入れたところで、曲矢が感嘆の声をあげた。

正面に設けられた祭壇には、ホラー作家の宵之宮累、人間工房職人の福村大介、グラビアアイドル兼女優の矢竹マリア、映画監督・佐官甲子郎の妻だった佐官奈那子の四人の大きな写真が飾られ、その周囲を菊の花が覆っている。写真の前には焼香台があり、すでに線香の匂いがあたりに漂いはじめていた。

「お久しぶりです」

声をかけられてふり向くと、温和な笑みを浮かべた新恒警部の姿があった。

「お忙しいところをご足労いただき、ありがとうございます」

「……い、いえ」

うつむきながら小さな声で応《こた》える俊一郎に対して、新恒は案じるような表情を浮かべながら、

「今回はまた大変なお願いをして、ご迷惑をおかけします。死視していただく人数が

多いので、かなりのご負担となるのではないかと、ちょっと心配しております」

「たぶん、大丈夫だと、思います」

自信があるわけでは決してないが、ここまできたら少々の無理はしても、やりとげるしかない。

「そうですか。それを聞いて安心しました。しかし、くれぐれもご自身の体調には気をつけて下さい。こういう試みは、はじめてでしょうから」

相変わらず物腰がスマートな人物である。曲矢の相手をしたあとだから、よけいにそう感じてしまうのだろうが。

「それと、今回の事件には関係のない死相をご覧になった場合の、その人物に対するアフターケアについてですが――。できる限りの対処を、こちらでするつもりですので、どうぞご心配なさいませんように」

具体的にどうするのか、肝心なことを俊一郎は尋ねたかったが我慢した。その議論だけで、おそらく何時間もかかってしまう。しかも彼が満足する結論が出るとは、とうてい思えない。

今は参列者を死視することだけに、とにかく集中しよう。

そんな俊一郎の判断を見越したかのように、新恒は祭壇の隅へ移動すると、そこで打ち合わせをはじめた。

「死視していただく場所の候補ですが、三ヵ所を考えています。ひとつ目は会場の入口で、ここに参列者が入ってきた瞬間を狙うというものです。二つ目は祭壇の横で、左右いずれかになります。祭壇にお参りをされているところを、視《み》ていただく格好ですね。三つ目は少し遠くなりますが、二階の高さにある回廊部分を移動しつつ、会場全体を見下ろす方法です」

それぞれの状況を俊一郎が理解したと見なせるまで、新恒は充分に間をおいてから、

「ただし、どれにも利点と欠点があります。ひとつ目は、まぢかに参列者の顔を視ることができますが、人数が多くなり、団子状態で入ってこられると、見落としの危険がある。二つ目は祭壇の左右どちらかに位置するため、逆側にいる人が見えにくい。三つ目は全体が俯瞰《ふかん》できるものの、ひとりひとりの区別がつき辛《づら》く、それが死視の妨げになるかもしれない。もちろんこれは私の勝手な解釈です。弦矢くんが実際に会場をご覧になり、ここに大勢の人間が入っている様子を想像したうえで、もっとも適していると思われる場所を決めて下さい。候補の三つ以外でも構いません」

警部の説明に耳をかたむけながら、候補場所をじっくりと観察する。その結果、ひとりずつ正面から死視するためには、入口付近が一番かもしれないと判断した。問題は新恒の指摘通り、大人数が一気に入ってきたときである。

俊一郎が感じたままを伝えると、

「入口には記帳台を置く予定ですが、横長の机の向こう側に、参列者が横並びになった場合、何人までなら死視が可能ですか」

すかさず新恒が訊《き》いてきた。

「記帳していただくのは、その方のお名前だけです。大して時間はかからないはずですから、その点を考慮して下さい」

「一瞬で視るとなったら、四、五人……」

「それだけの人数をわずか数秒で、きちんと視られますか」

「死相が出ているかいないか、その判断はできると思います」

「視えた死相の詳細はどうでしょう？　確実に捉《とら》えられるでしょうか」

無理かもしれない……と俊一郎が心の中で躊躇《ちゅうちょ》したとたん、逸《いち》早く察したように新恒が結論を下した。

「では、死視する場所は入口にしましょう。記帳台に横並びで立てるのは、三人に制限します。参列者には必ず三つの列のいずれかに並んでもらうように、会場の係員に扮《ふん》した黒捜課の者が動きます。弦矢くんは記帳台の奥に座って、三人ずつ死視を行ない、死相が視えた人がいれば、横で待機している曲矢刑事に教えて下さい。それを曲矢さんが隠しマイクで、会場内にいる捜査員に伝えます。すると捜査員が、その人物を別室へと案内する――という段取りでいきましょう」

「死相が視えた全員を、別室に集めるんですか」

俊一郎が質問すると、新恒が首をふった。

「いえ、このセンターには幸い個室が多いので、バラバラに保護します」

「死相が出ているという事実については？」

「ご本人に告げざるを得ないでしょうね。それを隠して捜査にご協力いただくとなると、かなりの困難が予想されます。もちろん死相の説明には充分な配慮をしますので、その点はご安心いただいて大丈夫です」

きちんと俊一郎が理解し、また納得したことを確認してから、新恒警部は黒捜課の部下らしきひとりを手招きし、記帳台の件もふくめて指示を伝えた。

「お待たせしました。こちらへ」

それから彼は、二人を小部屋へ誘った。すぐにお茶が出されたが、ゆっくりと飲む間もなく、新恒はその後の予定を話しはじめた。

「今日で百名近い参列者が集まり、そのうち死相の視える者が三人以上いた場合、一応この合同慰霊祭は成功だったと、黒捜課では判断します。そこに亡くなられた石堂誠氏と、弦矢くんの依頼人の管徳代さんを加えれば、五人になりますからね。死相の原因を探る手掛かりとして、決して少なくはない妥当な人数だと思うのですが――」

「はい」

言葉は悪いが、言わばサンプルである。しかし今回のような事件の場合、サンプル数が多いほど、早期の解決が見こめるのも事実だった。

「今日だけで満足のいく結果が得られたとしても、当たり前ですが明日も予定通りに、合同慰霊祭は執り行ないます。この二日間で参列しなかった方については、ご足労ですが勤務先またはお住まいまで、弦矢くんにご同行いただき、その場で死視をお願いすることになります」

「分かりました」

少しのためらいもなく俊一郎が返事をすると、新恒は軽く頭を下げてから、

「その間に捜査員たちは、死相の出た人の身辺調査を行ないます。と同時に死相の原因も探りますが、ここは弦矢くんもご協力——というよりも、あなたのご専門ですから、ご指導をよろしくお願いします」

「そんな……」

慌てる俊一郎に、新恒は笑みを浮かべて、

「弦矢くんの実力は、解決された事件を通じて、よく存じています。六蠱《むこ》の事件でもお世話になりましたからね。今回は大事になっているので、不安に思われるのも無理はありませんが、大丈夫です。基本的な取り組みはこれまでと同じはずですから、どうか自信を持って下さい」

「……は、はい」

他にもいくつか細かい打ち合わせをすますと、新恒は会場の様子を確認するために、その小部屋を出て行った。

「いやぁ、さすがだな。やっぱり警視庁のエリートは違うよなぁ」

とたんに曲矢が半ば皮肉りながらも、半ば感心するような声をあげた。

「あんな風に話を持っていかれたんじゃ、どれほど人嫌いで根暗な引きこもり坊主も、警部殿の言いなりにならざるを得ないってわけだ」

「所轄のうだつのあがらない平刑事が黒捜課に出向したときも、きっと同じだったんだろうな」

「てめぇ」

結局、黒捜課の捜査員が呼びに来るまで、二人は不毛な会話の応酬を続けただけだったが、お蔭《かげ》で俊一郎はリラックスすることができた。新恒警部のどんな言葉よりも、曲矢とのバカ話のほうが効果はあったかもしれない。もっとも本人には、絶対に教えるつもりはなかったが。

入口に設けられた記帳台には、すでに三人の捜査員が立っていた。彼らの後ろに置かれた二脚の椅子に曲矢と俊一郎が座ると、そこから参列者の顔がよく拝めるように、捜査員たちが自分の立ち位置を調整した。参列者を迎えて記帳をお願いする本来の役目を考えると、三人がそれぞれ立つ場所は明らかに変だった。だが、こればかりはどうしようもない。

「これでよろしいですか」

最終確認を俊一郎にとってから、新恒が正面扉を開けるように指示した。

「頼んだぞ」

曲矢の祈るような言葉に返事する間もなく、たちまち記帳台に参列者が並び出して、すぐさま俊一郎の死視がはじまった。

開始するまでは不安だらけで、その直前も緊張の極致だった。しかし、いざやってみると、入れ代わり立ち代わり現れる記帳台の前の三人を死視するのに、とにかく精一杯だった。不安を感じたり緊張したりしている暇など一切ない。ひとりも見落とすことなく、次から次へと顔を出す参列者たちに、特別な視線を向ける。その行為に俊一郎は、ひたすら集中した。

それでも最初に、あの忌まわしき死相が視えたときは、思わず愕然《がくぜん》とした。このために死視しているにもかかわらず、管徳代に現れたのと同様の死相を、三十代半ばのラフな格好をした男性に視ていながら、とっさに何もできなかった。すぐ曲矢に知らせる必要があるのに、身体も動かなければ声も出せず、なす術《すべ》がまったくない。このままでは死相の視える人物の記帳もすみ、あっという間に参列者の群れに紛れてしまうに違いない。

そうなる前に、早く曲矢に伝えなければ……。

しかし、焦れば焦るほど何もできない自分がいて、俊一郎はぞっとした。

「右か、真ん中か、左か」

そのとき、曲矢の囁《ささや》き声が聞こえた。

「……左」

辛うじて口を開くと、記帳台を離れようとしていた問題の男性の人相風体を、すかさず曲矢が隠しマイクに伝えた。まさに間一髪である。

どうやら曲矢は、逸早く俊一郎の様子の変化を察して対応したらしい。いつも憎まれ口をたたくばかりの男だが、さすがに黒捜課の一員だけはある。この刑事に対する俊一郎の株が、これで一気に跳ね上がった。もっとも本人には、口が裂けても言うつもりはなかったが。

もたついたのは、幸いにもひとり目だけだった。二人目は三十代半ばのスーツ姿の女性だったが、問題なく曲矢に伝えることができた。ただし、三人目の三十前後で体格が良いのに、なぜか顔色が冴《さ》えない男性に死相を視《み》て、それを曲矢に教えたすぐあと、刑事から返ってきた情報を耳にして、俊一郎はかなり驚いた。

「おい、今のは出口秋生だぞ」

無辺館殺人事件の第一の被害者にして、九死に一生を得た人物である。せっかく助かったのに、またしても死相が出てしまっている。どうあっても彼は死ぬ運命にあるということなのだろうか。

だが、本人には申し訳ないが、出口の死相は新たな手掛かりだった。四月に起きた連続殺人を第一の無辺館事件と呼び、石堂誠にはじまる未来の連続不審死を第二の無辺館事件とした場合、出口秋生の死相は、この二つの事件を結びつける現象と言えたからだ。

でも、どうして彼なのか……。

その理由を考える暇もないほど、俊一郎は死視に追われた。そうして四人目を見つけたところで、再び驚いた。あとからふり返ると、これは充分に予想すべき人物だったかもしれない。ある意味もっとも死相が視えてもおかしくない立場にいたのだから。しかし、どうやら盲点になっていたらしい。

問題の四人目とは、ホラー映画監督の佐官甲子郎だった。今回の合同慰霊祭の表向きとはいえ主催者のため、とっくに会場入りしていて、まさか記帳台に並ぶとは思ってもいなかったので、完全にふいをつかれてしまった。

ひょっとして佐官は本来、第一の無辺館事件で殺害される予定だったのか。

そう俊一郎は考えたが、すぐに自ら否定した。凶器である五骨の刃《やいば》が、第一の事件ではすべて使用されていたからだ。

つまり佐官は第二の事件の被害者として、単に選ばれただけなのか。

思わず考えこみそうになり、俊一郎は慌ててやめた。まだ参列者は残っている。全員の死視がすむまで気を抜くべきではない。

記帳台の右端の新たな参列者に目を向け、死視を続けようとしたところで、俊一郎は三たび驚いた。

そこにいたのは峰岸柚璃亜たちと無辺館へ肝試しに行った、長谷川要人の友だちの湯浅博之だったからである。

十　第二の無辺館事件

合同慰霊祭の初日で死相が視えたのは、全部で四人だった。百人近くの参列者がいて、うち四人に死相が出ている状態が、果たして多いのか少ないのか、それは誰にも判断しようがなかった。ただ、その顔触れが、何とも問題だったのである。

ひとり目の鈴木健児は、第一の無辺館事件で被害者となったホラー作家の宵之宮累の、言わば同伴者に当たっていた。正確には鈴木が、宵之宮を連れてきたことになるのだが、ややこしいのは二人の間に、彼の姉である井東佐江と、彼女と同じマンションで同じバレーボール・チームに所属している、旭書房の編集者である茶木笙子が関わっていることだった。しかも当の茶木笙子にも、死相が視えていたのである。つまり二人目は彼女だったのだ。

そして三人目が第一の無辺館事件の第一の被害者である出口秋生で、四人目がホラー映画監督の佐官甲子郎である。

「第二の無辺館事件の被害者たちが、第一の事件と無関係に選ばれているとは、とても思えない結果ですね」

手元の資料に改めて目を通しながら、まず新恒が口を開いた。

合同慰霊祭の一日目が無事に終わった夕方、都民センターの小会議に集まったのは、新恒警部、曲矢刑事、弦矢俊一郎の三人だった。

正直、俊一郎は疲れていた。死視をしている間は少しも覚えなかった疲労感が、終わったとたん、どっと押し寄せてきたからだ。それは軽い頭痛、目のしょぼつき、軽度の肩こりという症状となって現れた。これほどのダメージを受けるのは、いったいいつ以来だろうか。

しかし、まだ休むわけにはいかなかった。新恒の推理通りに、死相の出ている人物が見つかったのだ。この四人の命を救うためには、一刻も早くその原因を突き止めなければならない。

「第二事件の最初の被害者と見なされる石堂誠氏も、佐官監督の大学時代の友人ということで、第一事件とつながっていると言えます」

そう続ける新恒に、なんとか俊一郎は言葉を返した。

「でも、第一事件の関係者は、何らかの形で絶対に佐官甲子郎とつながりがあるわけですから、そういう見方は意味がないのでは……」

「なるほど」

「それに管徳代は、誰とも何のつながりもありません」

「つながりがないと言えば、宵之宮累さん、茶木笙子さん、井東佐江さん、鈴木健児さんの四人も、非常に微妙です。第一事件には何の関係もない井東佐江さんを取り除くと、宵之宮累さんと茶木笙子さんの二人と、鈴木健児さんとのつながりが、ぷっつりと切れてしまいますからね」

ここで俊一郎が、都民センターに来る途中の車内で考察した、いくつもの疑問点を口にすると、

「第一事件は無差別連続殺人だが、第二事件の被害者の選別には何か基準がある、ということですか」

それなりに新恒は納得したらしい。だが、曲矢は違った。

「しかしな、だからといって第二事件の被害者の選別に、第一事件がまったく無関係だということにはならんだろう」

「微妙ながらも一応のつながりがある事実に、もっと目を向けるべきだ、ということですか」

俊一郎の代わりに新恒が応《こた》えたため、「はぁ」と曲矢が柄にもなく畏《かしこ》まっている。

「でも、それくらいの微妙なつながりなら、第二事件の被害者たち以外の人々の間にも、おそらく見出《みいだ》すことができるんじゃないかな」

俊一郎の指摘に、曲矢はうなずきながらも、

「第一事件が無差別連続殺人だという見解は、捜査本部でも黒捜課でも同じだった。しかし、第二事件の被害者候補たちは違うらしい。全員が何らかの基準で選ばれてるってわけだ。だがな、最初は無差別殺人なのに、次の被害者にはつながりがあります、ってのも変だろ。だからここは、その基準が第一事件にあると考えるべきじゃねぇのか」

「黒術師とホラー殺人鬼が第二事件を起こそうとしているのは、第一事件が失敗に終わったため、言わばリベンジしようとしているから、だと思いますか」

新恒と曲矢の二人に顔を向けつつ俊一郎が尋ねると、すかさず警部が答えた。

「石堂誠氏という第一事件の関係者が不審死を遂げ、同じ関係者の中から今日は新たに四人もの被害者候補が見つかった事実からも、その線は濃厚かと思われます。仮に第二事件がリベンジ連続殺人だった場合、曲矢刑事の言う通り、第一事件から引きずるものが何かあるのかもしれない」

新恒の返答に気を良くしたらしい曲矢が、俊一郎に突っこんだ問いかけをした。

「それにしても犯人は、どうして無差別殺人から前もって被害者を選ぶ方法へと、やり方を変えたんだ？」

「考えられるのは、第一事件では無辺館に入りさえすれば、あとはより取り見取りで人殺しが実行できたけど、第二事件ではあらかじめ被害者を決めておかない限り、どの誰を殺して良いのか迷うため、だったという理由かな」

「クレージーながら、一本筋は通ってるってことか」

「事前に選ぶにしても、もちろん無作為に決めればいい。しかし、誰でも良いとなると逆に決めにくい。人間なんて、案外そういうものだ。そこで何らかの基準を設けることにした。そう考えると一応は筋が通る。ただ――」

「何だ？」

「第一事件のリベンジなら、第二事件の被害者も五人になるんじゃないか」

「今日の四人に、石堂誠と管徳代を加えると……六人か」

「もう五骨の刃は使わないから、何人でも良いという解釈はできる。でも、それじゃリベンジにならない」

「出口秋生だけ、第一事件の被害者として数えるんじゃねぇのか」

「そうすると、確かにどちらの被害者も五人になる……けど、出口は殺されていない。第二事件でホラー殺人鬼が手にかけなければならない被害者が、六人だという事実に変わりはないことになる」

曲矢は少し黙ってから、

「いずれにしろ問題は、被害者選定の基準だよ。それを見つけない限り、被害者候補たちは助からない。だったら、それ以外のことはあまり考えなくてもいいだろ」

「それは、そうなんだけど……」

まったく考慮しないのは得策ではないのではないか、と俊一郎が思っていると、新恒が急に場違いな笑みを浮かべながら、

「その被害者候補を選ぶ手助けをしたのが、愛染様が見事に見破られた、無辺館に施された黒術師の呪術的な仕掛けだったわけです。お祖母《ばあ》様のお手並みは久しぶりに拝見しましたが、老いてなお――いや、これは失礼しました。益々その力に磨きがかかっていて、心底敬服いたしました」

「……あ、ありがとう、ございます」

なんで自分が礼を言わなきゃならんのだ、と思いながらも、とっさに俊一郎は頭を下げていた。

そう言えば警部も、祖母ちゃんのファンだったんだ。

どうして警察の上層部に、あの祖母がこうまで受けが良いのか、改めて俊一郎が首をひねっていると、

「第二事件の被害者候補の方々の命を守るのが、とにかく最優先です」

真顔に戻った新恒が、ひとまずまとめに入った。

「それには新たに死相が見つかった四人に、石堂誠氏と管徳代さんを加えて、この六人の共通点を探る。その一方で、第一事件の被害者である四人をふくめた十人にも、何か共通するものがないかを調べる――この二つの方向で捜査を進めます。とはいえ後者はあくまでも念のためで、共通点が見つかるとすれば前者のグループだと、黒捜課では考えています」

そこで俊一郎を見やったので、彼が同意の印にうなずくと、

「死相が出ている人々に共通する何か……さえ判明すれば、少なくとも第二事件の被害者候補たちは助けられるとお考えですか」

新恒が核心をつく問いかけをしてきた。

「……おそらく」

「なんだよ、頼りねぇなぁ」

曲矢の不満げな態度に、むっとすると同時に、恥じ入るような気持ちになる。死相学探偵を名乗るプロが、「おそらく」などという曖昧《あいまい》な返答をするべきではない。そう強く感じたからだろう。

「ただ、もしかすると……」

「何でしょう？」

しかし新恒は、相変わらず物腰が柔らかだった。

「共通点を見つけただけでは、なぜ彼ら、彼女らに死相が出たのか、その理由までは分からない可能性も……」

「あるってことですか。その場合、被害者候補たちを助けることは？」

「……できないかもしれません」

「問題の共通点が何に由来するのか、真に事件を解決するためには、そこまで解明する必要があるわけですね」

俊一郎はうなずきながらも、訥々《とつとつ》とした口調で、

「そのためには、五骨の刃《やいば》と無辺館の仕掛けについて、もっと……」

「詳細を知らなければならない」

あとを受けた新恒が、意外な事実を口にした。

「その二つの件については、すでに愛染様に、独自にお調べをいただいております」

「そうなんですか」

　俊一郎は単純に驚いた。

「ただ、無辺館の仕掛けについては、あの場で見立てられた通り、第一事件の館の記憶を探るための装置という以上のことは、おそらく分からないだろうと最初におっしゃっておられます」

「つまり五骨の刃のほうは、まだ調べがつくということですか。けど、肝心の情報源である爺《じい》さんが――」

「奈良の郷土史家である閇美山犹國《へみやまなおくに》氏ですね。なんでも十年ほど前に行方不明にならたとか。しかし、氏が残した中国呪術に関する膨大な原稿をはじめ、その蔵書の一部も愛染様が入手されたということでした」

　どうやら祖母は、その老人の遺品を引き取ったらしい。古くからの付き合いがあった故か、もしくは勝手に自分のものにしてしまったのか、それは考えないようにしようと俊一郎は思った。

「明日にでも愛染様からご連絡がありますので、その調査結果によっては、第二事件の見方がまた変わるかもしれません」

　新恒はそう説明してから、明日の予定について話し出した。

俊一郎の役目は今日と同じだが、死視するのは三十人ほどなので、はるかに負担は少ないはずだった。とはいえ問題は、その中に死相の現れている者がいるのかどうか……である。少数だからといって、誰もいないとは限らない。百人近くで四人が見つかったのだ。二十人ほどだと、ひとりはいる計算になってしまう。

それから三人はまた、しばらく第二事件の被害者たちについて検討を重ねた。だが、もう何の進展もないと新恒はみなしたのか、

「明日もよろしくお願いします」

一礼して終える気配を見せたので、俊一郎は気になっていた湯浅博之の件を伝えた。

「なぜ早く言わなかった？」

すると予想通り曲矢が噛《か》みついてきた。

「死相が視《み》えていなかったからだよ」

「んなこと関係あるか。怪しいやつがいたら、俺に伝えるのが当たり前だろ」

「そんな取り決めはなかったはずだ」

「お前なぁ、そういうところを臨機応変にやるのが、大人ってもんだろ」

「もっとも臨機応変が苦手そうな、お役人に言われるとはな」

「てめぇ」

「まぁまぁ、そのへんで――」

二人のやり取りを笑顔で眺めていた新恒が、すっと仲裁に入った。

「弦矢くんにご依頼していたのは、あくまでも死相の出ている人物を見つけてもらうことでした」

「しかし警部――」

と文句を言いかけた曲矢を、新恒は片手をあげて制しながら、

「曲矢刑事の気持ちも分かりますが、死視というのは我々が考える以上に、大変な行為なのかもしれません。ひょっとすると弦矢くんは、百人近い参列者を死視するのに精一杯で、湯浅博之氏を認めながらも、あなたに知らせる余裕がまったくなかったのではないでしょうか」

無言で俊一郎がうなずくと、ばつが悪そうに曲矢がそっぽを向いた。

「湯浅博之氏については、ちゃんと黒捜課で調べます。ですから弦矢くんは第二事件の被害者たちに現れた死相の原因に関して、引き続き死相学探偵としてのお仕事をなさって下さい。こちらのご依頼の前に、すでに管徳代さんという依頼人がいらっしゃったわけですから、こんなことを言うのも変ですが」

「いえ。なんとか突き止めます」

俊一郎は自分に言い聞かせるように断言した。

もし管徳代ひとりだったら、第一の無辺館事件との接点があまりになさ過ぎて、と

ほうに暮れていただろう。そういう意味では第二の無辺館事件が起きて良かった……とは絶対に思わないが、すべてをまとめて一気に解決できる光明が、どこかに見えてきそうに感じられる。

災いを転じて福となす。

このことわざを地でいくような展開を、俊一郎は期待していた。

再び覆面パトカーで神保町の探偵事務所まで送ってもらうと、俊一郎は僕といっしょに軽く夕飯をとった。

それから毛づくろいをする僕の横で、彼は新恒から渡された捜査資料に改めて目を通した。そこには事件の関係者である十数名の資料がそろっていたが、石堂誠、管徳代、茶木笙子、鈴木健児、出口秋生、佐官甲子郎の六人は、とにかく熟読した。管徳代については昨日、曲矢に話したばかりなのに、その履歴がすでにまとめられていることに驚いた。

資料には全員の個人情報だけでなく、無辺館の〈恐怖の表現〉展のオープニング・パーティで、どの部屋に行き、誰と会い、どんな話をして、何を見聞きしたか、という詳細も記されている。加えて本パーティの出席者を中心とした交友関係についても、かなり突っこんで調べられていて、俊一郎を感心させた。彼が各人に死相を視てから数時間で、黒捜課の捜査員たちはこの資料をまとめたことになる。彼らの捜査能力の高さが分かろうというものだ。

ところが、時間が経つにつれ、俊一郎は焦燥感にかられ出した。いくら六人の資料を見比べても、まったく共通点が浮かんでこないのだ。都民センターで新恒たちと検討していたときは、ひとりになって熟考すれば必ず何か見えるものがある、と信じていた。だが、どうやら甘かったらしい。

六人の資料に第一事件の被害者である、宵之宮累、福村大介、矢竹マリア、佐官奈那子の四人の資料を加えても、結果は同じだった。読めば読むほど全員に何のつながりもないことが益々はっきりするばかりで、俊一郎は天を仰いだ。

確実につながりがあるはずの六人と、つながりがあるかもしれない四人の資料がそろっているのに、まったく何も見出《みいだ》せないなんて……。

その夜、俊一郎はベッドの中で悶々《もんもん》とした。明日のために眠っておかなければと思うのだが、どうしても死相のことを考えてしまう。ようやく休めたのは明け方近くだった。

日曜の朝、起きると十時を過ぎていた。それでも寝られたのは五時間ほどである。しょぼつく目をこすりながら寝室の扉を開けると、僕の抗議の声に出迎えられた。どうやら早朝に餌を求めて鳴いたのに、俊一郎は熟睡していたらしい。

「……悪い。すぐに用意するから」

お詫《わ》びの印に高級猫缶を缶切りで開けていると、ここぞとばかりに僕が、寝室でいっしょに寝るべきだと主張しはじめた。

杏羅の祖父母の家では、ずっと同じ蒲団《ふとん》で休んでいたのだが、上京してからは違った。祖父母からひとり立ちしたように、僕からも少し距離を置く必要があると、悲壮な決心をしたからだ。祖父母の家に引き取られた幼い俊一郎は、ほとんど僕といっしょに育ったと言っても良い。そのため依存度は、はるかに祖父母よりも高かった。色々な意味でひとり立ちをするためには、祖父母離れだけでなく、何よりも僕離れをしなければならなかったのである。

「確かに昨日は疲れてたし、それを心配してくれてるのは分かるけど、当分はこのままでいこうよ」

もっとも僕の場合、半分は本当に俊一郎の心配をしていたが、あとの半分は自分の快楽しか考えていないのは間違いない。いっしょに寝ると、いつでも餌をねだれるし、いつでもなでてもらえる。彼の腕を枕にもできるし、胸や腹の上に乗ることも自由なのだ。そういう薔薇色《ばらいろ》の状態を思い浮かべているのは目に見えている。

そもそも今も、先ほどまでの主張はそっちのけで、ご飯皿に首を突っこんでいた。

その姿をおかしそうに眺めながら、俊一郎は朝食の用意をした。

食後は珈琲《コーヒー》を淹《い》れて新聞を読む。それから捜査資料に目を通しているうちに、昼になった。しかし、何ら進展はない。昼食は外でとり、再び捜査資料に没頭していると、曲矢が迎えにきた。

「何か分かったか」

「いや。そっちは？」

曲矢が首をふる。そのまま新宿の都民センターに着くまで、ほとんど二人はしゃべらなかった。

合同慰霊祭の二日目、昨日と同じく記帳台の奥に、曲矢と横並びに俊一郎は座った。死視するのは二十人ほどのはずだったが、参列者は四十人を超えていた。死相が視えた四人と、事件の関係者とも言える数人に加え、初日に続けて供養に訪れた人が少なくなかったからである。

関係者の中には管徳代と峰岸柚璃亜、それに湯浅博之もいた。管徳代については昨日の夕方、新恒と相談した結果、今日の件を俊一郎が知らせることにした。第二事件の被害者たちに会わせて良いものか、正直その判断は難しかった。だが、彼女自身がそのグループに属している事実を考えると、ひとりだけ孤立させるのも問題であると、新恒と意見が一致した。峰岸柚璃亜がいっしょなのは、きっと管徳代が誘ったのだろう。

ちなみに湯浅博之は、佐官甲子郎ファンクラブの会員であることが判明した。その中から抽選で三名が、〈恐怖の表現〉展のオープニング・パーティに招待されたのだ。柚璃亜たちに隠していたのは、無辺館での肝試し中にパーティの詳細を語って、彼女たちを驚かすと共に自慢しようとしたためらしい。しかし、無辺館に漂うあまりにも異様な気配に呑《の》まれてしまい、また予想以上に柚璃亜が事件について知識を持っていたせいで、それどころではなくなったという。以上が黒捜課の事情聴取で分かった。

これらの事実は、もちろん柚璃亜たちには伝えられていない。そのため湯浅博之を見つけた二人――どちらかというと柚璃亜のほう――が、どうしてここにいるのかと問い詰めて、彼がしどろもどろになる一幕があった。

他には、死相が視《み》えた関東特殊造形の鈴木健児の姉である井東佐江や、からくも助かったのに再び死相が出ている出口秋生と共に、オープニング・パーティに詰めていた金丸運送の社員である大橋明《おおはしあきら》や、第二事件の最初の被害者と見られている石堂誠の妹である石堂葉月などの顔があった。

俊一郎とは初対面の人もいたが、新恒から受け取った捜査資料には、ちゃんと全員の分が用意されていた。さすがである。

肝心の新たな死相は、まったく視られなかった。あっ……と思った人は、よく見ると昨日の四人のひとりだったりした。結局、四人とも二度目の死視をして、図らずも死相を再確認する羽目になったが、それ以外の参列者は幸い全員が無事だった。

「昨日と今日と、どちらも来てない関係者は、どうやら三人だけらしいぞ」

両日の出席者チェックをしていた黒捜課の捜査員から、その報告を受けた曲矢が、そっと俊一郎に耳打ちした。

「安心しろ。三人とも二十三区内の住人だ」

合同慰霊祭に来なかった者がいた場合、俊一郎たちが当人を尋ねることになっている。死視をして死相の有無を確かめるためだが、不参加者が他県に散らばっていた場合、移動だけで時間をとられてしまう。第二の無辺館事件がはじまっているのに、俊一郎が留守をするのは問題ではないか、と新恒は考えていた。かといって不参加者を放っておくわけにもいかない。なかなか頭の痛い案件だったわけだが、該当者が三人しかおらず、しかも全員が二十三区内にいるのだから助かる。

「三人のもとへは、すでに捜査員が向かってる。お前が行くまでに、それぞれの居場所をはっきりさせとく必要があるからな。その三人が終わったら、最後は入院している佐官美羽だ」

「佐官監督の娘か」

「ああ。彼女を死視すれば、パーティ参加者の全員を視たことになる」

そこへ新恒警部がやって来た。

「こっちはもういいでしょう。今から不参加者の――」

と言っているところへ、ひとりの男性が遅れて現れた。四十代の後半だろうか。やけに背広姿が板についている様子から、まるで政治家のように俊一郎には映った。だが、そんな印象も、はっきりと視えた死相の前には意味がなかった。

「今の人……」

記帳を終えた男性の後ろ姿を目で追いながら、そう俊一郎がつぶやくや否や、

「み、視えたのか」

慌てて曲矢が確認してきた。すぐにうなずくと、新恒が捜査員へ目配せしてから、手元の名簿に目を落としつつ、

「あの方は残った三人のうちのひとりで、金融庁に勤める大林脩三《おおばやしゅうぞう》さんですね」

「そんな役人が、どうしてここにいるんです？」

曲矢の問いかけに対する、新恒の答えが意外だった。

「湯浅博之さんと同じく、この大林さんも佐官甲子郎ファンクラブの一員で、やはり抽選に当たってパーティに参加しています」

「なんと、金融庁のお役人が……ですか」

「まぁ個人の趣味の問題ですから」

「昨日どうして来なかったのか、こちらで把握してますか」

「毎週土曜の午後はスイミングクラブに行くので、ということらしいです。学生時代

は水泳の選手で、国体にも出たことがあるようですね」

そんな二人のやり取りに、俊一郎が割って入った。

「金融庁って何だ？」

「お前なぁ、少しは社会勉強もしろよ」

呆《あき》れながらも曲矢が説明した。

「民間の金融機関に対して、公正で透明な市場が確立されているかどうかを、検査したり監督したりする行政機関のひとつだ」

新恒があとを受けて、

「金融庁には、総務企画局、検査局、監督局、証券取引などの監視委員会、公認会計士・監査審査会などの組織がありますが、大林脩三さんは監督局の職員です」

「そんなお堅い人が、ホラー映画監督のファンとは……。まさか自分が監督局に勤めてるからってんで、それで映画監督好きになったとかじゃないでしょうな」

「さぁ、どうですか。映画監督といっても色々ですからね。その中で佐官甲子郎監督のファンになったということは、もともとその手の映画がお好きなんでしょう」

曲矢の皮肉な物言いにも、新恒は真面目に応《こた》えている。とても馬が合わなそうに見える二人だったが、案外これで上手《うま》くやっているのかもしれない。

大林脩三の姿を捜すと、祭壇の前で両手を合わせて頭をたれているところだった。

その斜め後ろには、黒捜課の捜査員と思われる男性が控えていた。大林の焼香が終わるのを待っているのだろう。それから声をかけ、別室へと誘い、死相について説明をする。簡単なように見えて、かなり大変な役目である。

幸いこれまでの四人は、自分に降りかかっている災厄について理解を示したらしいが、この人物はどうだろうか。職業で人間を判断すべきではないが、すんなり受け入れるとはちょっと思えない。ただし、表向きは存在しない部署とはいえ、説明に当たるのは警視庁の者である。自分と同じ国家公務員の言うことなら、素直に聞くかもしれない。

これで七人目か……。

第二事件の被害者たちが増え続けることに、俊一郎は戦慄《せんりつ》していた。

五骨の刃《やいば》を使った第一事件のリベンジならば、予定される被害者は五人でなければならない。これまでは出口秋生が両事件にまたがるため、彼を第一事件に加えれば、それぞれの被害者数は五人ずつになると、一応は数を合わせることができた。しかし、大林脩三という新たに死相を持つ者が現れた今、その解釈は通用しない。

いったいホラー殺人鬼は、何をするつもりなんだ？

犯人を陰で操る黒術師は、何を企《たくら》んでいるんだ？

その場で俊一郎が頭を抱えそうになったときだった。にわかに祭壇のほうが騒がしくなった。見ると、焼香をしていたはずの大林脩三が暴れている。

違う。あれは……。

まるで目に見えない何かに襲われているような様子だった。両腕を無茶苦茶にふり回しながら身体を回転させ、その何かから逃れようとしている。そんな風に映る。だが、まったく効果がないらしい。

「があっっ！　い、痛い……やめろー。ううっ……」

身体をそらしたり、ねじったりしながら、ひたすら断末魔の悲鳴を彼はあげている。

「取り押さえるんだ！」

新恒の命令で、黒捜課の捜査員たちが大林の腕や肩に手をかけたが、呆気《あっけ》なく弾《はじ》き飛ばされてしまった。

思わず俊一郎が駆けつけようとすると、曲矢に止められた。

「やめろ。危ない」

「けど――」

「お前が行ってどうなるもんでもねぇ」

「しかし――」

「俺がついてるのに、みすみすお前を危ない目に遭わすわけにはいかないんだよ」

曲矢が自分の身を案じている……と察したとたん、俊一郎は刑事の忠告に従うことにした。

突然はじまった大林脩三の奇妙な死の乱舞は、どさっと本人が倒れることにより、いきなり終わった。その光景は、まさに彼の絶命の瞬間を表したかのようで、会場内の誰もが思わず息を呑《の》んだのが分かった。

しーん……とした静寂がしばらく流れ、それから女性の悲鳴が響き渡り、合同慰霊祭の場は一気に騒乱状態となったのである。

十一　病室の少女

新恒警部は慌てずに、すかさず黒捜課の捜査員たちに指示を出した。無辺館事件の関係者のみを別室に誘導し、その他の者は会場の片隅に集めさせる。その間に新恒が、大林脩三の死亡を確認した。それから電話をかけたが、おそらく鑑識班を呼んだのだろう。

「今のが黒術師の……」

呪術による殺人なのか、と言いかけたところで曲矢が口ごもった。さすがに刑事として抵抗を覚えたのだろう。

「石堂誠に起きたのと同じことが、きっと大林脩三の身にも降りかかったのだと思う」

俊一郎がそう応えると、曲矢が苦々しげに、

「これで第二の無辺館事件という見方が、単なる空想ではなく紛《まご》う方なき現実と分かったわけだ」

「まだ疑ってたのか。あれだけの死相が視《み》えてるのに？」

驚いた俊一郎が尋ねると、

「刑事は疑うのが商売だろが」

ぶすっとした声が返ってきた。やはり実際に誰かが死なないと、なかなか事件としては認識できないらしい。死相学探偵の何たるかを知っている曲矢でさえこうなのだから、一般人の俊一郎に向ける視線が、偏見に満ちているのは当然かもしれない。

やがて鑑識班が到着して、現場検証がはじまった。しかし、どう見ても収穫があるとは思えない。それを裏づけるかのように、すぐに遺体は運び出されてしまった。

新恒に呼ばれていた曲矢は戻ってくると、俊一郎を都民センターから連れ出した。残りの二人と佐官美羽を一刻も早く死視するためである。

先行していた捜査員たちからの連絡により、先に視る二人とは難なく各々の職場で会うことができた。もっとも実際に顔を合わせたわけではない。捜査員が該当者に――

——ひとり目は男性で、二人目は女性だった——話を聞いている隙に、近くの物陰から俊一郎が死視をしたのである。その結果、どちらも白だった。覆面パトカーでの移動時間を入れても、一時間ほどで終わったことになる。

問題は入院している女の子だな。

水道橋にある万寿会病院へと向かう車内で、俊一郎は思案していた。

仮に佐官美羽の面会が制限されていても、警察の要請とあれば病院も応じるだろう。少女に一目会うためだけと分かれば、なおさらである。どれほど短い時間であっても、死視することに支障はない。正面から彼女を視られれば、死相の有無はすぐに分かる。

けど、それだけじゃ意味がない。

できれば佐官美羽と会話がしたい、と俊一郎は思っていた。第一の無辺館事件でホラー殺人鬼とまともに対峙《たいじ》したのは、出口秋生と佐官美羽の二人だけである。

しかし、出口は瀕死《ひんし》の重傷を負わされ、下手をすれば殺されていたかもしれないというショックから、襲われたときの記憶がほとんど失われている。犯人が口にしたらしい佐官監督の作品のタイトルかと思われる言葉は、辛うじて思い出せたようだが、それさえも不確かである。つまり事件の目撃者として、まったく役には立っていなかった。

こうなると、もうひとりの佐官美羽に、どうしても期待がかかる。もっとも彼女は四歳で、しかも眼前で母親が惨殺されており、長期間にわたって意識不明の状態にあった。普通に考えれば、出口よりも目撃者にふさわしくないかもしれない。だが、そんな恐ろしい目に遭った幼い子供だからこそ、強烈に焼きついている何かがあるのではないか……と俊一郎には思えてならなかった。

どうして、そう感じるんだろう？

まるで我が事のように分かる気がする。きっと間違いないと自信を持っている、おのれ自身がいる。

まさか自分の経験から……？

祖父母のもとへ引き取られる前に、幼かった俊一郎が体験しながらも、心の奥底へと封印してしまった忌まわしい記憶——その存在を、成長するにつれ彼自身が無意識に感じ取りはじめているからだろうか。

もしかすると佐官美羽も同じかもしれない……。

ふと、そう願っている自分がいることに気づき、俊一郎は愕然《がくぜん》とした。

「どうした？　疲れたか」

横から曲矢に顔を覗《のぞ》きこまれ、慌てて首をふったが、そんな彼を刑事はなだめるような口調で、

「佐官美羽に会えるのは、ほんの五分だけだ。けどまぁ死視するには充分だろ。それ

で全員が終わるから、もうちっと辛抱しろ」

「その子なんだけど……」

迷いながらも俊一郎が口を開くと、曲矢が問いたげな顔をした。

「話を聞くことはできないかな」

「何ぃ？　お前がか」

驚きつつも苦笑する曲矢とは対照的に、俊一郎の表情は険しかった。

「出口秋生に新たな証言が期待できない以上、その子から聞き出せる情報があれば、捜査にも役立つんじゃないか」

「そりゃそうだ。けど、とっくに捜査本部がやってるよ。もちろん強面《こわもて》の刑事さんたちじゃなくて、綺麗《きれい》で優しい少年育成課の婦警さんによってだがな。おっと婦警なんて言ったら、女性差別だって突っこまれるか。今は女性警察官だからなぁ」

曲矢らしい皮肉を口にしたあと、急に真顔になって、

「婦警だろうが女性警察官だろうが、彼女たちもプロだ。それが口を割らせ——じゃなくて、しゃべらせることができなかったんだぞ。素人の探偵坊主に何ができる。いや、まだまだ人見知りするお前は、そこらへんの素人以下じゃねぇのか。それとも何か、子供の扱いなら自信があるとでも？」

「ない」

即座に否定した俊一郎に、曲矢は大きくため息をつくと、

「なら、やるだけ無駄じゃねぇか」

「かもしれない。けど、五分あるなら試したい」

「お前なぁ――」

と何かを言いかけたところで、曲矢が黙った。そのまま俊一郎の顔を、じっと見つめている。

「へいへい、分かりましたよ。佐官美羽を死視するのは、どうせお前だ。その時間として五分が用意されてる。それも確かだ。それをどう使うかは、お前次第ってわけだ」

ことさら曲矢は軽い口調を装ったが、どうやら俊一郎の表情に何かを感じたらしい。

実際、彼にはある当てがあった。しかし、それは非常に不確かな当てだった。これまでにも他者とのコミュニケーションに悩む彼を、その助っ人は何度も助けてくれた。だが、いついかなるときでも、というわけではない。だから今回、完全に当てにするのは危険だった。とはいえ俊一郎は、それに賭けるしかなかった。

「その五分だけど、もう少し延ばせないか」

「あのなぁ」

「プロでも駄目だったんだろ。それを素人以下の探偵坊主がやるんだから、可能な限

りの時間が欲しい」

ある当ての手助けを得られたとしても、五分では厳し過ぎる。助っ人が現れた場合は、佐官美羽に話を聞く最大のチャンスなので、もっと時間が必要になる。そう考えた俊一郎は、なおも頼みこんだ。

「まったく」

今にも曲矢は悪態を口にしそうだったが、珍しくこらえたらしい。それでも病院に着くまでは、ぶすっとした顔のままで何もしゃべらなかった。

ところが、万寿会病院に着き、小児科病棟のナースステーションで看護師長に会ったとたん、曲矢は饒舌《じょうぜつ》になった。いや、しゃべらざるを得なくなったのだ。佐官美羽との面会時間の延長を、がんとして看護師長が認めなかったからだ。

最初は曲矢も丁寧な言葉遣いをしていたが、そのうち地であるべらんめぇ口調が出てきた。相手の看護師長は、まるでしつけに厳しい良家の姑《しゅうとめ》のように見える女性だったため、さらに態度を硬化させた。すると曲矢の物言いが益々悪くなって――という完全な悪循環である。

本来なら俊一郎が仲裁に入るところだが、むろん彼には無理だった。あまりにも荷が勝ち過ぎている。

これじゃ五分の面会さえ、下手をすると取り消されるぞ。

俊一郎が大いに心配する横で、曲矢と看護師長の不毛なやり取りは続いていた。

「あなた、その言葉遣いは何ですか。仮にも公務員でしょう」

「仮にもって何だよ。正真正銘の立派な公務員だ」

「でしたら、もっと丁寧なしゃべり方をなさい。それが善良な一般市民に、みなさんのために働いている病院の看護師に対する態度ですか」

「みなさんのために働いてるのは、警察官も同じだ。あの子の面会も、善良な一般市民を守るために必要なことなんだよ。それをあんたが少しも理解しねぇから、こっちの言葉が荒れるのも当然だろが」

「まぁ、開き直るおつもりですか。とにかく患者さんの心身の健康を守るのが、私どもの使命です。この崇高な使命は、たとえ相手が国家権力でも、絶対に屈しません」

「――ったく、大袈裟《おおげさ》な婆ぁだな」

「だ、だ、誰が婆ぁです！」

もう、これで完全に駄目だと俊一郎が天を仰いだときだった。

「先生？　こんなところで、どうなさったんですか」

聞き慣れない呼びかけにふり返ると、廊下に山口由貴が立っていた。木曜日の午後、管徳代と峰岸柚璃亜の二人の前に、死視のお礼のために菓子折りを持って探偵事務所を訪れた女性である。

「あっ、いえ、その ー」

俊一郎がしどろもどろになっていると、

「ここは義理の父の病院なんです。それでお友だちのお子さんの入院に、私も付き添ってきたところなんですが——」

まず自分のことを話してから、彼に水を向けてきたので、佐官美羽について説明する羽目になってしまった。

「そうでしたか」

山口由貴は少し考える素ぶりを見せると、顔見知りらしい看護師長をナースステーションの隅に誘ってしばらく話してから、

「少しお待ちいただけますか」

そう言い残して、どこかへ足早に立ち去った。

「ありゃ誰だ？」

さっそく曲矢に訊《き》かれたが、今回の事件に関係のない依頼人のことを、しゃべるわけにはいかない。言葉を濁していると、

「まぁ便宜を図ってくれんなら、誰でもいいけどな」

およそ刑事らしくはない——でも、いかにも曲矢らしい——返しがあった。

残された俊一郎と曲矢は、看護師たちの視線にさらされ、まさに針の筵《むしろ》状態だった。

もっとも顔を赤らめうつむく俊一郎に対して、曲矢は物珍しそうにナースステーションの中を見回しながら、若くて可愛い看護師に気安く声をかけている。その心臓の強さというよりも厚顔さに、俊一郎は呆《あき》れる以上に感心した。

大して待つ間もなく内線電話が鳴り、それに出た看護師が、「院長からです」と看護師長に受話器を渡した。その会話もすぐに終わり、気がつくと相手を値踏みするような看護師長の顔が、ぬっと俊一郎の目の前にあったのである。

「院長の特別許可が下りました。ただし――」

横から曲矢が口を出す暇《いとま》をあたえずに、

「面会できるのは弦矢さん、あなたひとりです」

「何ぃ」

曲矢が文句を口にする前に、看護師長が畳みかけた。

「あなたひとりなら結構です。時間も充分に取りましょう。でも、条件があります。病室の外で待機している私が、もうこれ以上は駄目と判断した時点で、面会は終えていただきます。いかがですか」

「おい。そもそも――」

と曲矢が噛《か》みつくのを遮るように、俊一郎は尋ねた。

「面会中、ずっと監視されるんですか」

「いいえ。そんなことはいたしません」

いかにも心外な、とばかりに看護師長は答えたが、どうしてそんなことを訊いたのか、という好奇心が彼女の顔には満ちていた。しかし、あえて問いかけてはこなかったので、俊一郎はほっとした。

病室に向かう二人の後ろで、ずっと曲矢は悪態をついている。ただし、あまり本気に聞こえないのは、院長の特例に心の中では感謝しているからだろう。とはいえ自分はのけ者にされたので、腹の虫が治まらないらしい。

そんな曲矢を完全に無視したまま、看護師長が小声で話しかけてきた。

「由貴さんとお腹の赤ちゃんを、あなたが助けたっていうのは本当なの？」

「……はい」

「どうやって——と質問するのは、あなたの職業倫理に反するのかしら？」

「……そうですね」

できれば部外者に、死相について説明するのは避けたい。ひとりでも多くに知って欲しい知識だと日頃から思っている反面、それに対する誤解と偏見を考えると、依頼人以外には黙っておくに限ると、つい臆病《おくびょう》になってしまう。この矛盾に俊一郎は悩んでいたが、少なくとも今、ここで話す必要はないと判断した。

「それでは訊かないことにします。ただ、これだけは教えて欲しいの。この面会は、佐官美羽ちゃんにとっても、ためになることなのね？」

「……正直、よく分かりません。でも、ある事件の解決につながる手掛かりが得られるかもしれない。それに事件が解決すれば、彼女が受けた心の傷も、少しは癒《い》える可能性がある——いえ、あるかもしれない」

「……そう。痛ましい事件だったわね。特に美羽ちゃんにとっては、酷《むご》い事件だった」

　そこで看護師長は少し間を置くと、

「それなのに彼女の父親は、ろくにお見舞いにも来ない。母方のお祖父《じい》さんとお祖母《ばあ》さんは見えるけど、北海道に住んでらっしゃるので、そうたびたび来るわけにもいかないみたいでね。むしろ事件の遺族の方が、頻繁に彼女に会いにきて下さってるわ」

「…………」

「こんなこと、私が言うべきじゃありませんけどね」

「……いえ」

「とにかく——」

　病室の前で看護師長は、まじまじと俊一郎の顔を見つめながら、

「あの子のこと、よろしくお願いします」

　そう言って頭を下げたので、彼も一礼してから入室した。あとに残るのが曲矢と看

護師長の二人だという不安はあったが、今はそれどころではない。

佐官美羽の病室に入った俊一郎は、壁紙に描かれた可愛い動物のイラストを目にして、まずびっくりした。真っ白で飾り気のない部屋を無意識に想像していたせいだが、やはり小児科病棟ともなると違うらしい。しかも美羽の枕元には、ぬいぐるみや人形などのお見舞いの品がいっぱいある。そのため室内は、ずいぶんと和んだ雰囲気に満ちていた……はずだったのだが、実際は違った。どんよりと暗く、空気も淀《よど》んでいる気がした。

この子のせいか……。

佐官美羽はベッドの上で半身を起こし、後ろの壁にもたれていた。ただし、毛布を鼻の下まで引き上げて、そこから両目を覗《のぞ》かせている。おどおどと怯《おび》えながら、それでいて侵入者を射るような眼差《まなざ》しを目の当たりにして、たちまち俊一郎の心は痛んだ。

幼いあのころの俺も、こんな目をしていたんじゃないのか。

そう思うだけで、胸がいっぱいになった。それでもおのれを奮い立たせて、まず死視を行なった。

良かった……。

少女に死相は出ておらず、心からほっとする。だが、いったんはゆるんだ顔の表情が、たちまち強張《こわば》ってきた。「こんにちは」の挨拶《あいさつ》さえ口にできずに、ただ木偶《でく》の坊のように扉の前で佇《たたず》むばかりだったからだ。

美羽の瞳《ひとみ》に、見る見る不信感と恐怖感があふれ出した。俊一郎を招かれざる客として認めた、それは印のようなものだった。

駄目だ……。俺には何も訊けない……。

早くも彼が絶望感に打ち沈んでいると、足元でおなじみの気配がして、思わず「あっ」と声をあげてしまった。

と同時に、ぱっと美羽が毛布から顔を出すと、両目をまん丸に見開きながら、ぽかんとした表情で彼の足元を眺めている。

来てくれたのか。

ほっとする俊一郎の目の前で、とっとっとっと一匹の鯖虎猫が、ベッドを目指して駆け出すと、ぴょんと美羽の枕元へと飛び乗った。

「か、可愛い……」

思わずといった感じで少女は声を漏らすと、そのまま片手を伸ばしながらも、なでるのをためらっている。

その姿を目にして、ようやく俊一郎は声が出た。

「そ、その猫は……、僕にゃん、っていうんだよ」

すかさず猫が、みゃうみゃうと甘えるように鳴いた。まるで「僕にゃん」と呼んでもらったのを、とても喜んでいるかのように。だが、その猫が本当に俊一郎の知る「僕」なのかどうか、実は彼にも分からなかったのである。

死相学探偵として活動を続ける一方、言わば社会復帰にも似た取り組みを行なってきた俊一郎だが、どうしても慣れることのできない、苦手意識が先に立ってしまうものがあった。関係者への聞きこみである。相手によっては無愛想だったり、不機嫌だったり、はなから人嫌いだったりする場合が少なくない。刑事の手にさえ負えない者が時にいる。そんな人物と会話をしようというのだから、はなから俊一郎には荷が勝ち過ぎた。しかし、探偵の仕事に聞きこみは不可欠である。避けては通れない。

俊一郎は訪問した先の関係者の前で、満足に口もきけぬまま、何度も立ちすくんだ。効果的な質問もできず、もちろん必要な答えも引き出せないまま、立ち往生したことがしばしばあった。

そんなとき、どこからともなく――たいていは彼の足元からだったが――現れる一匹の鯖虎猫がいた。その猫は、あっという間に相手の心をほぐして、俊一郎の聞きこみが上手《うま》く進むように、いつも助けてくれた。先方が重度の猫嫌いだった場合は別だが、これまでそういったケースはひとつもなかった。少々の猫嫌いくらい、この猫にかかれば訳もなかったからだ。

はじめてその猫を目にしたとき、俊一郎は「僕」だと思った。でも彼なら探偵事務所で留守番をしているはずである。

そんなわけない……か。

しかし、鯖虎の模様といい、相手に甘える仕草といい、ちらっと俊一郎を見やる眼差しといい、すべてが僕に似ているのだ。そもそもこの猫が、彼の聞きこみの手助けをしているという事実が、何よりの証拠ではないか。

にもかかわらずその日、探偵事務所に戻った俊一郎は、それを僕に確認することができなかった。あまりにも僕の様子が普段通りだったこともあり、つい訊《き》きそびれてしまったのだ。第一あの猫が僕だったら、彼が帰ってきたとたん、にゃーにゃーと探偵助手を務めたことを誇り、ご褒美の笹かまぼこをねだったはずである。素知らぬふりをするなど、僕らしくない。以来、俊一郎は謎の猫の正体を突き止められないでいた。

けど……、どう見ても僕だよな。

美羽の両腕の中で、くるんっと裏返って白いお腹を見せ、なでてくれと甘えてせがむ姿は、やっぱり僕としか思えない。

今日こそは、帰ってから確かめてやる。

そう決心したのも束の間、今はそんなことを考えている場合ではないと、俊一郎は反省した。何のために僕が来てくれたのか、それを肝に銘じるべきである。

かといって少女に質問はしなかった。こういった場合の僕の効用とは、相手が自然にしゃべり出すことにあった。彼がどんな言葉を発するよりも、僕の仕草ひとつのほうが、はるかに大切だった。まして今回は、とてつもない体験をした幼い女の子なのだ。これまでのいかなる相手よりも、じっと静かに待ち続けなければならない。

だが、待つのは苦痛ではなかった。美羽と僕とのじゃれ合いは、見ていても飽きがこなくて楽しかった。彼女が僕を可愛がっているというより、お互いが対等の関係で遊んでいる。そんな風に見えた。何とも微笑ましい光景だった。

「僕にゃん」

しかも美羽がその名を口にするたびに、僕が喜んでいるのが伝わってくる。普段は俊一郎に「僕」としか呼ばれないため、よほど嬉《うれ》しいのだろう。ただ、そのたびにちらっと彼に向けてくる眼差しが、どうにもいら立たしい。まるで「分かったかい。僕の正式の名前は、僕にゃんなんだよ」と主張しているかのようである。

やっぱり化け猫だな、こいつは……。

僕が知れば怒りの鳴き声をあげるようなことを思いつつ、少女と猫の戯れをそっと俊一郎は見守り続けた。

そうして五分ほどが経ったころである。美羽が頻繁に俊一郎へと視線を向けはじめた。ようやく彼の存在が気になり出したのだろう。とはいえ自分からしゃべり出すまでにはいたっていない。この子の場合、それには多大な時間がかかりそうである。今がひとつの機会と見なした俊一郎は、この数分で考えた台詞《せりふ》を口にした。

「……お、お兄さんは、探偵なんだ」

横に曲矢がいなくて本当に良かったと心から思いつつ、彼は続けた。

「それで僕にゃんは、探偵の助手なんだ」

探偵や助手という言葉が難しいかと考えたが、父親は佐官甲子郎である。案の定、美羽は理解したらしい。しかも僕を助手だと言ったとき、それを肯定するように、にゃーと猫が鳴いた。その一声で、どうやら彼女はすべてを受け入れたらしい。

「僕が調べているのは、あの事件でね」

母親が惨殺された無辺館殺人事件にどう触れるか、そこが最大の問題だったが、「あの事件」という表現に留《とど》めることにした。これだけで少女には、おそらく充分に伝わるに違いない。

予想通り、ぴくっと美羽の身体が震えた。すかさず僕が、ぺろっと彼女の掌をなめる。ぎゅっと少女が猫を抱きしめたが、視線は俊一郎から外していない。これはまずまず良い傾向である。

「あの事件の犯人を捕まえるのが、僕のお仕事なんだ。もちろん警察も――」

と口にした瞬間、再び美羽の身体が震えた。どうやら曲矢が言っていた綺麗《きれい》で優しい少年育成課の女性警察官は、少女の心を開かせることに失敗したらしい。むしろ怖がらせてしまったようにも見える。

「――犯人を捕まえようとしているけど、なかなか難しくてね。そこで警察に頼まれた名探偵の僕が、助手の僕にゃんといっしょに、事件の捜査をしているわけなんだ」

いくら方便とはいえ、自分を名探偵と称することに思ったほど抵抗を感じず、俊一郎自身もちょっと驚いた。相手が幼い女の子ひとりだからか。警戒心を抱かせないようにと考えた結果、名探偵と猫の助手という設定が、もっとも受け入れてもらいやすいと考えたのだが、どうやら正解だったようだ。

「それで美羽ちゃんにも、お話が聞けたらなって、やって来たんだけど――」

具体的な質問は一切しない。あくまでも少女が口を開くのを、俊一郎は待った。

「…………」

しかし美羽は、ひたすら猫をなでるばかりで何も言わない。

「思い出したことがあったら、でいいからね」

「…………」

「そのときは、お兄さんか僕にゃんに教えてくれるかな」

「…………」

相変わらず少女は無言のまま、ただ猫をなでている。

やっぱり無理だったか……。

美羽の様子を見つめながら、俊一郎は意気消沈した。ただ、こうして少女に会ったことは、決して無駄ではなかったのだと、彼なりに思っていた。猫との触れ合いが予想以上に効果的だったと、実感したからだ。聞きこみには役立たなかったようだが、彼女の心身の快復に少しでもプラスになったのだとしたら、これほど喜ばしいことはない。

それから五分ほど、さらに美羽と猫の戯れを眺めてから、俊一郎はお別れのあいさつを口にした。

「それじゃ、お兄さんはもう行くから。僕にゃんは、まだ大丈夫だよ。しばらく美羽ちゃんといっしょにいるからね」

実際はどうか分からないが、そう言っておけば、きっと猫も残るはずである。看護師が様子を見にくるまでは、少女といっしょにいてくれるかもしれない。

「バイバイ。早く良くなるんだよ」

そう言って俊一郎が踵《きびす》を返し、扉の前まで進んだときである。

「……とぉ」

はじめて美羽が口を開いた。

「えっ？」

慌ててふり返るが、その勢いに怯《おび》えたのか、顔をあげていた少女がうつむいた。

「あっ……、ご、ごめん。驚かせたね」

すぐにあやまったが、もはや手遅れである。美羽は頭をたれたまま黙っている。

やれやれ、失敗した……。

俊一郎は悄然《しょうぜん》となりながら、再び少女に背を向けた。せっかく何かをしゃべりかけたのに、それを台無しにしてしまった。猫の貢献も水の泡である。探偵事務所に帰っても、これでは僕に会わせる顔がない。

「……とぉ」

そのとき、微《かす》かだが美羽の声が聞こえた。ふり返りそうになるのを必死に我慢して、その場に俊一郎が佇《たたず》んでいると、

「……びぃ」

次の言葉が後ろから小さく響いた。

「……らぁ」

三つ目の囁《ささや》きが耳に入ったあと、病室内は寂とした。少女が口を閉じたらしい。

……とぉ……びぃ……らぁ。

と美羽は言ったように聞こえた。ベッドの枕元まで行って確かめたかったが、なんとか我慢する。

扉のことか。

素直に受け取ればそうだろう。しかし、相手の年齢と精神状態を考えれば、どうしても確認しておく必要がある。

ゆっくりと俊一郎はふり返ると、

「今、美羽ちゃんが教えてくれた『と、び、ら』って、こういう扉のことかな？」

そう言いながら病室の扉を指差した。

ぎゅっと猫を抱きしめながら、こっくりと力なくうなずく少女を見て、躊躇《ちゅうちょ》しつつも彼は尋ねた。

「それは、どこの扉なの？」

だが、うなずいたまま美羽は顔をあげない。猫のふわふわの毛に埋《うず》めたまま、嫌々をするように首をふっている。

「いや、いいんだ」

俊一郎は優しく言葉を返した。

「どうもありがとう。美羽ちゃんのお蔭《かげ》で、これで犯人を捕まえることができる。名探偵のお兄さんと助手の僕にゃんとで、きっと犯人を逮捕するからね」

とっさに顔をあげた少女の眼差《まなざ》しに、希望の光のようなものを感じたのは、俊一郎の思い過ごしだったのか。

それをふり返る暇もないほど、病室を出た俊一郎は、あっという間に廊下の反対側へと引っ張られた。

「で、何かしゃべったのか」

そんなことをしたのは、もちろん曲矢である。一瞬むっとしたが、刑事の立場を考えれば無理もないかと、俊一郎は思うことにした。

「ああ、三文字だけ」

「何て?」

「と、び、ら」

「それは、開け閉めするドアのことか」

「どうやらそうらしい。ただ、どこの扉のことか、それが何を意味するのかは、まったく分からない」

「おいおい、訊《き》かなかったのか」

美羽の状態を説明しようとしたが、上手《うま》く伝える自信がなくて、俊一郎は口ごもった。その様子だけで、逸《いち》早く曲矢は察したようである。

「いや、少年育成課がお手上げだったんだからな。それを考えると、たった三文字とはいえ、お前は良くやったよ」

もっとも手柄のほとんどは、おそらく僕に違いないあの鯖虎猫のお蔭である。が、そんなことを曲矢に教えるつもりは毛頭なかった。

「しかしなぁ、扉……ってだけじゃ、まさに雲をつかむ感じだぞ」

「可能性が高いのは――」

困惑する曲矢に、先ほどから頭に浮かんでいる思いつきを俊一郎が述べた。

「美羽の母親である佐官奈那子が殺された、犯行現場の近くにあった扉じゃないかな」

「犯人が映画の殺人鬼の扮装《ふんそう》を解いた、トイレの扉か」

「もしくはエレベータの扉か」

「どっちにしろあの子は、その扉の向こうへ、犯人が消えるのを見たってことだろ。トイレだった場合、そこで犯人がしたことはすでに判明しているし、エレベータの場合は、逃走用の服に着替えた犯人が、二階から一階へエレベータを使って逃げたことを裏づけたに過ぎない。いずれにしろ、何の役にも立たんよ」

確かに曲矢の言う通りだった。だが俊一郎は、美羽の言葉には、もっと重要な意味が秘められている気がしてならなかった。「と、び、ら」の三文字を口にしたときの彼女の声音が、はっきりと耳に残っているせいかもしれない。

あの子は必死に、それを俺に伝えようとしていた……。

もしかすると「扉」という言葉には、無辺館事件を一気に解決へと導くだけの、大いなる手掛かりが隠されているのではないか。

俊一郎は、そんな風に思えてならなかった。

十二　事件関係者の独白

どうして私が……？

合同慰霊祭の二日目の帰り道、もう何度目になるのか分からない自問を、出口秋生は心の中でしていた。

横には金丸運送の後輩である大橋明もいたが、先ほどから一言も話していない。正確には慰霊祭の会場で、ひとりの男性の様子が突然おかしくなり、そのまま死んだらしい光景を目の当たりにしてから、ということになるが。

あんな風に私も死ぬのか……？

そう考えると怖くてたまらない。無辺館の〈恐怖の表現〉展の〈死体遺棄〉の部屋で、腹部から血を流しながら死を意識したときよりも、もっと強烈な恐怖を彼は覚えていた。なぜなら今、自分に迫りつつ死の意味が、まったく不明だったからである。

そもそも私に、どうして死相が出るんだ？

同じ疑問が彼の頭の中を、ぐるぐると回り続けるばかりだった。

……先輩、大丈夫かなぁ。

むっつりと黙ったまま横を歩く出口秋生に目をやりつつ、大橋明は心からの同情を覚えていた。

あんな事件に巻き込まれたうえ、危うく命を落としそうになったってのに……。

今また出口は、死の危険にさらされているらしいのだ。それもホラー殺人鬼に狙われる恐れがある、などという具体的な脅威ではなく、「死相」が現れているからという信じられない理由によってである。

けど、警察は真剣だったからな。

明も事情聴取を受け、出口と同じ死相が現れている他の人々について説明され、何か思い当たることはないかと訊かれたが、まったく何の役にも立てなかった。

無辺館のときもそうだった……。

出口から〈死体遺棄〉の部屋に呼ばれたと聞いていたのに、なかなか戻ってこない先輩を気にもしなかった。仮装をしていても正体の分かった、グラビアアイドルの矢竹マリアを目で追うのに忙しかったからだ。

ちらっとでも僕が、あの部屋を覗《のぞ》いていたら……。

出口秋生が生死の境をさまようこともなく、もしかすると無辺館の連続殺人事件さえ未然に防げていたかもしれない。

これまでにも感じた後悔の念を、改めて大橋明は覚えていた。


……死相か。

関東特殊造形に勤める鈴木健児は、マンションの洗面所で鏡を前にして、しげしげと自分の顔を眺めていた。

ここに死相が視《み》える……って言われてもなぁ。

ホラー映画の美術の仕事を多く手がけているとはいえ、健児は根っからの合理主義者である。幽霊の存在など一笑にふして、死後の世界もないと考えている。

人間は死んだら無だろ。

だから「死相」の話をされても、素直には受け入れられなかった。ただ問題なのは、そんな荒唐無稽《こうとうむけい》な説明を真面目にしたのが、警察だったということだ。

ありゃ本物の警察官だったもんな。

彼だけでなく他にも「死相」の現れている「仲間」はいて、すでに死者まで出ていると聞き、さすがに信用せざるを得なくなった。

変な気配のこともあるしな。

先週あたりから健児は、妙な物音や視線や臭いに悩まされていたのだが、それと同じ目に「仲間」たちも遭っていると警察から教えられ、ひどく驚いた。

しかし、どういうことなんだ？

仮に「死相」の件は認めるにしても、その「仲間」になぜ自分が入っているのか、まったく見当もつかない。警察によると何か共通点があるらしいのだが、いくら考えても謎である。

洗面所の鏡に映った自分の顔を見つめるうちに、それが見知らぬ他人の顔のように思えてきて、柄にもなく健児は怖くなってしまった。


……私のせいだ。

合同慰霊祭の二日目に参列した井東佐江は、弟の鈴木健児と満足に話をする間もなく別れると、逃げるようにしてマンションまで帰ってきた。

バレーボールでお世話になってるからって、弟に茶木笙子さんを紹介したばっかりに、ホラー作家の宵之宮累さんは無辺館のパーティで殺され、笙子さんと健児にはホラー殺人鬼の呪いがかかってしまったんだわ。

自分でも支離滅裂な考えだとは思う。だが、どうしても佐江は、そう感じずにはいられなかった。

とにかく彼女が、弟と笙子の間を取り持たなければ、宵之宮累が死ななかったのは間違いない。笙子もパーティには出席せず、もしかすると弟もひとりでは行かなかったかもしれない。そうなると二人とも「死相」が現れる奇っ怪な現象には、まず見舞われなかったのではないか。

警察の説明は要領を得なかったが、笙子と健児に「死相」が出ているのは、きっとあのパーティに出てしまったからではないのか。

私さえ二人を……。

呆然《ぼうぜん》としたまま井東佐江は、居間のソファに座り続けるばかりだった。

……私には死相が出ている。

そう警察から言われたとき、意外にも素直に受け入れている自分がいて、茶木笙子は驚いてしまった。

おそらく納得したのね。

先週から続く気味の悪い現象の要因が、その「死相」にあると判明したためだろう。だからといって、もちろん安堵《あんど》できたわけではない。死の危機にさらされていると警告されたのだから——それも警察によって——むしろ事態は悪化している。

でも……。

こんな信じられない事件に、警察が本気で取り組んでいると聞き、少なからず笙子は安心した。今に警察が解決策を見つけてくれるに違いない。そう彼女は思った。けど……。

このような事件は、どう考えても警察の領分ではない。果たして解決できるのか。警察を頼って良いのだろうか。

そう言えば、あの男の子……。

合同慰霊祭の記帳台の後ろにいた、ひとりの青年の姿が、なぜか笙子は気になって仕方がなかった。

あの男！

峰岸柚璃亜は怒りまくっていた。

管徳代に付き添って参列した合同慰霊祭の二日目、参列者の中に湯浅博之を見つけて驚いた。訊《き》けば、一日目も来ていたという。さらに尋ねたところ、実は無辺館のパーティに出席していたのだと言い出した。

どうして隠していたのだと問いつめると、彼女たちをびっくりさせるつもりだったらしい。それをやめたのは、空家となった無辺館の雰囲気が尋常ではなかったから、という情けない理由だった。

あの男、他にも隠してることがあるんじゃないの?本人には気づかれないように、それとなく長谷川要人に探りをいれようと、すぐに峰岸柚璃亜は決心した。


私と同じ「死相」の出ている人が、他にもいたなんて……。

その衝撃の事実を知らされて以来、管徳代の頭は混乱するばかりだった。

自分の「死相」が肝試しのせいではなかったと判明したのは、もちろん喜ばしいことである。しかし、謎が解けたわけではない。むしろ、よけいに深まってしまった。

他の「仲間」について警察から説明を受ければ受けるほど、徳代ひとりが「仲間外れ」に思えて仕方がない。にもかかわらず彼女も「仲間」に入っているのだ。

どうして……?

これまで以上の慄《おのの》きに、管徳代は囚《とら》われていた。


兄さん……。

石堂葉月が兄の石堂誠に心の中で語りかけるのは、何も追悼のためではなかった。

間近に迫った劇団〈螺旋〉の公演について、亡き兄に相談していたのである。

兄の死が悲しくないわけでは決してない。だが彼女には、劇団の公演を成功させなければならない責任があった。様々な理由から中止は絶対にあり得ない。とにかく彼女は次の公演に、全身全霊を打ちこんでいた。

兄さん……。

だから石堂葉月は、つねに兄に語りかけていたのである。

死相が視える男……か。

佐官甲子郎はおのれの「死相」の問題よりも、弦矢俊一郎という探偵の存在が、何よりも気にかかっていた。ホラー映画監督としての好奇心を、思いっ切り刺激されてしまったのである。

あの男は面白いな。次の題材に使えそうだ。

残念ながら無辺館で催した〈恐怖の表現〉展は失敗に終わった。ホラー殺人鬼が佐官監督作品にオマージュを捧《ささ》げた猟奇連続殺人――と世間は騒いだが、あれはどう見ても成功したとは言えない。

妻の件だけは、まぁひろいものだったわけだが……。

あのパーティに奈那子が来ていたことを、甲子郎は知らなかった。娘の美羽を巻きこんだのはいただけないが、泥沼化しそうな離婚話にあっさりと決着がついたのは、不幸中の幸いだったと彼は思っていた。

だが今、佐官甲子郎の関心は、まったく別のところにあった。

死相学探偵、弦矢俊一郎……。

厄介なことになったなぁ。

長谷川要人は頭を抱えていた。

ほんの軽い気持ちで、峰岸柚璃亜たちに無辺館を見せるだけのつもりだったのに、いっしょに行った管徳代に、信じられないことに「死相」が現れたのだという。しかも、同じ状態の人が他にもいるらしいのだ。

そういった情報は、すべて友人の湯浅博之から聞いた。警察が介入していると言われて慌てたが、博之が無辺館のパーティ出席者だったと、峰岸柚璃亜にばれたと教えられたことのほうが、ショックは大きかったかもしれない。

厄介なことになったなぁ。

これ以上の大事にならず、近いうちに事態が収拾するように……と長谷川要人は祈るばかりだった。

とんだ藪蛇《やぶへび》だったな。

物見遊山のつもりで、湯浅博之は合同慰霊祭に出た。だから、まさか峰岸柚璃亜たちに再会するとは思ってもみなかった。

それにしても「死相」が視《み》えるなんて……。

湯浅博之の変なもの好きの血が、にわかに騒ぎはじめた。

十三　伍骨の刃

合同慰霊祭が終わった日曜の夜、探偵事務所に帰ってきた弦矢俊一郎は、そのままソファに倒れこんだ。

もう何もしたくない。しばらくこうして横になっていたい。

そう思っただけなのだが、気がつくと月曜の朝だった。夕食もとらぬまま、完全に熟睡してしまったらしい。

大人数を死視した疲れが、やっぱり出たのか……。

寝惚《ねぼ》けてぼんやりした頭で、おのれの身体の心配をしていると、妙な苦しさを胸のあたりに感じて慌てた。

予想以上にダメージを受けたのかも……。

ゆっくり起き上がろうとして、胸の上で寝ている僕にようやく気づいた。

「……お前なぁ」

僕は起きると、にゃーと朝のあいさつをしてから、餌の催促をはじめた。

「分かったから、ちょっと待て」

キッチンに行き、飲み水を替え、猫缶を開けて皿に盛る。それから自分の朝食を作り、新聞を読みながら食べ、珈琲《コーヒー》を淹《い》れたところで、はたと佐官美羽の件を思い出した。そっと僕に目をやると、すでに食事は終えており、今は毛づくろいの最中だった。

またしても訊きそびれたか。

別にこれから問いただしても良いのだが、なんとなく機会を逸した気分である。僕と思われる鯖虎猫が聞きこみの現場に現れたその日、彼が事務所に戻ってきた直後に、すぐ尋ねなければ白を切られる気がしていた。変な思いこみだと自分でも感じるが、これればかりは仕方がない。

次こそは……。

俊一郎が決意を新たにしていると、僕が顔をあげた。とっさに目と目が合う。

にゃ？

問いたげな声を出して首をかしげると、僕が近づいてきた。きっとなでて欲しいのだろう。だが、僕の相手をしている時間など、今の俊一郎にはなかった。

「僕、来なくていいから。いや、来るんじゃない。俺は忙しいんだ」

そう言いながら珈琲カップを持って事務所へ行き、仕事用の机に座る。背後からは僕の抗議する声がひとしきり聞こえていたが、そのうち静かになった。おそらく外へ遊びに行ったのだろう。

俊一郎はパソコンを起動させると、新恒警部に渡された資料をもとに、第一と第二の無辺館事件の被害者及び被害者候補者たちの氏名と簡単な情報を、並べるように書きこんでみた。

各個人の資料はとても充実していたが、個別に見たのでは、ひょっとすると気づけない何かがあるかもしれない。全員を眺め渡すことにより、そこに思わぬ発見がないとも限らない。

そんな考えから俊一郎は、左記のような一覧表を作ってみた。


〈第一の無辺館事件〉

出口秋生、男性、三十歳、金丸運送の社員。

　五骨の刃の第一の剣により〈死体遺棄〉の部屋で瀕死《ひんし》の重傷を負う。

宵之宮累、女性、三十四歳、ホラー作家。

　同第二の鎌により〈厭《いや》な視線〉の部屋で殺害される。

福村大介、男性、三十七歳、〈人間工房〉の職人。
　同第三の斧《おの》により〈百部位九相図〉の部屋で殺害される。
矢竹マリア、女性、二十六歳、グラビアアイドル兼女優。
　同第四の槍《やり》により〈囁《ささや》く怪音〉の部屋の電話ボックスで殺害される。
佐官奈那子、女性、三十三歳、佐官甲子郎の妻。
　同第五の鋸《のこぎり》により二階のエレベータ前で殺害される。

〈第二の無辺館事件〉
石堂誠、男性、三十四歳、劇団・螺旋のプロデューサー兼舞台監督。
阿佐ヶ谷の路地で絶命。死因は心臓麻痺《まひ》。
　ただし身体中に鋭利な刃物で斬られたような蚯蚓腫《みみずば》れの痕《あと》あり。
大林脩三、男性、四十八歳、金融庁の役人。
　合同慰霊祭の二日目、会場の祭壇の前で絶命。死因は心臓麻痺？
鈴木健児、男性、三十四歳、関東特殊造形のクリエーター。井東佐江の弟。
茶木笙子、女性、三十五歳、旭書房の編集者。
出口秋生。
佐官甲子郎、男性、三十九歳、ホラー映画監督。

管徳代、女性、二十一歳、天谷大学の文学部国文学科三年生。


〈その他の関係者〉

井東佐江、女性、三十八歳、茶木笙子と同マンションの住人。鈴木健児の姉。

石堂葉月、女性、三十一歳、劇団・螺旋の演出家。誠の妹。

大橋明、男性、二十七歳、金丸運送の社員。出口秋生の後輩。

佐官美羽、女性、四歳、佐官夫婦の娘。

峰岸柚璃亜、女性、二十一歳、銀行員。管徳代の友人。

長谷川要人、男性、二十八歳、不動産会社の役員。会社が無辺館を管理している。

湯浅博之、男性、二十八歳、新宿区役所の職員。長谷川要人の友人。


まとめてみて俊一郎は、今さらのように思った。

事件の関係者が多過ぎる……。

六蠱《むこ》の事件でも同じ恐れを抱いたが、あのときは幸いにも関係者の輪が自然にすぼまっていった。だからこそ彼は、あんなにも悍《おぞ》ましい事件を解決できたのだ。

もちろん今回の事件でも、百二十人近い死視を行なった結果、被害者候補は完全に絞り切れていた。今後、まず増えることはないだろう。だが、主な関係者だけで十八人、うち六人はすでに殺され、なおも五人が死の危険にさらされている。

問題は第一と第二の事件が切り離されているらしい……という点だな。

つまり第二事件の被害者候補たちの共通点を見つけ、死相の原因を突き止めるために、第一事件は少しの参考にもならないということだ。両方の事件を合わせると、被害者とその候補者は十一人にもなる。これだけの人数に共通する何かだったら、とっくに発見できているのではないか。

そこで俊一郎は、いやいやと自ら首をふった。

七人でも決して少なくないはずだ。むしろ多いだろう。

にもかかわらず同じ死相を持つ理由が、その共通点がまったく分からない。それだけではない。なぜ七人のうちで、まず石堂誠が、次いで大林脩三が命を落としたのか。

三番目は誰か。第二事件の死の順番は、いったいどのように決められているのか。

石堂誠は不明だが、少なくとも他の六人に現れた死相に差異はなかった。だとしたらランダムなのか。三番目は誰が被害者でもおかしくないのか。

……けど、管徳代は最後のような気がする。

無辺館へ肝試しにさえ行かなければ、彼女は第二事件の被害者候補には入っていなかった。あの館に仕掛けられた黒術師の呪術的装置に感知されたがゆえに、彼女も加わってしまった。あくまでもイレギュラーな存在のはずである。

やっぱり彼女が突破口になるのか。

管徳代ひとりだけが、無辺館事件の部外者と言っても良い位置にいる。もしかすると第二事件の被害者及びその候補者たちに徳代を交ぜて、全員を並列に比較検討するよりも、彼女とその他の六人という二組に分けて、この一対六の双方に共通する何かを探すべきなのかもしれない。

なんとしても突き止めなければ……。

今回まだ助かっているのは、ホラー殺人鬼の正体まで暴く必要が、俊一郎にはないことだった。彼に求められているのは、死相が出ている被害者候補たちの救命である。六蠱の事件では、猟奇連続殺人犯である六蠱を捕まえない限り、不幸にして犠牲者に選ばれてしまった女性たちを助けることはできなかった。だが、この事件は違う。問題の共通点さえ発見できれば、その時点で全員の死相は消えるかもしれないのだ。

無辺館の仕掛けを調べた祖母が、そう言っていたと曲矢から聞いたのだから、これほど心強いことはない。

そのとき、机の上の固定電話が鳴った。

「はい」

すぐに受話器をとる。事件に関する新情報を伝えるために、曲矢がかけてきたのではないかと思ったからだ。でも、相手の台詞《せりふ》を耳にして、一気に受話器を持つ腕の力が抜けそうになった。

「あっ、大野屋《おおのや》さん？　上天重と、かけ蕎麦《そば》ひとつ。大至急で」

しかも、それが聞き覚えのある声だと分かり、今度は身体中の力が抜けかけた。

「祖母《ばあ》ちゃん、こんなときに何してんだよ」

「電話に決まってるやないか」

まったく悪びれずに返すところは、さすがに祖母である。ちなみに大野屋とは、祖父母がよく出前を取る店だった。

「そうじゃなくて、遊んでる暇なんか――」

「誰が遊んどるんや！　わたしゃが五骨の刃について調べるために、まぁどんだけ苦労したか、お前には分からんやろ」

行方不明になった郷土史家の資料を、ちゃっかり自分のものにするための苦労か、と訊《き》きたかったが、俊一郎は賢明にもやめておいた。話がややこしくなるだけである。

「それで調べはついたのか」

「ついたから電話しとるんや。せやのにまぁ、この子は――」

「そんな大事な電話で、蕎麦屋に出前を頼むようなボケを、最初にかますか」

「ああ、情けない。大事件を前に緊張しとる孫の心を解きほぐそういう、祖母ちゃんの温かい気遣いが、お前には感じ取れんのか。ちなみに上天重はわたしゃで、かけ蕎麦はあの人のやけどな」

情けないのはこっちだよ――とうんざりしたが、もちろん口には出さない。自分が上天重なのに、どうして祖父がかけ蕎麦なのか――という突っこみも、あえてしない。祖母の口調から、何かつかんだらしいと察したからだ。とにかく今は、よけいな会話で時間を取られたくなかった。

「で、何が分かったんだ？」

「まったく愛想のない子やなぁ」

一向に俊一郎が乗ってこないので、祖母は面白くなさそうだったが、そこで急に口調が変わって、

「いや、そんなことより、あんた大丈夫なんか」

「ん？」

「大勢のひとを死視したんやろ。しんどうなったりはせんかったんか」

「いつもよりは、よけいに寝たけど」

しかし逆にそのせいで、頭の芯《しん》がぼうっとしている感じが、実はまだ残っている気分である。

「それだけか」

「……うん」

「せやったらええけど、なんや声がおかしないか」

そう言われると不安になったが、少し頭が重い以外は別に何ともなかったので、

「耳が遠くなったんじゃないのか」

とっさに憎まれ口をたたくと、祖母の怒声が返ってきた。

「アホ！　まだまだ目も耳も足腰も、そりゃもう達者で困るくらいや」

口もな――という言葉を俊一郎が呑《の》みこんでいると、

「お前、変声期やないか」

「いくつだよ、俺は？」

「二十歳やろ。あんた、自分の歳も分からへんのか」

「あのなぁ」

「とにかく慣れんことしたんやから、充分に気ぃつけるんやで」

莫迦《ばか》話をしながらも、心配する祖母の想いが受話器の向こうから伝わってきたので、

「……うん、そうするよ」

俊一郎が真面目に返事をすると、

「五骨の刃《やいば》とはな」

いきなり祖母の説明がはじまった。

「これを使用して五つの殺生をくり返す者の、その願いを叶《かな》えてくれる呪術的な力を

持った凶器のことやと、ようやく分かった」

「やっぱりそうか。ほぼ似たことを、俺も考えたんだ」

興奮する俊一郎に、あっさりと祖母は、

「ただのまぐれや」

素直にほめられないのかと腹が立ったが、ここで言い返しては相手の思う壺《つぼ》である。そのまま彼が黙っていると、

「今日のお前は乗りが良うないな。やっぱりどっか悪いんと違うか」

「五つの殺傷というのは、誰でもいいのか。つまり無差別連続殺人を――」

「ひとの質問に答えんかい」

「だから言ってるだろ。そんな暇は――」

「孫の身体の心配をする優しい祖母ちゃんに、この子はまぁ酷《ひど》い言葉を……」

と嘘泣きをはじめたので、すぐに俊一郎は返した。

「はいはい、元気だよ。どこも悪くない」

「それやったらええんや」

さっさと素に戻った祖母は、何事もなかったように話を続けた。

「五つの殺生で間違《まちご》うたらいかんのは、五骨の刃を作るのに使《つこ》うた各々の動物を、その骨の凶器で殺さなあかんことや」

「えっ、人間じゃないのか」

「牛の骨を使うて第一の剣の柄を作った場合は、それで牛を殺さなあかんいうことや」

「つまり五つの凶器の柄が、すべて動物の骨だったら――」

「いや、それでは五骨の刃はできん。必ずひとつは人間の骨を使う必要がある」

「ちょっと待ってくれ。無辺館事件で使用された五骨の刃も、柄が人間の骨だったのは、ひとつだけだったんじゃないか」

「そうや」

「なのにホラー殺人鬼は、人間ばかりを狙った……」

「きっと黒術師に、そうせんといかんと吹きこまれたんやろうな」

「それじゃ仮に無辺館殺人事件が成功していても、ホラー殺人鬼の願いは叶わなかったってことか。やつは単に黒術師に利用されただけだったのか」

もちろん犯人に同情する余地など微塵《みじん》もなかったが、なんだか哀れに思えてきた。

「黒術師としては、それこそ無意味な連続殺人事件を起こしたかった。それだけやろ」

「…………」

ずんっと重たい何かを、まるで呑みこんだような嫌な気分である。

「この事件の犯人は、まぁ言うたら律義な性格なのかもしれん」

「どうして?」

「五骨の刃の凶器は、第一の剣から第五の鋸《のこぎり》まであるけど、別に順番に使わんといかんいう決まりはないようなんや」

「番号に意味はないのか」

「それは凶器の使いやすさの順番みたいやな」

「何ぃ？」

「ほとんどの者は、はじめて殺生するわけや。そのため最初は小さめの剣にしてある。これやったら刺すだけでええからな。二番目の鎌と三番目の斧《おの》は、昔やったら日常でも使うてたから問題ない。四番目の槍《やり》も刺す凶器やけど、実際に使うた経験のある者は少ないやろう。五番目の鋸は、鎌や斧と同じく特別なもんやないけど、いかんせん凶器としては扱いにくい」

「つまり第一の剣から使用することにより、殺生に慣れるようにと考えて作られたのが、五骨の刃なのか」

　あまりにも恐ろしい企《たくら》みに、俊一郎は啞然《あぜん》とした。だが、そんな五骨の刃の効用にもかかわらず、かえって皮肉な結末を迎えた無辺館殺人事件を思い、何とも言えぬ気持ちになった。

「ところが、ホラー殺人鬼は失敗した。しかも、第一の剣で殺しそこねてしまった。そこでもう一度――」

「ああ、新恒警部はんからお聞きした、リベンジ殺人いうやつやな。せやけどな、もう新たに二人も亡くなってる事件には、五骨の刃は使われてへん。それは知ってるやろ」

「うん。石堂誠は心臓発作だった。大林脩三も同じだと見られてる」

「これ、ちゃんと『さん』づけしなさい」

すかさず祖母は注意してから、驚くべき発言をした。

「ところがな、実は読みは同じやけど、人偏に漢数字の五を書く〈伍骨《ご》の刃〉いう別の呪法が、どうやら次の事件では使われとるようなんや」

「それって最初のやつと、呪術の内容が違うのか」

「凶器の作り方はいっしょや。ただし、いくつ必要になるかは、狙う相手の人数によって変わってくるし、それを実際に使うわけでもない」

「……人偏に漢数字の五を書く伍って、五つという数を表していないのか」

「数字の五でもあるけど、その他に『仲間』とか『組』いう意味があってな」

俊一郎はどきっとした。黒術師が無辺館に仕掛けた呪術的な装置と、伍骨の刃の「伍」という文字が持つ意味には、とても重要な関係があるのではないか。

「たとえば自分の子供が、学校でいじめに遭《お》うて、自殺したとするわな」

しかし、それを訊《き》く前に、祖母がたとえ話をはじめた。

「いじめてたのは、同じクラスの同じ班の者やった。そこで子供の親が、伍骨の刃を使うて、そいつらに復讐《ふくしゅう》しようと考えた。一番てっとり早いのは、班のメンバーの名前が分かることや。ただし、氏名がはっきりせんとあかん。名字の『鈴木』だけでは、同じクラスの他の鈴木も巻きこんでしまうからな。せやけど親は、子供が属していた班の全員の名前を知らん。学校に訊いても教えてくれん。こういう状況で必要になるんは、学校名、クラスが何年何組かいうこと、それに班の名称なんや」

「つまり何々学校の、何年何組の、何とかという班が、伍骨の刃の『伍』を表すことになるのか」

「そうや。そこまで『伍』の中身を固めておいたら、確実にその班の者たちを呪い殺すことができる」

「もし班の名前だけが分からないまま、伍骨の刃を使ったら？」

「そのクラスの全員が殺されてしまうやろな」

まさに伍骨の刃の「伍」とは、第二事件の被害者及びその候補たちに共通する何かであり、それを探るために黒術師が用意した装置こそ、無辺館の呪術的な仕掛けだったに違いないことになる。

あの建物を調べた時点で、伍骨の刃についての知識は零《ゼロ》だったのに、すでに祖母はかなりの線まで迫っているようだった。

素直に感心した俊一郎がそう伝えると、

「あっはっはぁ、わたしゃを誰やと思うとるんや。ええか——」

と自慢話がはじまったので、たちまち後悔した。予想して然《しか》るべきだった。いったん脱線した会話——しかも祖母が大好きな、彼女自身の自慢話なのだ——をもとに戻すのは大変である。

ようやく再び事件の話に持っていけたときには、もう俊一郎は疲労困憊《こんぱい》していた。どうしてこんなことでエネルギーを使わなければならないのかと、ひとり胸のうちでぼやく始末だった。

「凶器を実際に使うわけじゃないって言ったけど、呪術上は使用するのか」

「そうや。そのため死因は心臓麻痺《まひ》や心筋梗塞《こうそく》になるみたいやけど、身体にはまるで刃物で斬られたような痕《あと》が残るらしい」

石堂誠の遺体に見られた蚯蚓《みみず》腫れが、きっとそれなのだろう。

「新たな犠牲者たちを選ぶ縛りの内容を決めたのは、もちろんホラー殺人鬼だよな」

「たぶんそうやろ。黒術師が関心を持つのは、どれだけ大勢の人間が、どれほど惨《むご》い死に方をするのか——いう問題のほうやからな」

まったく胸糞《むなくそ》の悪くなる話だが、おそらく事実だろう。

「となると犠牲者たちが選ばれた基準が何か、それを突き止めるためには、当人たちの情報からのみ探るだけでなく、ホラー殺人鬼側の視線からも調べるべきだってことか」

「せやけど、それは犯人の正体が分かってへんと無理やろ」

「……うん」

「犯人を捕まえるんは、当然やけど大事なことや。けどな、犯人が分かったからいうて、伍骨の刃《やいば》の『伍』の内容まで、すぐに判明するとは限らんで」

「犯人が明らかになっただけでは、被害者候補たちの死相は消えない……ってことか」

「ああ、伍骨の刃の『伍』とは何を意味しとるんか、それを死相が視《み》えてる誰かの前で、お前がはっきりと口にせん限り、たとえ犯人が捕まっても、その人らは安全と言えんやろうな」

「誰かの前で、俺が口にする……」

その状況を考えただけで、俊一郎は憂鬱《ゆううつ》になった。それが祖母にも分かったらしい。

「別に心配せんでもええやろ。新恒警部はんによれば、お前は事件を解決する謎解きの場面になったとたん、えろう饒舌《じょうぜつ》になるそうやないか」

「……そうらしいけど」

俊一郎自身、その事実を覚えていないわけではない。ただ、自分であって自分ではない自分自身が、普段の無口で無愛想な彼からは考えられないほど、滔々《とうとう》と事件に関する推理を述べている――。そんな感覚の、ほとんど実感をともなわない記憶が、微《かす》かにあるだけだった。

「ただな、管徳代さんの扱いには気ぃつけんといかん」

「どういうこと？」

突然の祖母の忠告に、俊一郎は戸惑った。

「無辺館の呪術的な仕掛けが、パーティに参加した人らを対象にしてるんは、まず間違いないやろ」

「それに彼女も該当してしまったわけだ」

「せやな。ただ、パーティに参加した人らと完全に同じ『伍』に入るとは、その仲間やとは、一概に断定して良いものかどうか、その判断が難しい思うで」

「極めて特殊なパーティの参加者というくくりがあるのに、そこに何の関係もない彼女が入るのは、やはり変ではないか――ってことか」

「彼女の持つ何かが、たまたま『伍』と一致してしもうた、いう偶然は当然あるかもしれん。けど、本来は仲間とは認められんはずやのに、たまたま似てたために彼女をひろうてしもうた、いう偶然の可能性も視野に入れて考えるべきやろな」

「たまたまひろった……」

このとき俊一郎の脳裏に、パソコンのインターネットの検索機能のことが、ふっと浮かんだ。

　ネットで調べたい言葉を入力して検索をかける場合、事前に細かく検索条件を指定しておかないと、まったく関係のないものまでヒットしてしまうことが、しばしばある。無辺館の呪術的な装置は、ひょっとするとそれに近いのかもしれない。もしそうだとすれば、なんとも厄介である。

　管徳代こそ突破口になると、改めて考えたばかりだったのに……。

　俊一郎ががっくりきていると、その気配が伝わったのか、祖母は孫に言い聞かせるような口調で、

「ええか。怪異いうもんは、それを起こしとる何かの正体を見抜いたとたん、ぱたっとやむ場合が多い。一番効果があるんは、それの名前を口にすることや」

「うん……」

「今回の場合、その怪異の名前に当たるんが、伍骨の刃の『伍』の意味や。これが何なんか、なんとしても突き止めるんや」

「分かった」

「犯人捜しは、それからでええ。そうせんとな、まだまだ亡くなる方が出てしまうことになるで」

十四　殺される順番

　月曜の午前中にかかってきた祖母からの電話を切ると、もう昼近くなっていた。いつもなら昼食のために外へ出るのだが、俊一郎は眠くて仕方がなかった。正確には頭がぼうっとして、起きているのが辛《つら》い状態と言えば良いだろうか。

　昨日の早い時間から今朝まで、あれだけ寝たのに？

　しかも、たった今まで祖母と電話で、非常に重要な会話をしていたのだ。完全にどうでもいい祖母の自慢話もあって、正直ちょっと眠かったとはいえ、はっきりと目覚めていたことは間違いない。

　それなのに、また……。

　俊一郎は少し怖くなった。これも大量に死視した影響なのだろうか。もしそうなら、今後はもっと慎重になる必要がある。「視る／視ない」の切り替えは確かにできるが、だからといって死視のすべてが分かっているわけではない。まったく思いもよらない障りが、彼の心身に出ないとも限らない。

とりあえず少しだけ休もうと、ソファへ向かいかけたところで、俊一郎はのけぞった。

「お前、いつの間に……」

ソファの上には、でんっと非常識なまでの巨体を、まるで海辺にあがった鯨のように横たえて、ぶくぶく猫が寝そべっていた。

「相変わらず厚かましいやつだなぁ」

ぶくぶく猫とは俊一郎が名づけたのだが、どうやら探偵事務所の近所に住む、どこかの小母《おば》さんの飼い猫らしい。その飼い主がつけた名前が、なんと「メタル」だというのだから笑える。何をどう見れば、ふてぶてしいまでに怠惰にしか映らない肥満猫に、メタルなどという名前がつけられるのか。

ただ厄介なことに、この巨体猫は僕の友だちだった。よりによってこれが……とは俊一郎も思った。でも、僕の友だちなら仕方がない。できる限り受け入れようとした。が、彼の留守中に勝手に事務所に入り、でんっと我が物顔でソファに寝そべっているぶくぶく猫を何度も見ているうちに、大嫌いになってしまった。いや、そもそも初対面から嫌っていたわけだが。

「おい、僕！」

思わず怒りの声をあげると、にゃーとソファの裏から僕が現れた。

「こいつがソファの上で、どうしてお前が裏にいるんだよ」

お客さんだからと言う僕に、俊一郎は天を仰いだ。

仮にぶくぶく猫が僕をいじめていて、それで自分だけがソファの上に寝ているのなら、ためらいなく外へたたき出していただろう。しかし実際は、僕が肥満猫を歓待しているのだから、あまり邪険なこともできない。

「とにかく、こいつには帰るように言ってくれ」

いつもなら抗議の声をあげる僕だが、じっと俊一郎の顔を見つめてから、その通りにした。しかも当のぶくぶく猫も、あっさりと立ち去ったので、彼はびっくりした。

そう言えば、あの猫……。

ここに出入りするルートは、僕のために少しだけ開けてあるキッチンの窓の細い隙間しかないのに、どうやって通り抜けているのか、それが謎だった。その確認をする絶好の機会だったかもしれないのに……と、くだらないことを考えているうちに、ソファの上で熟睡してしまった。

起きたのは、遠くのほうで鳴っているベルの音と、ちょんちょんと頬をつつく柔らかい何かの感触だった。

目を開けると、僕の前脚が見えた。胸の上に座り、俊一郎の頬をたたいていたらしい。ベルの音は、机の上の電話だった。

慌ててソファから起き上がろうとして、愕然《がくぜん》とする。驚くほど身体が重い。全身がだるく、頭がずきずきと痛む。

これは……。

朦朧《もうろう》となりながらも、どうにか立ち上がると机まで行き、受話器をつかむ。

「……はい」

「おいおい、寝惚《ねぼ》けてんのか」

元気な曲矢の声が脳髄に響き、思わず受話器を耳から離す。

「……ちょっとな」

「いかにお子様とはいえ、まだ寝るには早過ぎるだろ」

窓の外を見ると、とっぷりと日が暮れている。どうやら六、七時間も眠ってしまったらしい。

やっぱり変だ……。

「二日目の合同慰霊祭で変死を遂げた、大林脩三の死因が分かったぞ」

だが曲矢は、俊一郎の異変に気づくことなく、用件を話しはじめた。

「石堂誠と同じ心臓麻痺《まひ》だ。さらに大林の身体にも、石堂と同様の奇妙な蚯蚓腫《みみずば》れが認められてな」

「どんな？」

そう尋ねるのがやっとである。

「石堂の蚯蚓腫れは、まるで斬りつけられたようなものだった。とはいえ蚯蚓腫れに過ぎんので、そこから実際に使われてもいない凶器を特定するのは、まぁ無理だ。しかし、五骨の刃《やいば》の第一の剣かもしれない、くらいの当たりはつけられる。言わば見えない凶器ってわけだな」

「……ああ」

祖母から聞いた伍《ご》骨の刃の凶器がまさにそうだった。

「で、大林の蚯蚓腫れだが、まるで突かれたような痕《あと》だったらしい。もっとも近い凶器を例によって非公式に聞き出したところ、槍《やり》ではないか……と言われた」

「えっ」

「五骨の刃では、第四の槍に当たる。第二の無辺館事件も、てっきり第一の剣ではじまったものと思っていたが、これでひっくり返されたわけだ」

「そうなると……」

「ああ、石堂誠の見えない凶器も、第一の剣とは限らない。斬りつけるだけなら、第二の鎌でも第三の斧《おの》でもできるからな。ここで問題なのは、第一事件では順番通りに凶器を使用した犯人が、どうして第二事件ではバラバラに使うのか、ということだ」

「祖母《ばあ》ちゃんから……」

「五骨の刃と、もうひとつの伍骨の刃の説明は受けてる。よって人殺し初体験の犯人が、第一の剣から順に凶器を使用したのは納得できる。けど、ならどうして次も同じようにしない？　実際に凶器を使うわけじゃねぇからか。しかしな、だったらよけいに順番を変える必要なんかねぇだろ。変だと思わないか」

「…………」

「おい、聞いてんのか」

「…………」

「どうした？　おい！」

という曲矢の声を微《かす》かに耳にしたまま、すうっと俊一郎は意識が遠のいていった。

机の上に身を伏せた瞬間、うにゃーと鳴く物凄《ものすご》い僕の声が響き、こちらに駆けてくる気配までは感じたのだが、そのあとは真っ暗な闇に呑《の》まれてしまい、まったく何も覚えていない。

気がつくと俊一郎は、寝室のベッドに寝ていた。まだ眠っているような、はっきりとしない意識のまま横を向くと、枕元の椅子に十四、五歳くらいの少女が座って、『ベンスン怪奇小説集』を読んでいる。

あぁ、僕が女の子に化けてるのか……。

そうして看病してくれたに違いないと、なぜか彼は思った。僕ほどの猫なら、それくらいできて当たり前だと、どうしてか確信したのである。

それにしても、ふっくらとした子に化けたなぁ。

決して太っているわけではないが、街でよく見かける棒のように細い腕と脚の中高生に比べると、健康優良少女とでも言うべき容姿をしている。

それにまた、なんとも渋い本を読んでるじゃないか。

もちろん俊一郎の書棚から抜いてきたのだろうが、E・F・ベンスンの短篇集を選ぶとは、なかなか通である。

……あれ？

そこで何やらおかしな気がした。ようやく変だぞと感じはじめた。

僕って、雄だったよな？

しかし妙だと思ったのは、性別に対する違和感である。

なんで女の子に化けたんだ？

あくまでも性別にこだわっていると、少女のひざの上で眠るそれが目に入った。

……猫だ。

しかも僕と同じ鯖虎猫である。そのうえ可愛くて男前で、賢そうな顔をしている。

まるで僕みたいだ……。

などと考えているうちに、次第に意識がはっきりとしてきて――。

「……えっ？」

「あっ、気がつかはりました」

こちらを見た少女と、まともに目が合った。

にゃー、にゃー、にゃー。

彼を見つめる彼女の膝《ひざ》の上では、しきりに僕が「大丈夫か」と鳴いている。

「……あれ？　ぼ、僕？」

「俊一郎さんを看病するのに、僕にゃんもお手伝いしてくれたんですよ」

なぜ僕の正式な名前を、この女の子は知っているのか。いや、そもそも彼女は誰で、どうしてここにいるのか。

そんな俊一郎の疑問が、はっきりと顔に出たらしい。彼女はひざの上から優しく僕を下ろすと、椅子から立ち上がってお辞儀しながら、

「いつも兄が、大変お世話になっています」

「はっ？」

そのとたん、すごく嫌な予感がした。

「私、曲矢亜弓《あゆみ》と申します」

な、何ぃ！

「実家は関西なんですが、向こうで高校を出て、この四月から東京の看護学校に通っ

ています。俊一郎さんが倒れたって、兄から連絡があって――」

曲矢刑事の妹だとぉ。

「それで何かお役に立てればと、ご迷惑も考えずにお邪魔してしまいました。あっ、死相学探偵としてのご活躍は、前に兄から聞いたことがあります。ですから、よけいに心配になって――」

あの刑事の妹にしては、とても言葉遣いがまともではないか。いや、上出来と言っても良いくらいだ。十四、五歳に見えたが、高校を卒業して看護学校に通っているのなら、十八だろうか。

それにしても、よりによって曲矢の妹に看病されるとは……。

と改めて俊一郎は複雑な心境になったが、ちゃんとお礼を言っていないことに、遅まきながら気づいた。

「……あ、ありがとう」

「いえ、ええんです。看護学生として、当然のことをしたまでです。それに私、兄が誉めちぎるような活躍をされてる探偵さんに、前々から一度お目にかかりたいと思うてましたから」

誉めちぎる？　曲矢が？　この俺を？

ただでさえ朦朧《もうろう》としている俊一郎の頭の中に、いくつもの疑問符が浮かびあがった。

「そうでした！　兄から渡すようにと、これを預かってたんです」

亜弓から手渡されたのは、四つ折りにしたメモだった。

「すみません。仕事上の大切な連絡事項やから、確実に渡すようにって、兄に言われていたのを、つい忘れてました」

頭を下げる彼女に椅子を勧めながら、メモを開いて書かれた内容を読んだ俊一郎は、そのまま絶句した。

妹に手を出したら、ただちに殺す。

紙片には汚く乱れた文字で、そう記されていた。

結局そのまま木曜の朝まで、俊一郎は臥《ふ》せることになった。幸い熱は翌日になると下がったが、完全に快復するには、ほぼ三日もかかった。

その間、もちろん黒捜課の捜査は進められたが、はかばかしい進展が何もないことを、ちくいち曲矢から聞かされた。

「お兄ちゃん、仕事の話なんかしたら、俊一郎さんの身体に障るでしょ」

そのつど亜弓に叱られ、曲矢がしゅんとなる信じられない光景を、俊一郎は目を点にして見た。どうやら歳の離れた妹を、曲矢は溺愛《できあい》しているらしい。しかも寝室には常に、俊一郎を心配すると共に、すっかり亜弓に懐いてしまった僕もいたのだから、さぞかし曲矢としてはやりにくかったに違いない。

「早く良くなれ」

そう言ったのは俊一郎の身を案じただけでなく、一刻も早く妹も僕もいない状態で事件に取り組みたい、という曲矢の切実な願いもあったのだと思う。

木曜の朝、覆面パトカーの迎えを受け、俊一郎は警視庁へ向かった。第二の無辺館事件の被害者候補たちと会うためである。

「新恒警部の発案だが、お前も同じことを考えてたとはな」

後部座席で横に座った曲矢にそう言われ、俊一郎は正直な心情を思わず口にした。

「それ以外に、何も手立てがないからだよ」

「やけに弱気じゃねぇか」

と返す曲矢にも、決して強気の気配は感じられない。明らかに捜査が硬直しているからだろう。

「死相が出ている五人に俺が会ったからって、どうなるものでもない。事情聴取はそっちの専門だろ。それで伍骨《ご》の刃《やいば》の『伍』に当たるものが発見できないんだから、今さら俺が何をやっても駄目だと思う」

「まぁな」

そんなことはない――などと言わないのは、いかにも曲矢らしい。だが、この刑事のそういうところを、俊一郎は評価していた。信頼できると感じていた。

「これまで五人に事情聴取して、黒捜課が下したもっとも重要な推測は、伍骨の刃によって命を落とす順番くらいだ」

「えっ……」

さらっと口にされたので、その意味がはっきりするまで少し時間がかかった。が、次の瞬間、俊一郎は叫んでいた。

「わ、分かったのか！」

「あくまでも推測だが、新恒は自信を持ってる」

「次は誰だと？」

「旭書房の茶木笙子だ。それから関東特殊造形の鈴木健児がきて、お前の依頼人の管徳代と続き、映画監督の佐官甲子郎となり、最後が第一事件の生存者である出口秋生といった順だ」

「なぜそう推測したんだ？」

詰め寄る勢いで尋ねる俊一郎に、やや得意そうな顔で曲矢が、

「問題の五人は全員が、先々週あたりから気味の悪い体験をしている」

「最初は悪夢の中で、厭《いや》な視線、跟《つ》いてくる足音、腐敗した臭気、意味不明の囁《ささや》き……とといったものを体験して、やがてそれらが日常生活でも感じられるようになる——ってというあれか」

「そうだ。そこで個々の具体的な内容と、それらを覚える頻度を聞き出して、五人それぞれを比較した結果、かなり個人差があると分かった」

「その悪夢的な体験の濃い順番で、五人は命を落としていく……ということか」

「さすがに理解が早いな」

誉められたところで、もちろん嬉《うれ》しくも何ともない。

「時期については？」

「新恒は、明日《あした》だとにらんでる」

「……明日」

そんなに早くと思ったが、月曜から水曜まで三日も無駄にしたのは、俊一郎が倒れたせいである。この失態は取り返しがつかないのではないか。

「どうして明日なんだ？」

それでも今は精一杯やるしかない。そう気持ちを切り替えて訊《き》くと、

「石堂誠が死んだのは先週の火曜で、大林脩三が我々の目の前で絶命したのは、その週末の日曜になる。石堂の死から五日目に、大林も死んだわけだ」

「五骨の刃にちなみ、五日目ごとに被害者候補たちは死んでいく……と、新恒警部は考えたのか」

「根拠は薄弱だが――」

「いや、こういった呪術がらみの場合、そういう語呂《ごろ》合わせのようなものに、得てして手掛かりがあるものなんだ」

「なるほど。まぁ専門家が言うんなら、そうなんだろう」

いつもの皮肉かと思ったら、意外にも曲矢は真剣らしい。

「命を落とす時間については？」

「新恒の読みは夜だ。例の視線や足音など、無気味な現象はすべて夜に起きてる。石堂誠が死んだのもそうだった」

「大林脩三の死は昼間だぞ」

俊一郎の指摘に、曲矢は怒ったような口調で、

「あれは警部によると、俺らへの挑発じゃねぇかってことだ」

「黒術師の……」

「ああ。黒捜課の捜査員と死相学探偵の目の前で、新たな犠牲者を出す誘惑に、きっと黒術師は勝てなかったんだろう――ってな」

「…………」

とっさに俊一郎は言葉が出てこなかった。だが、いかにも黒術師が考えそうなやり方である。

「それにしても平日の午前中に、よく五人とも集められたな」

気を取り直して尋ねると、今度は皮肉っぽい口調で曲矢が答えた。

「てめぇの命がかかってんだから、そりゃ何をおいても駆けつけるだろ」

「つまり自分に死相が視《み》えている事実を、五人とも受け入れているのか」

「合同慰霊祭のときは、さすがに信じなかった者もいたらしい。けどその後、自分の悪夢と同じ夢を見て、現実にも同じ気味の悪い体験をしている者が、他にも数人いると知らされ、しかもその全員に死相が出ていると言われたんだからな。それも警察にだ。このままでは危険だという例は、石堂誠の死で説明できる。そこに大林脩三の死まで加わったんだから、どれほどの懐疑論者でも心中穏やかじゃねぇだろ」

警視庁では新恒警部に出迎えられたが、あいさつもそこそこに、すぐに俊一郎は五人とひとりずつ会うことになった。曲矢の同席も検討されたが、新恒と俊一郎自身の考えもあり、彼だけで臨むことにした。

面談する順番は、茶木笙子、鈴木健児、管徳代、佐官甲子郎、出口秋生である。これから命を落とすと見なされている順に、俊一郎は会うことになったのである。

十五　被害者候補たち

旭書房の編集者である茶木笙子は、部屋に入った弦矢俊一郎を見るなり、とても不安そうな顔をした。だが、彼は気にしなかった。そういった反応には、探偵事務所を訪れる依頼人たちで、もう慣れっこになっていたからだ。

予想していたよりも若い……。

ほとんどの依頼人は、まず彼の年齢に驚くらしい。死相を視ることができるという特殊な能力から、どうやら誰もが無意識に高齢の老人を想像してしまうようなのだ。事務所に来る者の多くは推薦状を持っている。そのため事前に推薦者から、俊一郎の容貌《ようぼう》くらいは聞いていそうなものだが、ほぼ誰もが心配そうな表情を見せる。他者から伝えられるイメージと、実際に自分の目で確かめた実物とでは、やはり違うのだろう。

この依頼人の不安は、残念ながら俊一郎と話をすることで、さらに膨らむ。もちろん彼が口下手だからだ。以前よりコミュニケーション能力が各段にアップしたとはいえ、営業成績が優秀なビジネスマンのように、高度な会話技術が身についたわけではない。そういう意味では、まだまだ普通の人より話が下手だった。

しかし、俊一郎は焦らなかった。死相とは何か。それが視えた人はどうなるのか。予告された死を回避できるか。そのためには何が必要か。過去にはどんな事例があるのか。といった話を進めるうちに、たいていの依頼人は彼を信頼するようになる。なかには最後まで半信半疑の人もいるが、それでも彼に協力しようとは一応する。やはり自分の命がかかっているからだろう。

ただし今回は、ひとりひとりに費やす時間の余裕があまりない。返す返すも寝こんでしまった三日間が惜しまれる。しかし、後悔しても仕方がない。むしろ最初から警察の介入があったために、死相学探偵という本来は胡散臭《うさん》く映る存在を、被害者候補たちが受け入れているらしい事実に、ここは感謝すべきかもしれない。

茶木笙子の表情を一瞥《いちべつ》した刹那《せつな》、とっさに俊一郎がそう思っていると、

「私、死ぬんですか」

いきなり訊かれて、何も言えずに口籠《くちごも》ってしまった。

「あなたには、私に現れた死相が視えるんですよね」

「はい」

今度はすぐに答えると、急に全身の力が抜けたかのように、笙子がぐったりと椅子

にもたれた。

念のために俊一郎が死視すると、合同慰霊祭で視えたのと同じ死相が、はっきりと彼女の全身に出ていた。今回の面談の目的には、この死相の再確認という作業も、実はふくまれている。もし死相の消えている者がいれば、それがひとつの手掛かりになるかもしれない。過去の事件でも途中で死相が視えなくなった者がいて、なぜかと考えた結果、解決できた例もある。

「あのパーティで私は、ひょっとして殺される運命にあったんでしょうか」

椅子に身体を預けたまま、笙子がつぶやくように、

「本当はホラー殺人鬼の手にかかっていたはずなのに、何かの偶然で助かった。でも、それが私の運命だったので、またこうして狙われることになった。違いますか」

俊一郎が首をふると、

「……そう。そんな内容のDVDを、前に観たことがあるんです。だから、もしやって思ったんだけど」

それは「ファイナル・デスティネーション」シリーズですね、と言いかけて俊一郎はやめた。伍骨《ごこつ》の刃《やいば》の『伍』を突き止める役には、まったく立ちそうにないからだ。

「他の人については？」

尋ねてから言葉足らずだったと反省したが、彼女には通じたようで、

「私と同じ死相が出ている人たちのことは、警察から聞きました。そのうち存じ上げているのは佐官監督だけですが、あのパーティに出席するまで、まったく面識はありません。いえ、パーティでもお会いしてお話はしていないんです。なのに……」

と言葉を切ってから、

「最初は『ホラー』という言葉が、私たちをつなぐキーワードかと考えました。でも、ホラー殺人鬼の一番目の被害者である出口さんは、運送会社の社員です。無辺館には作品の設置の手伝いに、たまたま来ていただけだと聞いています。それに大学生の管さんは、使用されなくなった空家の無辺館に、友人たちと肝試しのために入っただけで、あのパーティとは何の関係もなかったんですよね。なのに、私と同じ死相が出ているなんて……」

そこで笙子は椅子から身を乗り出すと、

「どうして私たちに死相が現れるのか、それを調べる手立てはないんですか」

ひたと俊一郎を見つめながら、ずばり訊いてきた。

「全員に共通するもの……を見つけるしかないです」

「それはどういうレベルのものです？　血液型とか、星座とか、趣味とか、色々とあるじゃないですか」

「そういう絞りこみは……」

「できない？　じゃあどうやって捜すんですか」

たちまち笙子の顔が絶望に歪《ゆが》んだ。しばらくは言葉もなく呆然《ぼうぜん》としていたが、それでも彼女はしゃべり出した。警察から聞いた他の四人の情報をもとに、自分との接点を見つけようと一生懸命になった。

そんな笙子といっしょに検討を続けながら、今度は俊一郎が少しずつ絶望を覚えはじめた。まだひとり目じゃないか……と自分を鼓舞するのだが、彼女の必死さが伝わればわるほど、死相学探偵として何の役にも立っていないおのれの不甲斐《ふがい》なさが、たまらなく身に沁《し》み出した。

結局、茶木笙子に割り当てられた時間をすべて使い切り、顔を出した曲矢に連れられるようにして、その部屋を俊一郎はあとにした。

「助けて下さい。お願いします」

別れ際に彼女が口にした言葉が、彼の耳にはとても痛かった。

二人目の鈴木健児の部屋に入ると、茶木笙子と同じような反応をやはり示された。違っていたのは、それを健児はすぐ口に出したところである。

「えらく若いんだな。いくつだ？」

「……二十歳です」

「へぇ。それで死相が視えるっていうのは、小さいころからなのか」

「そりゃ色々と苦労しただろうな」

「はい」

「あまり話さないのはそのせいか。しかし、死相を視《み》る探偵なんて商売は、相手を質問責めにでもしない限り、解決策なんか見つけられんのじゃないか。それとも死相が視えるのと同じように、その死相を消す方法もたちどころに分かるのか」

「はぁ」

「いえ。俺に視えるのは、死相だけです」

「そうだよなぁ」

いきなり話す勢いが衰えたかと思うと、健児は暗い顔になった。

「解決策が判明してたら、こうして警察に呼ばれるわけないよな」

「……残念ながら」

「おしゃべりな野郎だなって思ってるだろ」

「いえ」

「俺ら〈東特〉の仕事は、映画監督が頭の中で描いているイメージを、現実に作り出すことだ」

「トウトク？」

「関東特殊造形を略して東特、同族会社の関西特殊造形は略して〈西特〉で、二つ合わせた総称が〈関特〉ってんだよ。いずれ合併してひとつの会社にするらしいが、そんなことは、まぁどうでもいい」

「はぁ」

「東特も西特も、やってる仕事は同じだ。監督のイメージを具現化すること。絵コンテやスケッチなんかは見せてもらうけど、それだけを頼りにしてたんじゃ駄目なんだよ。監督と話し合って、どういうイメージを持っているのか、それをどう使いたいのか、イラストからは決してうかがえない想いを、ちゃんと汲《く》み取る必要がある。造形美術の仕事と言えば、気難しくて無口な職人がやってるように思うかもしれないけど、伝統工芸の世界じゃないんだから、それじゃ通用しない」

「あの……、『首斬り運動部』の斬首のシーン、とてもリアルでした」

「おおっ、観てくれたのか！」

健児は満面の笑みを浮かべると、そこから特殊技術の裏話をしゃべりはじめた。

会話が脱線していくのを案じつつ、俊一郎も熱心に耳をかたむけてしまった。もちろん大好きなホラー映画の話だからである。

「しかしなぁ、実際に現場で作ってるのは、若いやつらなんだ。俺も業界じゃまだ若造だけど、うちの会社じゃすっかり管理職になっちまった。現場の責任者だよ。作品の出来だけでなく、予算から進行スケジュールの管理まで、俺が見なきゃならない。

でも、この仕事が面白いのは、言うまでもなく現場で実際に作業をすることだからなぁ」

健児は複雑な表情を浮かべながら、

「俺、町内会の草野球チームに入ってるけど、やたらと監督したがるやつの気がしれなくてな。キャプテンだったら試合に出られるからいいよ。監督なんて何が面白いのやら、まったく理解できん」

そこで彼は、ふっと我に返ったようになった。

「いや、すまん。こんなときに何を言ってんだか。でも、もし本当にこのまま死んでしまうなら、管理職なんか断わって、もっと現場の仕事をやっときゃ良かった――って今、猛烈に感じたものだから」

その口調から、これまでは半信半疑だった死相に対する考えが、この場で一気に信じる方向へとふれたらしいことが、俊一郎にも分かった。

ここで俊一郎は、ようやく健児を死視した。忘れていたわけではなく、なかなかタイミングがつかめなかったせいである。その結果は、予想通り茶木笙子と同じだった。

「で、俺らは助かりそうなのか」

自分が死視されたとは知るよしもない健児が、真顔で訊《き》いてきた。

「……まだ、何とも言えません」

怒り出すかと思っていると、彼は苦笑しながら、

「正直でいい。君ならどうにかしてくれそうな気に、段々となってきたよ」

それから残りの時間を使い、茶木笙子と同様の検討を続けた。だが、そこから得られるものは何もなかった。

三人目は管徳代だったが、峰岸柚璃亜も同行していた。わざわざ会社を休んで来たらしい。本当に友だち想いである。

俊一郎は徳代の死相を確認すると、あとは一切の無駄話をせずに、とにかく徹底的に他の四人の履歴と徳代との比較検討を、柚璃亜を入れた三人で試みた。しかし、はかばかしい進展はやはり得られない。むしろよけいに混沌《こんとん》としていくようで、なんとも気分が沈むばかりである。

「どう考えてもヨーコと出口秋生さんは、無関係に思えるんですけど」

ついに柚璃亜が音をあげた。

「この二人は、言わば部外者じゃないですか」

「でも……」

と徳代がつぶやく。二人にも他の者と同じ死相が出ているのだ。その事実の前には、まったくどうしようもない。

俊一郎は少し迷ったが、電話で祖母が口にした推測――無辺館の呪術的な仕掛けが、

たまたま管徳代を拾ったのかもしれない——は、あえて口にしなかった。いたずらに希望を与えるだけで、何の解決にもならないと判断したからである。

引き止める柚璃亜に、曲矢が「時間なので」と事務的に告げて、四人目の佐官甲子郎の部屋へと向かう。

「君が死相学探偵か」

甲子郎の反応は、それまでの誰とも違っていた。死相に対する疑いや恐怖、または俊一郎自身に覚える何らかの感情といったものではなく、どうやら死相学探偵の活動に異様なまでの興味を持っているらしい。

そのため会話も、もっぱら俊一郎に対する甲子郎の質問となった。いつから死相が視えるようになったのか。それはどのように映るのか。死相には種類があり、分類できるものなのか。死相と死因の因果関係は——と、次から次へと訊いてくる。

入室と同時に死視して、甲子郎の消えぬ死相を確かめた俊一郎は、とりあえず言葉は少ないながらも相手の疑問に答え続けた。そうしたのは佐官甲子郎という男に、どうしても好意を持つことができなかったからである。

彼が監督した作品は大好きなのに、本人に抱く気持ちがまったく反対であることに、俊一郎は戸惑った。

いくら離婚の準備を進めていたとはいえ、あんな形で妻が惨殺されたのに、それを気に病んでいる様子が少しもない。入院中の娘の見舞いに一度も行っていないことは、万寿会病院の小児病棟の看護師長から教えられている。これでは夫として、また父親として、さすがにまずいだろう。しかし本人は、まったく気にしていない。それが如実に伝わってくるのだ。

日本中の死相が出ている者を、お前はすべて救えるのか。

曲矢の言葉が痛烈によみがえる。まして甲子郎は通りすがりの人物ではない。依頼人でこそないが、完全に事件の関係者なのだ。それを虫が好かないからといって、見放して良いわけがなかった。

遅まきながら反省した俊一郎は、甲子郎を促して伍骨の刃《やいば》の『伍《ご》』の検討に入ろうとした。だが、今度は呪術についての質問をはじめる始末である。

この人は死ぬのが怖くないのか……。

常人とはあまりにも違う言動に、俊一郎が空恐ろしくなっていると、そこへ曲矢が顔を出した。思わずほっとしたのも束の間、

「君の取材をしたいんだが、どこに連絡すればいい？」

佐官甲子郎にそう尋ねられ、心底ぞっとした。

俊一郎は返答せぬまま部屋を出て、五人目である出口秋夫が待つ部屋へと、そのまま入った。

出口は合同慰霊祭で見たときと同様、相変わらず顔色が悪かった。身体のほうは快復しているはずなのだが、まだまだ精神的なダメージが残っているのだろうか。体格が良いだけに、青白い容貌《ようぼう》が妙にアンバランスに映り、なんとも痛々しい。死相も相変わらず視えていた。

そんな彼が俊一郎に問いかけたのは、次の二点だった。

「ホラー殺人鬼に関する新たな手掛かりは、何か見つかったのでしょうか」

「どうして私に、死相が現れているのですか」

危うく殺されそうになったのだから、彼が犯人の情報を欲するのも無理はない。せっかく助かったのに、再び死の危険にさらされていると知らされ、なぜ自分が……と理不尽な思いにかられている気持ちも、充分に理解はできた。

しかし、いずれの問いにも、俊一郎は満足に答えられない。それが分かったのか、出口は急に黙ってしまった。その様子は、まるで諦観《ていかん》しているかのようだった。

すべてを受け入れて死んでいく……。

一度は命を失いかけた経験が、彼をそうさせるのだろうか。

一言も口をきかなくなった出口秋生を前に、いたたまれなくなった俊一郎は、まだ時間が残っているにもかかわらず、その部屋を出てしまった。

「大丈夫か」

すかさず曲矢が近づいてきて声をかける。

「疲れた顔してるぞ」

だが俊一郎は曖昧《あいまい》にうなずいただけで、曲矢と共に新恒の待つ会議室へと急いだ。実は伍骨の刃の「伍」に関するひとつの可能性が、そのとき、ふっと閃《ひらめ》きかけたからである。

新恒の顔を見るなりそう伝えると、珍しく警部は興奮した口調で、

「いったい何ですか」

「第一の無辺館事件が、佐官甲子郎の『西山吾一惨殺劇場』に捧《ささ》げられたのだとすれば、第二の無辺館事件にも、同じ監督の別の作品が選ばれているのかもしれない――と思いつきました」

「なるほど。その作品とは？」

「不条理系ホラーの『首斬り運動部』です」

「なぜ、あれなんです？」

どうやら新恒は、ちゃんと作品を観ているらしい。

「あの作品は、高校の運動部のキャプテンばかりが斬首される話でした。管徳代は高校時代に、テニス部のキャプテンだった。出口秋生は運送会社内の野球チームで、現在キャプテンを務めています」

そこまで聞いて、すかさず新恒があとを続けた。

「茶木笙子さんはマンション内で結成された、バレーボール・チームのコーチをしていますね。しかも中学と高校ではキャプテンだった。石堂誠さんは学生時代に、佐官甲子郎さんとフットサル同好会を立ち上げている。二人が交代でキャプテンをしたとも考えられます。大林脩三さんは水泳で国体に出ていますので、やはりキャプテンだったとしてもおかしくはない」

「残るは鈴木健児か」

「彼だけど——」

曲矢のつぶやきに、健児が町内会の草野球チームにおける監督とキャプテンについて口にした台詞《せりふ》を、俊一郎が伝えた。

「つまり鈴木健児も過去に、草野球チームのキャプテンをやった経験があるかもしれんってわけだ」

「第二事件の被害者候補の方々を結びつける輪は、『キャプテン』という言葉ですか」

考えこむ新恒に対して、俊一郎が応《こた》えた。

「だからこそ自分が呼ばれたような気がした……と、そう感じた者が多かった」

「辻褄《つじつま》は合うじゃねぇか」

「でも——」

「しかし――」

単純に納得する曲矢と違い、俊一郎と新恒はほぼ同時に、それぞれ否定的な言葉を吐こうとした。

「いったい何だよ」

むすっとする曲矢に、新恒に手ぶりで促されて、仕方なく俊一郎が口を開いた。

「そんなことのために、わざわざ黒術師は無辺館に仕掛けを施したのかな」

「お前、何を言ってんだよ。黒術師は無差別連続殺人を起こさせるために、五骨の刃を犯人に与えたんだろ」

「うん。けど、それは単に与えただけだ。無辺館のような大きな建物に、大掛かりな呪術的装置を張り巡らすのとは、まったく訳が違う。そうまでしてホラー殺人鬼の願いを――それも『首斬り運動部』に捧げた連続殺人という妄想を――叶《かな》えるとは、ちょっと考えにくいんじゃないか」

「…………」

黙ってしまった曲矢に、新恒が声をかけた。

「運動部のキャプテンという共通点は、なかなか目のつけどころが良いと、私も思いました。ただ、どうしてそのキーワードを選んだのか、犯人の動機が少しも見えてこない。ここまで大仰なことをしている以上、何か動機があるはずです」

「世間でホラー殺人鬼と呼ばれている犯人の、ここが変だからじゃないんですか」

自分の頭を指差す曲矢に、俊一郎が応えた。

「その点は間違いないし、黒術師はホラー殺人鬼以上の狂気に支配されていると思う。だけど、おのれの妄想のために無差別連続殺人を引き起こすホラー殺人鬼より、黒術師は数百倍も狡猾《こうかつ》なはずだ。無意味な仕掛けなど、まずしないよ」

「それにですね」

と新恒が続けた。

「被害者候補の方々の共通点が、もしキャプテンというキーワードだったとしたら、いくら何でも黒捜課の捜査員たちも気づいたと思います」

「……そりゃそうですね」

やや間があってから曲矢は賛同すると、すかさず俊一郎に凄《すご》んだ。

「警察をなめんじゃねぇぞ」

「いずれにせよ、確かめてみましょう」

そう言うと新恒は部下を呼んで、鈴木健児と佐官甲子郎の二人に事実確認をして、かつ大林脩三の水泳歴を調べるように指示した。

大して待つまでもなく結果が出た。三人ともキャプテンを務めた経験は、一切ないと分かったのだ。

「八方ふさがりですか」

珍しく弱音をはく新恒に、俊一郎が頼んだ。

「もう一度、万寿会病院に行きたいのですが」

「佐官美羽ちゃんに会うためですね。しかし、しゃべりますか」

「この前は『扉』と言ってくれました」

「そうだけど、一言だけじゃなぁ」

どうしようもないという顔を曲矢がしている。

「その一言が手掛かりになると、弦矢くんは感じていらっしゃる？」

新恒の問いかけに、だが俊一郎は曖昧《あいまい》にうなずくことしかできなかった。そこまでの確信があるわけではないからだ。

「頼りねぇなぁ」

さっそく曲矢には突っこまれたが、新恒は違っていた。

「被害者候補の方々の百万遍の言葉よりも、佐官美羽ちゃんの一言のほうが、この事件に光明を照らすのではないか――と、きっと弦矢くんは経験から感じとったのでしょう。そういう勘も大切です」

「経験ねぇ」

ぼそっと曲矢が皮肉るように言った。だが新恒は気にした風もなく、すぐに病院へ連絡を入れようとした。そこで俊一郎は少し迷ったものの、山口由貴のことを警部に伝えた。そのほうが便宜を図ってもらえると思ったからだ。

「あんときの女か」

すっとんきょうな声を出す曲矢の横で、新恒が山口由貴に電話をかけ、折り返し彼女から今日の訪問時間の返事があって、すんなり佐官美羽との二度目の面会が決まった。

遅めの昼食をとってから、いったん俊一郎は探偵事務所へ戻った。

「まだ時間があるからいいけど、何の用だ？」

不審がる曲矢に、「ちょっと」とだけ答える。まさか僕に頼みごとをするためとは、とてもではないが言えない。

事務所の扉を開けると、ソファの上で寝ていた僕が「お帰り」とばかりに、にゃーと鳴きながら顔をあげた。

「すぐに出かけなきゃならない」

そう応えつつ俊一郎はキッチンへ行くと、冷蔵庫の奥に隠してある笹かまぼこを取り出し、適当な大きさに切って差し出した。

にゃう、にゃう、にゃう。

大喜びしながら食べる僕に、そっと俊一郎が囁《ささや》きかける。

「頼んだぞ」

しかし、大好物の笹かまぼこを食べ終わった僕は、満足そうに口のまわりを舌でなめるばかりで、まったく何の反応もない。

そんな姿を見ているうちに、なんだか俊一郎は不安になってきた。

あの錆虎猫って、お前だよな？

思わず尋ねようかと思っていると、顔をあげた僕と目が合った。

にゃ？

つぶらな瞳《ひとみ》に見つめられているうちに、とにかく信じるしかないと感じた。仮にあの猫が僕でなかったとしても、きっと現れてくれるに違いない。

「じゃあな、行ってくる」

何かを物語るような僕の眼差《まなざ》しに見送られ、探偵事務所をあとにした俊一郎は、曲矢が待つ覆面パトカーへ乗りこんだ。そこからは一路、佐官美羽が入院している病院を二人は目指した。

万寿会病院の小児病棟では、この前の看護師長と山口由貴の二人に出迎えられ、少しびっくりする。曲矢に対する看護師長の態度は冷やかだったが、逆に俊一郎は歓迎しているようで、にこにことした笑顔を向けられた。

「この前あなたが来たあと、美羽ちゃんが少しずつしゃべるようになったのよ」

っても朗報だった。

「そうなんですか」
なぜ看護師長の対応が良いのか、これで分かったが、この知らせは俊一郎たちにと
っても朗報だった。
ただし俊一郎が曲矢と顔を見合わせ、お互いに安堵《あんど》の表情を浮かべると、看護師長
が申し訳なさそうな口調で、
「ところが、やっぱり事件の話はまだ駄目なの」
「……ですよね」
とたんに二人とも顔が強張《こわば》った。だが、俊一郎には心強い味方がいる。今はそれだ
けが心の支えである。
看護師長と山口由貴の案内を断わると、俊一郎はひとりで佐官美羽の病室へ向かっ
た。いったん扉の前で立ち止り、深呼吸をして中へ入る。
「こ、こんにちは」
二度目なのに緊張してしまった。しかし、美羽は違っていた。
「あっ、僕にゃんのお兄さん」
俊一郎を見るなり、そう言ってくれた。あくまでも「猫の僕」が先なのはどうかと
思うが、彼女の場合は仕方がないかもしれない。
けど、せめて「探偵のお兄さん」と呼んで欲しい……。

つい心の中でぼやいていると、足元でおなじみの気配がした。

あっ……。

彼が声をあげる間もなく、するっと例の鯖虎猫が現れた。

「僕にゃん！」

その瞬間、美羽が嬉《うれ》しそうに小さく叫んだ。

とっとっとっと猫はベッドに近づくと、ぴょんと飛びあがり、みゃうみゃうと甘えた声を出しながら、少女とじゃれ合っている。

やっぱり僕……だよな？

どうしても確信が持てなかったが、美羽と猫との微笑ましい様子を、俊一郎は温かく見つめ続けた。

今回は事件に関する話を、何ひとつするつもりはなかった。彼が探偵であり、あの事件を調べていて、手掛かりを探していることは、ちゃんと前に伝えてある。いたずらにくり返さずとも、少女は覚えているはずだ。

この子が自ら話すのを待とう。

そう俊一郎は決めていた。とはいえ、いつまでも待ってはいられない。前回と同様、充分に猫と触れ合う様を見届けてから、彼は病室をあとにする。そのとき彼女が口を開けば良し、駄目なら諦《あきら》めるしかない。一か八かである。

猫と遊び出して五分が過ぎるころから、美羽がこちらを気にし出した。ちらちらと視線を送ってくる。この前と同じ反応である。

「まだ時間はあるからね」

そう告げると、なおも俊一郎を気にしていたが、そのうち猫との遊びに没頭し出した。何と言ってもまだ四歳である。

いや、年齢の割には、とても深く今の状況を理解してるのかもしれない。

そんな風に俊一郎は受け止めた。言葉は悪いが、そこが彼の狙い目だった。普通の四歳児とは違うところに、今は期待するしかない。

さらに五分が経った。いかに特別な許可をもらっているとはいえ、そろそろ面会時間も限界だろう。

「美羽ちゃん、そろそろ僕にゃんは、帰らないといけないいんだ」

「探偵さんのお手伝いをするため？」

はきはきとした声で質問が返ってきたので、俊一郎は驚いた。看護師長の言った通り、美羽は目覚ましく快復しているようである。

「そうだよ」

「僕にゃんはユウシュウ？」

とっさに分からなかったが、頭の中で「優秀」と漢字に変換されたとたん、俊一郎は思わず笑っていた。

「うん、探偵の助手として、とっても優秀だよ」

「えらい、えらい」

彼女に頭をなでられ、うっとりとした顔を猫がしている。

「それじゃ、お兄さんは先に帰るから」

そう言って美羽に背中を向ける。ここから扉のノブに手をかけるまでが、言わば勝負だった。この間、少女が何も口にしなければ、潔く諦めるしかない。しかし、俊一郎は希望を持っていた。

「……しぃ」

案の定、背後から美羽の声が聞こえた。

「……まぁ」

それは前回と同じような物言いだった。まるで喉《のど》の奥から絞り出すようにして、一語ずつしゃべっている感じである。

「……るぅ」

三語で終わったところも、この前と同様だった。しかも、以前の「とびら」という単語と、どう考えてもつながる動詞を、少女は口にした。

……しまる。

つまり「閉まる」という意味ではないか。

……扉、閉まる。

ただし依然として、その扉がエレベータのものか、トイレのものかの区別がつかない。どちらの可能性もある。

果たしてどちらの扉なのか。

その閉まる扉の向こうに、いったい美羽は何を見たのか。

俊一郎はその場に佇《たたず》んだまま、一時とはいえ少女と僕の存在も忘れて、この問題について深く、どこまでも深く考えこんでしまった。

十六　次の犠牲者

金曜日の夕方、旭書房を定時に退社した茶木笙子は、JRの水道橋駅から各駅停車に乗り、その慣れない混雑ぶりに辟易《へきえき》していた。

こんな時間に帰ることなんて、まずなかったものね。

フレックス・タイム制のため、朝は十時までに出社すれば良かった。直行する用事がある場合は、もっと遅くなる。残業は当たり前で、月のうち三分の一は終電で帰っているだろうか。あとの三分の二が早く帰宅できるかというと、そうではない。いつも九時か十時ごろまでは会社にいる。仕事で出かけた先から夜遅くに直帰することも、決して珍しくなかった。

それが今では、定時に帰ってるんだもの。

早々と帰宅する理由は、もちろん夜道を歩くのが怖いから……である。

十二月も中旬に入ろうかというこの時期、日暮れが近づいたと思ったら、またたく間にあたりは暗くなる。そういう意味ではたとえ定時に帰ろうと、夜道を歩かなければならないことに変わりはない。ただし、この時間帯だと電車の混み具合からも分かるように、とにかく帰宅者が多いのだ。

笙子が住む〈ハイランド・コーポ〉は、武蔵小金井駅から二十分も歩かなければならない。そのせいか降車した駅から離れるにつれ、次第に家路をたどる人の数が減っていくのが常だった。ふと気づけば、いつの間にか彼女しかいない。まだコーポまでは距離があるのに、暗くて淋《さび》しい夜道を、たったひとりで歩いている。

とはいえよほどの怖がりでない限り、この年齢になれば夜道が恐ろしいなどと感じることは、まずない。仕事柄、深夜の帰宅も多いため、もはや慣れてしまっていた。

ところが、そんな人通りのない夜道で、後ろからぞっとする視線を感じ、自分を尾《つ》けているような足音が聞こえ、ふっと卵が腐った感じに近い臭気が漂い、訳の分からない囁《ささや》き声のごときものが耳につく……という体験を立て続けにしたら、いったいどうだろう。

しかも時を同じくして、いきなり警察から無辺館殺人事件の合同慰霊祭への出席を促され、そこで自分に死相が出ているという信じられない事実を伝えられたうえ、最近の一連の怪異もそれに関係しており、すべてはあの事件に端を発している……と教えられたとしたら、どうだろうか。

笙子は何のためらいもなく、夜型だった仕事を朝型に切り替えた。うんと出社を早め、その代わり定時に退社する。それでも終わらない場合は仕事を持ち帰る。最初は身体が慣れずにきつかった。しかし今では、朝型のほうが仕事ははかどった。もっと出社時間を早めて、夕方の退社にできないかと、ここ数日は考えていたほどである。

なぜなら帰宅途中の夜道で覚える怪異の数々が、最近急に濃くなった気がして仕方がないからだ。

じぃーと見つめられる厭《いや》な視線。

したしたした……とあたりに響く気味の悪い足音。

うっと吐き気がこみあげてくる酷《ひど》い臭気。

しゅしゅしゅ……と空気を切り裂くような囁き声。

それらが次第に強くなって、彼女に近づいていた。確実に迫ってきていた。

警察に相談すると、護衛をつけると言われた。最初は安堵《あんど》したが、何の役にも立たないと分かり、今では断わっている。一連の怪異の何ひとつとして、護衛の警察官には認識できないらしいのだ。それでは、まったく護衛の意味がない。

本来なら会社に一週間ほどの休職届を出して、実家にでも逃げ帰るべきなのかもしれないと、実は笙子も思っていた。

警察が動いている以上、死相や黒術師や伍《ご》骨の刃《やいば》などという一概には信じられないものも、おそらく本当に存在するのだ。それなのに普段通りに出社して、何事もなかったかのように仕事をしている。どう考えても異常である。

けど……。

実際に休むとなると抵抗があるのも事実だった。休職届の理由はどうとでもなるが、心のどこかで「こんなことのために？」というためらいがあるのだ。いや、やはり疑いというべきか。

自分に死相が出ている……。

この驚くべき指摘を受け入れたはずなのに、休職という現実問題になると、どうしても躊躇《ちゅうちょ》してしまう。自分に降りかかっている災厄が、あまりにも非日常的なものだからだろうか。

……あの男の子。

弦矢俊一郎を最初に認めたのは、合同慰霊祭の記帳台だった。台の奥で、目つきの悪い男性と並んで座り、記帳している参列者をひとりずつ、まるで観察するように見つめていた。もちろん、あのときは彼が誰で、何をしているのか知らなかった。ただ、妙に印象には残っていた。

男の子って年齢じゃないけどね。

しかし、青年と呼ぶにしては、どこか幼さが感じられた。それも危うい幼さとでもいおうか。誰かが面倒を見なければ、とんでもないほうへ流れていってしまう。そんな不安を覚えてしまったらしい。

この気持ちは昨日、警視庁でじかに会っても変わらなかった。むしろ増したかもしれない。彼女の死相についての話し合いだったのに、ともすれば彼の身を案じている自分がいた。これは母性本能なのだろうか。

不思議だったのは弦矢俊一郎に感じた危うい幼さが、前もって警察から説明を受けていた、彼の死相学探偵としての能力の疑いに、まったくつながらなかったことである。むしろ見た目は頼りなく映るのに、なぜか安心感があるのだ。

この子なら助けてくれるかもしれない。

彼と話している間に、何度も絶望したにもかかわらず、常にそう思っていた。何の根拠もないのに、おかしな話である。

でも、やっぱり無理なのかな……。

電車が武蔵小金井駅に着き、少なくない数の乗客とともに降車した笙子は、駅舎を出て地元では「坂下」と呼ばれる南方向へ歩きながら、そんな不安を覚えた。

自分が死ぬのはいつか。

この疑問には、警察も俊一郎も答えてくれなかった。死ぬ日時までの予測など不可能なせいか、本人に知らせるのは酷と判断したのか、いずれかだろう。ただ笙子には、それが近いような気がしてならない。

こうして家路をたどり、次第に人通りが減っていく夜道を歩いていると、決まってそう思えてくる。

ひょっとすると今夜が……。

そんな恐怖を覚えるたびに、さっさと仕事など放りだして、どうして実家に帰ってしまわなかったのか、と自分を責めはじめる。もっとも、どこかへ逃げても何の解決にもならない、と警察には言われていた。関係者を手元に集めておきたいための方便ではないか、と最初は疑ったが、きっと事実なのだろう。

しかし、知り合いなど誰もいない土地で、たったひとりで死んでいくのだとしたら、悲し過ぎる。それなら実家で、両親と弟と妹、犬と猫と少しでもいっしょに暮らして、そうして看取《みと》られるほうが、どれほど良いかしれない。

でも……。

病気で死ぬわけではない。訳の分からない理不尽な呪術によって殺されるのだ。そんな姿を家族に見せるべきではないだろう。娘や姉が死んだという以上の悲しみと苦しみを、みんなに与えてしまうことになる。

そのとき突然、ぞっとする例の視線を笙子は感じた。ただし、これまでは物陰から覗《のぞ》き見するような感じだったのに、今夜は道の真ん中に立って、じっと彼女の後ろ姿をねめつけている気配がある。

とっさにふり返りかけて、笙子は思い留《とど》まった。何を目にするはめになるか分からない以上、不用意にふり向くべきではない。

した、した、した……。

すると、あの無気味な足音が背後から聞こえてきた。忌まわしい眼差《まなざ》しを持つ何かが、彼女のあとについて歩いている。

したしたした……。

その気配が急に、彼女の後ろに迫《せ》り出した。一気に追いあげて、彼女に追いつこうとしているのだ。

いつもと違う！

速足になりながらも、笙子の両脚はがたがたと震えていた。

ふり切って逃げなきゃ。

走り出そうとしたところで、ふっと異臭が鼻についた。その臭いは、たちまち酷い悪臭となって彼女を取り巻き、その場で足を止めさせてしまった。

吐きそう……。

思わずしゃがんだ笙子の頭上で、空気が鋭く動いた。

しゅっ、しゅっ……。

それは囁き声などではなく、まるで鋭利な刃物をふり回しているような、そんな物騒な物音だった。

次の瞬間、ぞわっとうなじが粟立《あわだ》った。あたかも冷水を背筋に流しこまれたごとく、その粟立ちが背筋を伝い下りていく。

首筋に痛いほどの視線が突き刺さっている。

した……と足音が、彼女の真後ろで止まった。

さらに吐き気をもよおす異臭が強まる。

しゅっ、しゅっ……と何か忌まわしいものが、彼女に向かってふり下ろされ――。

あぁ私、こんなとこで死ぬんだ……。

とてつもない絶望に茶木笙子が包まれた刹那《せつな》、

「××××！」

背後から叫び声が響いた。その言葉を耳にした彼女は一瞬、自分が呼ばれたような気がした。

そのとたん、すべての悍《おぞ》ましい気配が霧散した。

仰天しつつも恐る恐るふり返ると、そこには余裕のない表情を浮かべた、あの弦矢俊一郎が立っていた。

十七　真相

「本日は、ようこそお出《い》で下さいました」

弦矢俊一郎が陽気な声であいさつをした。だが、朗らかなのは彼ひとりである。その場にいる全員が、とても不安そうな顔をしている。例外なのはポーカーフェイスの新恒警部と、苦虫をかみつぶしたような顔の曲矢刑事くらいだろうか。

からくも茶木笙子の命を俊一郎が救った金曜の夕方から、二日後の日曜の昼下がり、彼は事件関係者の全員を、あろうことか無辺館の一階ホールに集めていた。

「なんであそこなんだよ?」

事前に俊一郎が要望を出すと、曲矢に難癖をつけられた。

「なんでって、事件の解決をするために決まってる」

「だから、それをどうして無辺館でやる必要がある?」

「すべては、あの館からはじまったからさ」

「だとしても、わざわざ現場に関係者を集めるこたぁねぇだろ。それとも何か。そうしなきゃなんねぇ理由でもあるのか」

「もちろん、謎解きのための雰囲気作り」

「て、てめぇ」

今にも爆発しそうな曲矢を、「まぁまぁ」と新恒がなだめた。それから俊一郎に再確認したかと思うと、あっさり彼の希望を聞き届けてしまった。これには曲矢も度肝を抜かれたようだが、警部の許可が出た以上、さすがにもう文句はつけられない。

そんな経緯から曲矢は面白くなさそうな顔で、ホールに運びこまれたパイプ椅子に座っていた。横の新恒が少しも感情を表に出していないため、よけいに刑事の不機嫌さが目立っている。

しかし、それほど対照的な二人を気にしている者は、まったく誰もいなかった。みんなの視線は、ひとりだけ立って歩き回っている弦矢俊一郎に向けられていたからだ。

この日、ここに集められたのは、第二の無辺館事件の被害者候補と見なされた旭書房の茶木笙子、関東特殊造形の鈴木健児、天谷大学の管徳代、ホラー映画監督の佐官甲子郎、金丸運送の出口秋生の五人。

それに鈴木健児の姉で、茶木笙子と同じマンションに住み、同じバレーボール・チームに属している井東佐江、管徳代の友人の峰岸柚璃亜、彼女たち二人と無辺館で肝試しをした長谷川要人と湯浅博之、第二の無辺館事件の最初の被害者と目される劇団・螺旋の石堂誠の妹の石堂葉月、出口秋生の会社の後輩の大橋明の六人。

改めて全員の紹介を簡単にすると、俊一郎は意味ありげな口調で、

「つまり探偵の僕をのぞき、ここには十三人いらっしゃるわけです。無辺館という曰《いわ》くのある場所に集められたのが、よりによって十三人とは……」

そのとたん、はっと誰もがお互いの顔を見合わせた。しかし、目が合うと慌ててそらしている。まるで相手を見つめることで、その人の死相が視《み》えてしまうことを、あたかも恐れるかのように……。

またたく間に異様な雰囲気が、ホールに座った人々の間に漂いはじめた。

「アホか」

それを曲矢が、たった一言でぶち壊した。

「その十三人には、警部も俺も入ってるんじゃねぇか。探偵のお前をのぞくんなら、

警察官ものぞくのが筋ってもんだろ」

「そうしたかったんですが、それだと十三人にはならないので――」

「探偵ごっこに必要な雰囲気作りとやらはええ加減にして、さっさと事件の謎解きをはじめろ」

「承知しました」

　いざ事件を解決するとなると、ひとが変わったように、決まって丁寧な口調になる俊一郎を、口を「へ」の字にして曲矢が眺めている。彼とは対照的に、新恒はその変化を面白がっているみたいだったが、ここで確認の言葉をはさんだ。

「みなさんには事前にご連絡したように、もう死相は現れていない――そういうことですよね。実際に弦矢くんが視たのは、茶木笙子さんおひとりでしたから、念のためにもう一度ここで確かめておきたいのですが」

「大丈夫です。第二の無辺館事件の被害者候補の方々は全員、きれいに死相が消えています。ここに集まられたとき、真っ先に確認したので間違いありません。どうかご安心のほどを」

　この瞬間、無辺館という忌まわしい場所には少しも似合わない、ほっとした安堵感《あんどかん》がホールに広がった。みんなが周囲を見回し、目が合った誰とでも微笑みを交わしている。

「どうやって消したんですか」

峰岸柚璃亜が質問をすると、それに続けて茶木笙子が、

「あのとき私に呼びかけた言葉が、全員に共通するキーワードだったわけですよね。伍《ご》骨の刃《やいば》とかいう呪法の、その『伍』を意味する……」

「そうです」

俊一郎はうなずいてから、いよいよ事件の謎解きにとりかかった。

「今回の事件が非常に特異なのは、無辺館で催された〈恐怖の表現〉展のパーティを舞台とした無差別連続殺人事件と、その後に起きた第二の無辺館連続殺人事件と、二つの事件が存在したことです」

「どちらも黒術師が関わっていました」

新恒がその名を口にすると、ざわざわっと声にならない不安なざわめきが、全員の間を駆け巡った。

「はい。最初の事件には五骨の刃が、次の事件では漢字の異なる伍骨の刃の呪法が、それぞれ使われました。ですから二つの事件の黒幕が、あの黒術師であることは、まず間違いないと思います。にもかかわらず僕は、ずっと違和感を覚え続けていたのです」

「第一と第二の事件の、その様相の違いにですか」

新垣が確かめる。

「おっしゃる通りです。ひょっとすると我々は、大いなる勘違いをしていたのではないでしょうか」

「どんな？」

つっけんどんな口調で曲矢が訊《き》くと、

「第一と第二の事件の犯人が、同一人物だと思いこんでしまったこと」

「……何だって？」

曲矢だけではなかった。新恒をふくめた全員が、何を言っているのかという表情で、俊一郎を見つめている。

「黒術師は第一の事件で、ホラー殺人鬼に五骨の刃を与えました。その異形の凶器を使って犯人は、佐官監督の『西山吾一惨殺劇場』にオマージュを捧《ささ》げるような無差別連続殺人事件を起こした。ところが失敗してしまったので、別の伍骨の刃をホラー殺人鬼に与え、第二の無辺館事件を成功させようとした——というのが、これまでの解釈だったわけですが、二つの事件を比べると、どうにも妙です。最初はホラー殺人鬼に自ら手を下させたのに、どうしてリベンジマッチではそうさせなかったのか。リベンジだからこそ、本人の手でやる意味があるのではないでしょうか」

「そうしなかったのは、犯人が違っていたから？」

曲矢の確認に、俊一郎がうなずく。

「けど、どうして犯人を代える必要が……あっ、失敗したからか。それで黒術師は、ホラー殺人鬼に愛想をつかして、新しい犯人を……って、何かおかしくないか」

「ええ、変ですよね」

にこっと笑いながら俊一郎が続けた。

「そこまで黒術師が無辺館事件にこだわる理由があったとは、ちょっと思えません。失敗したと言っても、それはホラー殺人鬼側から見た場合です。凄惨《せいさん》な事件さえ起こせれば満足なはずの黒術師からすれば、四人もの命を奪った無辺館連続殺人事件は、きっと成功の部類に入ったのではないでしょうか」

「そうだよな」

「第二の無辺館事件が、仮にリベンジ連続殺人だったとしたら、もっと早くに犯行を再開していませんか。第一の事件から約七ヵ月もの月日を空ける必要など、まったくなかったのではないでしょうか」

「だとすると黒術師は、なぜ第二の無辺館事件を、その時期に起こしたんだ？」

「第一の事件で思いもよらぬ殺意が生まれたことを、そのタイミングで知ったからです」

「えっ」

驚く曲矢の横で、新恒が口を開いた。

「第二の事件が起きたのは、第一の事件に原因があったせいだと？」

「はい。第二の事件の犯人の動機は、第一の事件にあったのです」

「その犯人とは、いったい誰です？」

「佐官美羽ちゃんです」

誰もが絶句したのが分かった。しかし、すぐに曲矢が突っこんできた。

「おい、相手は四歳の女の子だぞ」

「だからこそ黒術師は、もう一つの伍骨の刃を与えたのです。あれなら本人が手を下す必要はありません。いえ、それ以前に伍骨の刃でなければ、美羽ちゃんの殺意を上《う》手《ま》く取り扱うことができなかったのです」

「どういうことか――」

説明を求める曲矢を、珍しく新恒はさえぎりながら、

「佐官美羽ちゃんの意識が戻ったのは、先々週の木曜でした。第一の無辺館事件から、ほぼ七ヵ月後です。その彼女のもとを、黒術師が訪ねたってことですか」

とても厳しい表情で俊一郎に問いかけた。

「おそらく本人ではないでしょう」

「手下のような役目を果たしていると思われる、あの黒衣の女ですね」

「看護師長がおっしゃってました。美羽ちゃんの身内よりも、事件の遺族の見舞いのほうが多いと。でも看護師長は、どうして見舞い客が事件の遺族だと考えたのか」

「その女が喪服のような黒い衣服を着ていたから……」

「ではないかと気づきました」

「石堂誠さんが亡くなられてから五日後に、大林脩三さんは絶命された。その五日後に、茶木笙子さんが襲われました」

新恒の意味ありげな物言いに、俊一郎が応《こた》えた。

「石堂誠さんの死から五日さかのぼると、ちょうど佐官美羽ちゃんが意識を取り戻した日になります」

「なるほど」

「もっとも美羽ちゃんを疑ったのは、口にした彼女の言葉からです」

「……扉、閉まる」

曲矢のつぶやきを受けて、俊一郎は病室での二回にわたる佐官美羽とのやり取りを説明してから、

「この扉とは、美羽ちゃんのお母さんの佐官奈那子さんが殺害された現場から見える、トイレかエレベータのものではないかと推察できます。トイレはホラー殺人鬼が着替えに入った場所で、エレベータは殺人鬼が逃走に使用したのでしょう」

「いずれにしろ美羽は、そのとき犯人の手がかりとなる何かを見たか、聞いたかしたわけか。けど、それで犯人の特定まではできなかった。だからもう一つの伍骨の刃を使って、その手がかりに当てはまる人物全員を殺そうと考えた。いや、そう仕向けたのは、もちろん黒術師だろうけど」

「伍骨の刃の使い方は合っています」

曲矢の推理を、いったん俊一郎は肯定したが、

「ホラー殺人鬼を目にした大人は、それこそ何人もいました。にもかかわらず、その正体に迫る犯人の情報を提供できた人は、誰もいませんでした。いくら犯行現場にいたからとはいえ、四歳の美羽ちゃんだけに気づけるような手がかりが、そう都合良くあったとも思えません」

「それは……」

「しかも美羽ちゃんが口にしたのは、どう考えてもホラー殺人鬼の手がかりとは程遠い、『扉、閉まる』という言葉でした。仮に彼女が犯人について何かを知っていたのだとしても、それ以上に衝撃的な出来事があったため、肝心の手がかりよりも、強烈に記憶に残ってしまった何かのほうを、この言葉で表現しようとしたのではないだろうか——と僕は考えてみたのです」

「それほど衝撃的な出来事って何だ？」

「ホラー殺人鬼に襲われた佐宮奈那子さんが、そのとき、まさにエレベータで逃げようとしている人に、必死に美羽ちゃんを助けてくれと懇願したにもかかわらず、彼女の目の前で無情にも扉が閉められてしまった……という出来事です」

「そんな……」

あちこちで息を呑《の》む気配がした。

「エレベータの扉だけでなくボタンにも、佐宮奈那子さんの血染めの指紋がついていたと聞いています。きっと彼女は、せめて幼い娘だけでも乗せて欲しいという一心で、ボタンを押し、扉を叩《たた》き続けたのではないでしょうか」

「つまり美羽が見たのは——」

「事件の犯人ではなく目撃者だったのです。しかし彼女は——おそらくその場の状況が原因でしょうが——その人物の顔を見逃してしまった。ひょっとすると姿さえ目にできなかったのかもしれない。だから母親と自分を見捨てて逃げたのが、どこの誰かまったく分からなかった」

「けど、何か手がかりがあったわけか」

「そうです。エレベータには目撃者の他に、おそらくもうひとり乗っていたのでしょう。あくまでも僕の想像ですが、おのれが助かるために慌てて扉を閉める目撃者に、そのもうひとりが抗議の声をあげた——としたら」

「よ、呼びかけたのか」

「そうではないかと僕はにらんでいます」

「何と？」

「かんとく――です」

あっという顔をした者と、怪訝《けげん》そうな表情を浮かべた者と、みんなの反応は二つに分かれた。

「美羽ちゃんにとって『かんとく』とは、ホラー映画監督であるお父さんの佐官甲子郎さんになります。でも無辺館のパーティには、他にも『かんとく』に該当する人々が、実は出席していました。その事実を親切にも黒術師は彼女に教えて、もう一つの伍骨《ご》の刃を与えたのです」

「母親を見殺しにした目撃者に、復讐《ふくしゅう》するためにか」

「はい。石堂誠さんは劇団・螺旋のプロデューサー兼舞台監督で、大林脩三さんは金融庁の監督局の職員でした。鈴木健児さんは関東特殊造形を略した関特にお勤めで、茶木笙子さんはマンションの住人によるバレーボール・チームのコーチですが、監督と呼ばれても不思議ではありません」

すかさず茶木笙子と井東佐江がうなずく。

「佐官甲子郎さんはホラー映画監督ですし、出口秋生さんは〈恐怖の表現〉展の現場監督だったわけです。無辺館のパーティに、もし映画監督が何人も招待されていたら、あっさりと『かんとく』のキーワードは判明していたのかもしれません。しかし実際には、佐官監督しかいなかった」

　ここで曲矢の反論を察した俊一郎は、すばやくその先を続けた。

「言うまでもなく舞台監督、スポーツチームの監督、映画監督と、金融庁の監督局、会社名の略称、作業現場の監督役とは、同じ『かんとく』という言葉を使っていても、完全に意味が違っています。これらが同じグループに属しているとは、誰も思わないでしょう。そもそも後者の人々が、第三者から『かんとく』と呼ばれることは、まずありません。しかし、黒術師が無辺館に仕掛けた呪術的装置には、そこまでの精度は望めなかった。そのため『かんとく』という四つの音に反応する記憶を持った人々すべてを、それは選出してしまったのです」

「つまり彼女は……」

　そう言いつつ曲矢が視線を送った先には、管徳代の姿があった。

「ええ、『かんとくよ』のお名前にふくまれる『かんとく』という四文字に、問題の装置が反応したのだと思います」

「親父ギャグにもなんねぇぞ」

　呆《あき》れ果てたような曲矢に対して、あくまでも俊一郎は真面目に応えた。

「これには、実は無理のない理由も考えられます。管徳代さんは、自分の名前が好きではありません。『管』と『徳』の漢字も気に食わなかった。そこで親しい人には残った『代』からの発想で、『ヨーコ』と呼んでもらっていました。つまり『管徳代』から『代』をのぞくと、『管徳』になるわけです。そんな彼女の潜在意識を、きっと問題の装置はひろってしまったのです」

「だからですか」

合点がいったという風に新恒が、

「夢や現実で、自分が呼ばれたような気がしたのに、その後で違ったかもしれないと感じた人が多かったのは、普段から『かんとく』などと、あまり言われ慣れてなかったからですね」

「はい。それからエレベータに乗っていたもうひとりが、目撃者として名乗りをあげなかったのは、その『かんとく』に脅され口止めされたか、もしくは自分でも関わり合いになるのを恐れたからでしょう」

「てことは――」

曲矢が何とも言えぬ表情を浮かべながら、

「佐官美羽の復讐の手伝いを、いみじくも黒術師がしたってことになるのか。いや、もちろん認められるもんじゃない。けど美羽からすれば、そうならないか」

「それは違います」

俊一郎の口調が急に厳しくなった。

「何が違うんだ？」

「目撃者が誰であるか、おそらく黒術師は知っていたからです」

「どうして？　特殊な力を使って調べたからか。そうでもしないと――」

と言いかけたところで、その正体の見当が曲矢にもついたらしく、ある人物の顔をしげしげと眺め出した。

「たった今、曲矢刑事も気づかれたように、目撃者を特定するのは簡単です。金融庁の監督局に勤めていた大林脩三さんや、関特の鈴木健児さん、金丸運送の出口秋生さんが、『かんとく』と呼ばれることは、先ほども指摘したように、まずなかったでしょう。管徳代さんも、当たり前ですが同様です」

鈴木健児と出口秋生の二人がうなずくと、管徳代も慌てたように首を縦にふった。

「そう呼ばれてもおかしくないのは、舞台監督だった石堂誠さん、バレーボール・チームのコーチである茶木笙子さん、ホラー映画監督の佐官甲子郎さん、この三人です。でもパーティの当日、石堂さんと茶木さんを『かんとく』と呼ぶような人が、果たして出席者の中にいたでしょうか」

「いなかったはずです」

井東佐江が発言した。

「関東特殊造形からパーティに出たのは、弟ひとりでした。マンションのバレーボール・チームのメンバーも、もちろん誰ひとりとして参加していません」

「残るのは佐官監督、あなたです」

その瞬間、佐官甲子郎の左側に座っていた管徳代を引っ張るようにして、峰岸柚璃亜が席を移動させた。右側に座る出口秋生は、ちらっと佐官のほうを見たが、あとはうつむいてしまっている。

自分の妻と娘を非道にも見捨てた佐官甲子郎に、ほぼ全員の厳しい視線が集中した。そんな中、とても険しい顔つきで新恒が、

「黒術師が無辺館に仕掛けた呪術的装置ですが、キーワードとなる『かんとく』を探し出す精緻《せいち》さなど、はじめから求めていなかったのかもしれませんね。むしろ引っかかる人間が多ければ多いほど良いと、黒術師は願っていたのではないでしょうか」

「きっとそうです」

即座に俊一郎が賛同した。

「黒術師がホラー殺人鬼に五骨の刃《やいば》を与えたのも、佐官美羽ちゃんにもう一つの伍骨の刃を使わせたのも、それで世間が騒ぐ事件を起こせるからです。いえ、そんな世の中の反応なんか、実はどうでも良いのかもしれません。人間が持つ手前勝手な欲望や

恨み辛《つら》みなどを殺意に変えて、凄惨《せいさん》な事件を発生させること自体が、おそらく黒術師の目的なのでしょう」

「一種のテロですね」

この新恒の一言で、佐官甲子郎に集中していた全員の意識が、無気味な謎の存在である黒術師へと一気に移ったように見えた。

「……すみません」

そのとき金丸運送の大橋明が、遠慮がちに片手をあげた。

「何でしょう？」

俊一郎が顔を向けると、彼は戸惑った表情で、

「うちの出口をはじめ、みなさんに共通していたのは、『かんとく』というキーワードだった、というご説明でしたが……。どうも出口先輩には、それが当てはまらないようなんです。確かに出口さんは、現場の責任者になることが多いです。でも、現場監督という感じじゃありません。そんな風に言われることも、私たちが呼ぶことも、まったくないんです。出口さん同様、『かんとく』と呼ばれない方は他にもいらっしゃるとのことですが、少なくとも『かんとく』という言葉が、ちゃんと肩書きやお名前などにふくまれています。しかし、出口先輩は違います。そうですよね？」

最後は会社の先輩である出口秋生に声をかけた。

「……言われてみれば、そうだな」

　本人も一応、大橋の指摘は認めたようだが、死相さえ消えたのなら、あとは別にどうでも良いと思っているらしく、その反応はかなり鈍い。

　だが、大橋は納得がいかないのか、

「出口さんの役目は、現場監督に近いものがあるかもしれません。でも、会社はそう考えていないでしょうし、現場の我々も同じです。普通に『出口さん』と呼んでいますし、役職名で呼ぶときは『主任』になります。とにかく『かんとく』という言葉そのものが、まったく先輩には無縁なんです」

　さらに戸惑った顔を大橋はしながら、

「それなのに、どうして出口さんにも死相が出たのですか」

　この問いかけに対して、俊一郎は当たり前のように答えた。

「もちろん、彼がホラー殺人鬼だからです」

　一瞬の間があって、出口秋生の右隣に座っていた大橋明が、「うぐっ」という奇妙な声をあげた。佐官奈那子殺しの目撃者だと指摘されたときも動じなかった佐官甲子郎でさえ、両目を丸くさせて出口を見つめている。

　今や女性たち全員が、出口秋生と佐官甲子郎の二人から距離をとって座っていた。逆に新恒と曲矢が、二人をはさむ形で椅子を移動させた。

「けど、こいつは被害者だろ。それも第一の？」

俊一郎の推理を信用しながらも、どうにも受け入れがたいのか、曲矢が確認した。

「いえ、第一の剣が使われたのは、最後でした。五番目だったのです」

「最後ぉ？　てことは何か、こいつは自ら被害者を装って、自分を容疑の圏外に置こうとしたのか。そのために危うく死にかけたっていうのか。有り得んだろ。それに、もし本当にそんなクレージーなことをしたんなら、第一の剣じゃなく第五の鋸《のこぎり》でやったんじゃないのか」

「五骨の刃は、第一の剣から順番に使わなければならない、という決まりは別にありません。だからこそ彼は、偏愛する佐官監督の『西山吾一惨殺劇場』に沿って連続殺人を実行することにしたのです」

「どういう意味だ？」

「彼は瀕死《ひんし》の状態で発見されたとき、『にし……せい……ざん……』と口走っています。これは意識が朦朧《もうろう》としていた彼が、『西山吾一』の『西山』を、とっさに『にしやま』なのか『せいざん』なのか分からなかったせいではないか、と警察も僕も考えました」

「犯人であるホラー殺人鬼が口にしたのを、こいつが耳にしたと証言したのは、嘘だったわけか」

「意識のない状態で、知らぬ間にしゃべってしまっていた。今さら撤回はできないので、仕方なく嘘をついたのでしょう」

「で、これには何か意味があるのか」

「使用する凶器の順番です。彼は『西山吾一』を『にしさんごいち』と読み替えた。つまり『二、四、三、五、一』です。よって使われた五骨の刃の凶器の順番も、第二の鎌、第四の槍《やり》、第三の斧《おの》、第五の鋸、第一の剣だったのです」

　新恒が納得がいったという口調で、

「だから第一の現場だと思われた〈死体遺棄〉の部屋と、第二の現場と見なされた〈厭《いや》な視線〉の部屋が、どちらも建物の一階の東側という近い位置にあったわけですね。他の現場はすべて離れているのに、この二つだけ接近していたのが、妙に引っかかっていたのですが」

「実際の犯行の順番は、こうだったはずです。まず建物の東側の一階〈厭な視線〉の部屋で、ホラー作家の宵之宮累さんが第二の鎌によって――。次いで二階の同じく東側の〈囁《ささや》く怪音〉の部屋で、グラビアアイドル兼女優の矢竹マリアさんが第四の槍によって――。三番目は二階の西側に移動した〈百部位九相図〉の部屋で、人間工房の福村大介さんが第三の斧によって――。四番目は二階の東側に戻った廊下のエレベータ前で、佐官奈那子さんが第五の鋸によって――それぞれ殺害されたのです」

「犯人がわざと余裕を持って、無辺館を縦横に移動したかのように見えたのは、我々が連続殺人の順番を見誤っていたからでしたか」

「実際は効率的な動きをしていたわけです」

「第二の無辺館事件も同じですね。石堂誠さんの蚯蚓腫《みみずば》れは、第一の剣ではなく第二の鎌によってつけられた。大林脩三さんに突かれたような痕《あと》があったのは、凶器が第四の槍だったから。つまり『西山吾一』の『二、四』です」

「第一の事件に戻しますが――」

新恒に断わると、曲矢は鋭い視線で出口秋生をにらみつけてから、

「四番目の殺人のあとで、こいつはエレベータに乗って一階の〈死体遺棄〉の部屋へ移動し、そこで自らを被害者と偽装するために、おのれの腹に第一の剣を突き立てたのか」

「いいえ、違います」

そう俊一郎に問うたのだが、

「何ぃ？」

「彼は二階の廊下のエレベータ前で、佐官奈那子さんの反撃を受けたのです」

「えっ」

「おそらく奈那子さんは、美羽ちゃんを守ろうと必死だったと思います。あくまでも

推測ですが、彼女を襲っているときに、彼は五骨の刃《やいば》を包んでいた袋を落としてしまったのではないでしょうか」

「確かにエレベータ前の現場には、五骨の刃を包んでた布の袋が落ちてたな」

「その袋の中には、最後の凶器である第一の剣が残っていた。とっさに剣をつかんだ奈那子さんは、彼の腹部を刺した。しかし、傷は浅かった。ところが彼は、彼女の反撃に動揺して逃げようとした。でも後ろを向いたとたん、彼女に背中を斬りつけられた。このままでは逆にやられるかもしれない。そこで彼は止《とど》めを刺そうとした。でも、ほぼ相討ちのような状態になってしまった。このとき彼の受けた傷が、致命傷になりかねない腹部の深い刺傷だったわけです」

「ホラー殺人鬼の衣装をトイレで切り刻んだのも、自分の衣服で止血したのも、そのためですか」

　新恒の指摘に、少し考える仕草を曲矢は見せたが、すぐに合点がいったらしい。

「衣装の傷を誤魔化すために、切り刻む必要があったのか。トイレに用意した着替えの衣服も、腹に剣が刺さったままじゃ着られない。かといって抜くと、一気に血が噴き出るかもしれない。そこでシャツや下着を脱いで、止血に用いた風を装った。実際に止血は必要だったろうから、まさに一石二鳥だった。上着で隠せば、一階の〈死体遺棄〉の部屋へ移動するのも難しくない。あの部屋はエレベータの隣だったんだからな。仮に誰かに見られても、仮装だと思われる。おそらく同じ衣服で、剣の柄《つか》についた佐官奈那子の指紋も、ちゃんとぬぐったんだろう。とっさの判断の割には、なかなかやるじゃねぇか」

今にもつかみかからんばかりの曲矢に、

「しょ、証拠はあるのか!」

せいいっぱい虚勢をはった物言いで出口秋生が吠《ほ》えた。が——、

「警察をなめんじゃねぇ!」

曲矢の雄叫《おたけ》びのような返しのほうが、その数十倍は迫力があった。

「てめぇが逮捕されなかったのは、完全に容疑の外に置かれてたからだ。女の被害者に反撃され、犯人自身が重傷を負って生死の境をさまよう……なんてまぬけな状況は、普通なら考えられんからだよ。お前が最重要の容疑者ってことで、こっちが調べはじめれば、証拠なんか腐るほど出るに決まってんだろ」

「それはどうかな」

憎まれ口をたたく出口秋生に、俊一郎が声をかけた。

「これ以上の悪あがきはやめて、すぐに自白して下さい」

だが、ぷいっと出口はそっぽを向いたまま、まったく何も応《こた》えない。

「自白しないと、あなたの死相は消えませんよ」

「えっ？」

「ちょっと待て」

出口と曲矢が、ほぼ同時に口を開いた。

「最初に全員の死相は消えてるって――」

「そうだよ。お前は言ったじゃねぇか」

「そんなこと、一言も口にしていません」

俊一郎はすました顔で、

「僕が最初に死相の消失を保証したのは、第二の無辺館事件の被害者候補の方々についてのみです。でも、あなたは被害者候補ではありません。その証拠に、『かんとく』のキーワードには該当しなかったじゃないですか」

「じゃあ、こいつに死相が出てるのは……」

「きっと美羽ちゃんのもう一つの願いを、黒術師が聞き届けたからでしょう。しかし犯人として捕まれば、その死相も消えるはずです。いえ、そうなるように僕が、彼女を説得します」

「だとよ。で、お前はどうする？」

曲矢に凄《すご》まれ、すっかり出口秋生は観念したらしい。

「……わ、分かった。自白するから助けてくれ」

無辺館の外で待機していた警察官に、出口秋生が連れて行かれると、ようやくその場の緊張した空気が少しだけ和らいだ。

「とんでもないサイコ男がいたものだ」

ところが、佐官甲子郎の発言により、またたく間に厭な雰囲気が漂いはじめた。妻子を見殺しにして逃げたのに、何の咎《とが》めも受けない男……。そのせいで第二の無辺館事件が起き、何の罪もない者が二人も死んでしまった元凶……。

そんな男に対する嫌悪と憤怒《ふんぬ》の感情が、すぐさま広がったのだが、本人はまったく気にした様子もなく、のほほんとしている。

出口秋生とは別の怪物が、そこに間違いなく存在していた。

十八　黒衣の女

弦矢俊一郎が無辺館に関係者を集め、事件の謎解きをしているころ。万寿会病院の佐官美羽の病室には、黒衣の女の姿があった。

「……あっ、お姉ちゃん」

ベッドの枕元に立つ黒衣に気づいた美羽が、幼い子供には似合わない複雑そうな声を出した。

「たった今、伍骨の刃の呪法が破られたわ」

「…………」

「だからね、お母さんを見殺しにした人に、罰を与えることができなくなったの」

美羽は真剣に考える素ぶりを見せてから、

「それって、僕にゃんのお兄さんのせい？」

「そうよ」

「だったら、いいの」

「どうして？」

「ちゃんと犯人を捕まえてくれるって、お兄さんは美羽と約束したから」

「でもね、伍骨の刃の呪法が破られてしまったから、ホラー殺人鬼の出口秋生に罰が下るまでに、ちょっと時間がかかるの。本当なら順番に罰を受ける者たちが、みんな助かってしまったので、その分の時間だけ待たなければならないの。そんなに間が開いてしまったら、きっと出口にかけた呪法も解かれてしまうわ」

「…………」

「そうならない前に、美羽ちゃんともう一度、黒術師様は契約――いいえ、お約束したいとおっしゃってるの」

「…………」

「そうしないと、このままじゃ犯人に罰を与えられないのよ」

「……死なないってこと？」

「そうよ」

「でも、僕にゃんのお兄さんが、犯人を捕まえてくれるって――」

「美羽ちゃんは自分の手で、お母さんを殺した犯人を、やっつけたいでしょ？」

再び考える仕草を見せてから、美羽はきっぱりと首を振った。

「いいの？　お母さんが可哀想でしょう」

「僕にゃんと、お話ししたから」

「えっ？」

「だから僕にゃんのお兄さんに、ぜーんぶお願いするって決めたの」

「…………」

急に沈黙した黒衣の女に、無邪気に美羽が尋ねた。

「お姉ちゃんは、僕にゃんのお兄さんを知ってるの？」

「……ええ」

こっくりと女がうなずく。

「クロジュスシサマは？」

黒衣の女はまったく表情を変えないまま、こう答えた。

「もちろん、よーくご存じですよ」

終　章

無辺館で弦矢俊一郎が事件の謎解きをしてから三日後の水曜の夕方、奈良の祖母から電話があった。

「犯人の出口秋生は、すっかり観念したみたいやな。洗いざらい自供して、その裏づけも確実に取れてるいうて、新恒警部さんから報告がありましたわ」

珍しくふざけることもなく、真面目に切り出したので、俊一郎も気になっていた問題を尋ねた。

「佐官美羽の件は？」

「昨日ちゃんとすませたで。あの子と黒術師の間に結ばれてた糸は、わたしゃがきっちりと切っといたから、もう心配せんでもええ」

「出口には死相を消すって言ったけど、美羽と黒術師の間に、どんな取り決めがされてたか分からない以上……」

「ああ、あんたの手には負えんかったやろ」

「助かったよ」

「美羽ちゃんは退院したら、北海道のお祖父《じい》さんとお祖母《ばあ》さんのとこに行くそうや」

そう聞いて俊一郎はほっとした。だが、口をついて出たのは別のことだった。

「祖母ちゃん、万寿会病院まで来たのに、そのまま帰ったのか。水道橋の病院から神保町の事務所まで、大してかからないだろ」

「そんなにわたしゃの顔が見たかったんか」

「別に、そうじゃないけど――」

「まぁまぁこん子は、照れんでもええがな。やせ我慢する必要もないで」

「まったく照れてないし、何の我慢もしてないぞ」

「わたしゃが恋しいて、たまらんのは分かるけど、祖母ちゃんほどの人気者になると、なかなか時間がのうて――」

「佐官甲子郎は大変そうだな」

「これ、ひとの話をちゃんと――」

「妻と娘を見殺しにして逃げた男として、もうバッシングの嵐だからな」

「自業自得ですわ」

すぐ祖母は話に乗ってきた。

「これまでに決まってた映画の仕事も、すべてキャンセルされたそうやで。エレベータに乗ってたもうひとりが誰かも、あっさりバレましたしな」

「広告会社の営業マンだったとか」

「やっぱり佐官監督から脅され、口止めされてたようですな」

「とはいえ、そっちもバッシングされてるだろ」

「お天道様に顔向けできんような言動をしたら、いずれ自分に返ってきますのや。世の中いうんは、そういう風にできているもんですわ」

そこで祖母は、まるで芸能人の噂でもするかのように、

「峰岸柚璃亜さんと長谷川要人さんの二人は、やっぱりあかんかったみたいやなぁ」

「なんで知ってるんだ？」

「およそ男女間の営みについて、わたしゃが知らんことはないんやで」

「意味不明だよ」

「今となっては峰岸柚璃亜さんが、無辺館の〈死体遺棄〉の部屋で覚えた感覚こそ、事件を解決するための、大きな手がかりやったと分かりますな」

「えっ、どういうこと？」

「彼女はそこで、無念さを感じたんやろ。それは出口秋生が、五骨の刃による犯行を最後までやり遂げられなかったことに対する、きっと無念さやったんやないか」

「……そうか」

最初の犠牲者を殺しそこねたために、犯人が今も後悔し続けている——と柚璃亜は受け取ったようだが、それが仮に本当だとしたら、あの部屋にその想いが残るはずがない。なぜなら犯人がおのれの失敗を知ったのは、連続殺人が終わったあとしか考えられないからである。

にもかかわらず〈死体遺棄〉の部屋には、何者かの無念さが残っていた。それに該当する者は、出口秋生しかいない。しかし、どうして彼がそんな念を持ったのか。そこから彼に疑いを向けることは、そう難しくなかったかもしれない。

すっかり俊一郎が考えこんでいると、

「まっ、ひとつ勉強になった思うて、今後に活《い》かすことですわ」

なぐさめともはげましともつかぬ言葉を祖母にかけられた。

「こんにちは！」

そのときノックの音とともに元気の良い声がして、ぱっと扉が開いたかと思うと、曲矢亜弓が当たり前のように入ってきた。

「へっ？」

俊一郎が当惑していると、にゃーという威勢の良い鳴き声がして、僕があとに続いたのには驚いた。

「僕にゃんと、ちょうど外で会ったんです」

「いや、そうじゃなくて……」

「あれ、早過ぎました？」

「……何が？」

「もちろん事件が解決した、お祝いやないですか。私、料理は大好きなんです」

そう言いながら亜弓は、テーブルに置いた風呂敷《ふろしき》包みをほどいた。その中から現れたのは、三段重ねの重箱である。

「僕にゃんには、笹かまぼこの特別料理があるからね」

にゃーにゃーと興奮する僕の鳴き声と、それを見てはしゃぐ亜弓の笑い声が聞こえたのか、祖母が何とも言えぬ声音で、

「ようやく彼女ができたようやな」

「ち、違う！」

「しかも曲矢刑事はんの妹さんやて。こん子も隅に置けませんなぁ」

「な、なんで知ってる――じゃなくて、だから、違うんだよ」

「よっ」

そこへ、よりによって曲矢が現れた。しかも、どうやら機嫌が悪いらしい。いきなり妹に嚙《か》みついた。

「お前な、俺は忙しいんだ」

「だってお兄ちゃん、事件は解決したんでしょ」

「そうだけど、裏づけやら何やらで、やることはいっぱいあんだよ。それにだ。そもそも事件の打ち上げを、なんだってこいつの事務所で、しかもお前が料理を作って、やらなきゃなんねぇんだ。いいか――」

「でもさ、来られて良かったね」

「……い、いや、それはだな。探偵坊主との話も、なくはねぇからだ。新恒警部に行ってこいって言われたら、仕方ねぇ――わぁっ！」

いきなり曲矢が大声をあげた。

俊一郎が目をやると、彼の足元には僕がいて、ちょこんと座った姿勢で刑事を見上げている。足にすりすりするか、ぴょんと跳び上がって抱いてもらおうか、僕も迷っているらしい。

そのあと事務所には、曲矢の喜びながらも怖がっている矛盾した悲鳴と、亜弓の楽しい笑い声、そして僕のご機嫌な鳴き声、さらにその様子を電話で俊一郎から伝え聞いた祖母の豪快なバカ笑いが、大きく響きわたったのである。

この作品は角川ホラー文庫のために書き下ろされました。

五骨《ごこつ》の刃《やいば》　死相学探偵《しそうがくたんてい》4
三津田信三《みつだしんぞう》

角川ホラー文庫　18476

平成26年3月25日　初版発行
令和7年8月10日　6版発行

発行者――山下直久
発　行――株式会社KADOKAWA
〒102-8177　東京都千代田区富士見2-13-3
電話 0570-002-301(ナビダイヤル)
印刷所――株式会社KADOKAWA
製本所――株式会社KADOKAWA
装幀者――田島照久

●お問い合わせ
https://www.kadokawa.co.jp/（「お問い合わせ」へお進みください）
※内容によっては、お答えできない場合があります。
※サポートは日本国内のみとさせていただきます。
※Japanese text only

ISBN978-4-04-101285-7 C0193